紅《くれない》の五《ご》星《せい》

冷たい狂犬

渡辺裕之

角川文庫
20251

目次

ジャカルタ

1

ジャカルタ、スカルノ・ハッタ国際空港、午後五時十分。

ボーディングブリッジを抜けた影山夏樹《かげやまなつき》は、〝VOA〟と書かれた黄色い看板の脇にある到着ビザカウンターで三十五USドルを支払い、ビザを買った。

インドネシアも二〇一五年から観光での入国はビザが免除されるようになったが、夏樹は商用で訪れているために必要なのだ。コーヒー豆を買い付け、荷物は航空便で送ってもらうため観光客だと誤魔化すことも可能だが、パスポートの渡航履歴を見れば入国審査官に見抜かれてしまう。

七月十二日、トップシーズンをギリギリ避けたので、日本人観光客の姿はまださほど多くない。バックパックを担いだ夏樹は、アロハシャツや派手なTシャツを着た観光客の列に並んだ。

インドネシアの五月から十月は乾季で雨が少なく、七月は湿度が低いため過ごし易いのだが、五時を過ぎても気温は二十九度と暑いことに変わりはない。

夏樹はTシャツにジーパン、それにグレーの麻のジャケットを着ているが、スーツ姿の日本人ビジネスマンを見かけると同情してしまう。

いつもながら長蛇の列が前に進む気配はない。入国審査のカウンターの絶対数が足りないのだ。それに南国らしく、審査官がマイペースで効率よく仕事をしないのも原因だろう。二、三十分は並ぶ覚悟が必要である。

予想通り三十分後に夏樹は入国スタンプをもらい、到着ロビーへと向かった。他の観光客は荷物引取り所に向かうことになるのだが、彼らは手荷物受取回転台にいつ載せられるのか分からない荷物を待つことになる。空港作業員がのんびりと手荷物を扱うためだ。それを知っている夏樹は、荷物は預けずに客室の棚に入れられるバックパックだけでいつも旅に出る。

繁華街のようにやたらと人が多い空港ビルを出ると、タクシー乗り場に向かう。どこの国でもそうだが、途中で怪しげな日本語で話しかけてくる連中がいる。彼らの多くは詐欺師とぼったくりで、黙って近づいてくる奴は、スリや置き引きだと疑ったほうがいい。

夏樹は旅慣れているので、こうした連中とは視線も合わさずに通り過ぎる。また、旅先でパスポートや財布などの貴重品は上着やズボンのポケットには入れずに、ベルトが付いている防水性の特殊なポーチに入れて直接身に着ける。伸縮性があり肌身に着けられるので、ジョギングなどポケットのないスポーツウェアを着ている時にも便利だ。

インドネシアには地下鉄やモノレールなど、軌道を走る乗り物が整備されていない。そうかと言って旅行気分を味わおうと、東南アジアの風物詩とも言えるオート三輪に乗ろうものなら、年配のインドネシア人にぼったくられる。バスもあるが限られたエリアだけの営業なので、自《おの》ずと足はタクシーに向く。

夏樹はブルーバードと書かれたタクシー乗り場の列に並んだ。インドネシアでもっとも人気があるタクシー会社で、社名の通り、車体をブルーに塗装された日本車で営業をしている。他社よりも若干高いが、メーターをちゃんと使い、ぼったくられることはまずない。そのため、他のタクシー会社の乗り場は、ガラガラである。

さらに安心感を得たいのなら、ブルーバードの系列で黒塗りのリムジンで営業しているシルバーバードを使う手もあるが、そこまで贅沢《ぜいたく》をするつもりはない。そうは言っても日本の物価からすれば、都バスにでも乗るような料金で利用できるので大した出費にはならないのだが。

十分ほど待って、ようやく夏樹はタクシーに乗り込んだ。

「フェアモントに行ってくれ」

夏樹は簡単な英語で言った。片言のインドネシア語なら話せるが、下手に使うと話し好きの運転手の世間話を聞かされることになるので緊急時以外は使わない。

「フェアモント？　ホテルね。ああ、分かった」

運転手はバックミラーで夏樹を見ると、インドネシア語で答えた。質の高いシルバーバードの運転手ならほとんど英語が通じるが、ブルーバードの運転手では英語が通じないことも多々ある。

二十分ほど快適に走っていたが、ジャカルタ・インナー・リングロードに入った途端、渋滞に巻き込まれた。

「ミュージック、オーケー？」

車が進まず、手持ち無沙汰《ぶさた》になった運転手は、カーラジオをつけたいらしい。これが、ベンツやトヨタのカムリを使用しているシルバーバードの運転手なら、「どんな音楽が聴きたいですか？」と尋ねてくる。

「勝手にしてくれ」

夏樹は素っ気なく答えた。

意味が分かったのか、運転手はラジオのスイッチを捻《ひね》った。

「サンキュー」

透き通った女性の声で、バラードが流れてきた。ジャカルタ出身の美人歌手ライサである。運転手が選曲したわけではないが、渋滞のイライラを解消するにはもってこいかもしれない。夏樹も彼女の歌は好きである。

三十分ほどのろのろと走ったが、リングロードを抜けて車の流れも良くなり、ジャンクションで一般道路に入った。周囲は緑の豊かな実に気持ちのいいエリアである。ジャカルタの中心部に位置し、行政区であるタナ・アバン区に入ったのだ。左手は二〇〇七年にアジアカップの決勝戦が行われたゲロラ・ブン・カルノ・スタジアムを中心に様々な競技場が集まる公園である。

数分後、時計の針と反対回りに公園に沿って走りフェアモント・ホテルに到着した。夏樹はチェックインを済ませると、すぐにタクシーで出かけた。

インドネシアにはよく豆の買い付けに来る。今回も練馬《ねりま》の中村橋《なかむらばし》にあるダッチコーヒーの専門店〝カフェ・グレー〟は、一週間の臨時休業にしていた。豆の買い付けは仕事ではあるが、ちょっとした休暇にもなっている。常連客も分かっているので不満は漏らすものの、仕方がないと諦《あきら》めているようだ。

タクシーを二十五分ほど飛ばし、パンジェラン・ディポネゴロ通りの交差点で車を降りた。左の一方通行の出口に曲がれば、骨董《こっとう》品市場のあるスラバヤ通りである。

通りと並行して流れる水路の異臭には閉口するが、間口が二、三メートルの骨董品店が五百メートルも続く通りは圧巻だ。チープな店が多いが、店主が商品の価値を知らずに売っていることもあるので、掘り出し物が驚くほど安く買えることもある。

最近では、夏樹の店にオブジェとして置いてあるアンティーク雑貨を欲しがる常連客が増えてきたため、定期的に仕入れ、販売している。もっともその売り上げもばかにならないので、気合いを入れて仕入れるようになった。

「ほお」

夏樹は真鍮《しんちゅう》や銀の骨董品が並ぶ店の前で足を止めた。店の奥の棚に置かれたアラビアンオイルランプに、目が惹《ひ》きつけられたのだ。思わず店に入った夏樹は、銀製の飾りも凝ったランプを手にした。

この手のものはインドあたりで作られるもので、装飾としては美しいがアンティークとしての価値はまったくない。だが、アラビアンナイトが好きな日本人にはウケがいいので、店に置けば五、六千円の値をつけてもすぐに売れる。値段も五万八千ルピア、約五百円と手頃だ。

だが、それよりも隣りに埃《ほこり》を被《かぶ》っている真鍮製のランプシェードの方が実は価値があった。エジプトの職人が作ったものだろう。たったの十一万七千ルピア、約千円と値札が付いているが、手入れをすれば、十万円でも売れる。どちらも値切れば、もっと安く買えるはずだ。

「さすがだ。お目が高い」

背後から中国語で声をかけられた。

「なっ！」

振り返った夏樹は、眉《まゆ》を吊《つ》り上げた。

2

夏樹はランプシェードとアラビアンランプを包んだ荷物を膝《ひざ》の上に載せ、ホテルに向からブルーバード・タクシーの窓からジャカルタの夜景を見ていた。

「ふーむ」

夏樹は大きな溜息《ためいき》をついた。

「気分が悪いのですか？」

運転手がバックミラー越しに英語で尋ねてきた。発音は少々おかしいが、英語が話せるというだけで貴重な存在である。

「大丈夫だ。気にしないでくれ」

夏樹は意識していなかったが、何度も溜息をついていたらしい。素人に心配されるようでは公安調査庁の元特別調査官だった自分を恥じるべきだろう。とは言え、六年も前に退職し、以来一般人に溶け込もうと努力している。そのせいで気が緩んでいるのかもしれない。

かつて夏樹は、公安調査庁でも海外で活動することを主とした非公開の第三部に属していた。殺人も厭《いと》わない非合法な手段を使うため、敵対関係にある中国や北朝鮮の諜報《ちょうほう》機関から〝冷的狂犬《ランディクウンチュエン》（冷たい狂犬）〟と恐れられていたほどの凄腕《すごうで》だった。

だが、同僚で恋人でもあった真木《まき》麗奈《れいな》を危険な目に遭わせたことを契機に退職している。入庁した理由の一つに中国の諜報員に殺された両親の恨みを晴らすという復讐《ふくしゅう》心もあったが、その虚《むな》しさに気付いたというのが本当のところだろう。

退職後は練馬の中村橋に〝カフェ・グレー〟というダッチコーヒーの専門店を開き、野良猫だったジャックとひっそりと暮らしていたのだが、世捨て人のような生活を昨年突然破られた。

元の上司である緒方慎太郎《おがたしんたろう》からの要請で麗奈と再びコンビを組み、内閣情報調査室、いわゆる内調の室長補佐である安浦良雄《やすうらよしお》が盗み出した国防に関する機密情報を奪回するという仕事を引き受けたのだ。

そのため中央軍事委員会連合参謀部のトップエージェントであった紅《あか》い古狐こと梁羽《りょうう》が率いるスパイチームと争奪戦をし、奪われた機密情報を辛くも奪回している。しかし、それは中国との二重スパイ、緒方の正体を暴くためで、安浦による策略であった。ちなみに連合参謀部は二〇一六年一月に、習近平《シージンピン》が推進する軍改革で、中国人民解放軍総参謀部から名称変更されている。

安浦からは、現役時代と変わらぬ活躍をした夏樹に、新しい情報機関で復帰しないかとの誘いを受けたが断っている。中村橋のコーヒー専門店は繁盛しており、仕入れてくる骨董品もよく売れるので金に困っていなかった。そもそも上辺だけの演技で国民の目線に立とうとしない現政権の下で働こうという意思がないからだ。

頑固で偏屈な珈琲《コーヒー》店のマスターで満足しているのだが、夏樹が危惧しているのは、一度謀略の世界で生きた人間を裏の社会が放っておいてくれないことだ。

今日は、それを予感するような男と会っている。男はスラバヤ通りの骨董屋で物色していた夏樹の背後からいきなり声をかけてきた。

普段からトレーニングを積んで、肉体だけでなく五感も衰えないように心がけている。にもかかわらず、夏樹は骨董屋で後ろを取られた。一切の気配を消して、夏樹の背後から声をかけてきたのは、他でもない昨年生死をかけて闘った敵である梁羽だった。

夏樹は八卦掌《はっけしょう》の達人である傳道明《チュアンダオミン》の許《もと》で八歳から十四歳の七年間修行しているが、彼こそのちの紅い古狐というコードネームを持つ、梁羽である。二人は期せずして諜報機関の敵味方として再会していたのだ。


「さすがだ。お目が高い」

「なっ！」

振り返った夏樹の前に立っていたのは、Tシャツにくたびれた綿のズボンにサンダル履きの日に焼けた老人である。地元の住民かと見間違える姿だが、一目で梁羽だと分かった。

「買い物を続けてくれ」

梁羽は何気なく隣りに立ち、棚の銀食器を手に取って眺めている。

「一年ぶりですね」

夏樹も素知らぬ振りで答えた。中国の情報機関の大物と親しげに話しているところを日中どちらの国の関係者に見られてもまずい。それは梁羽も同じだろう。

「コーヒー豆と骨董品の買い付けですよ」

「仕事か？」

夏樹は丁寧に答えた。年が上ということもあるが、八卦掌では師弟関係だったために自《おの》ずと態度が改まる。

「相変わらず、あのちっぽけなコーヒー店を経営しているのか。いつまでひきこもっているつもりだ？」

ちらりと夏樹の横顔を見た梁羽は質問を続けた。砕けた口調だが尋問しているかのようだ。

「……私は、民間人です。先生こそ、仕事なんでしょう。まさか引退してジャカルタに住んでいるなんて言わないでくださいよ」

ピクリと頰を引き攣《つ》らせた夏樹は、苦笑した。梁羽は中村橋の店を知っていたのだ。痕跡《こんせき》を消すように隠れて生活しているのに、よりによって中国の大物諜報員に個人情報が流れているのだ。笑うしかない。

「この歳になっても、引退させてもらえない。酷《ひど》い国だよ」

梁羽は店先で煙草を吸っている店主を警戒しているのだろう、押し殺した声で笑った。

夏樹は彼の実年齢を知らないが、六十代半ばか後半のはずだ。だが、経験豊かな梁羽の退職を人民軍は許さないに違いない。

「私に何か用ですか？」

世間話を続ける梁羽に、夏樹は苛立《いらだ》ちを覚えた。

「実は空港の監視カメラの映像を見ていたら、たまたまおまえを見つけてしまったのだ。とりあえず、目的を聞こうと思ってな」

スカルノ・ハッタ国際空港はだだっ広い空港で、いつも人でごった返している。監視カメラの映像をハッキングしていたということは、空港は中国の情報局による監視下に置かれているということだろう。偶然はありえない。

そんな中にかつて冷たい狂犬と呼ばれた夏樹がのこのこと現れたのだ。梁羽もさぞかし驚いただろう。冷たい狂犬というコードネームを持つ日本の諜報員は、中国の情報機関のブラックリストで筆頭にあがるだろうが、夏樹が冷たい狂犬だと知っているのは、梁羽と腹心の部下、せいぜい二、三名だろう。中央軍事委員会連合参謀部に夏樹の顔写真は出回っていないらしい。もし面が割れていれば、とっくに暗殺されているはずだ。

「よほど大きな任務らしいですね。美味《うま》いものを食べたらそれで満足ですから。仮に私が極秘任務を受けていたとしても、聞かれて話すと思いますか？」

今度は夏樹が笑った。

「念のために確かめたまでだ。今度ゆっくり飯でも食おう」

梁羽は真鍮製の灰皿を買って店を出て行った。

「三万七千ルピアです」

運転手が振り返って言った。フェアモント・ホテルに着いていたのだ。考え事をしていたので反応が遅れた。

「……釣りはいらない」

夏樹は四万ルピアを運転手に渡し、車を降りた。

3

翌日の早朝、夏樹は、タクシーに乗ってスカルノ・ハッタ国際空港に向かっていた。

今日も骨董品の買い付けと市内のコーヒー豆を扱う業者と会うつもりだったが、昨日思いがけずに梁羽と顔を合わせてしまったため予定を前倒しにした。このままジャカルタ市内にいれば、彼らの監視下に置かれる可能性もあるからだ。

今回、インドネシアに来た最大の目的は、バリ島の東に位置するフローレス島に行ってマンガライ族が生産しているという幻のコーヒー豆を買い付けることである。マンデリンに似て深いコクがあり、自然な甘みが特徴らしい。

ただし生産量が少なく、ジャカルタの業者でも手に入れることは難しいようだ。だが、ジャングルに自生している野生化した豆ならまだ買い手はついていないと、ジャカルタの業者から噂を聞いた。夏樹はマンガライ族と直接交渉して、ジャングルに育っている野生のコーヒー豆を収穫してもらう契約をするつもりだ。

もともと市内の骨董品探しはついでであり、業者との打ち合せも国際電話でできないことはない。それよりもまだ味わったこともないコーヒー豆を探す旅に出ることが重要なのだ。

午前五時二十分、タクシーは市内の渋滞に巻き込まれることもなく、空港のターミナル1に到着した。さすがにこの時間は、いつもの人混みはない。ぼったくり、スリ、置き引き、客引きなど空港を利用する客目当ての不審な輩《やから》がいないせいもあるのだろう。

小脇に麻のジャケットを挟み、ジーパンにブルーのコットンシャツという軽装にバックパックを担いだ夏樹は、国内線のスリウィジャヤ航空の出発カウンターに向かっているのだが、空港内に違和感を覚える。いつもの倍近くの警備員がいるのだ。怪しい連中がいないのは、そのためかもしれない。

とりあえずボーイング737でバリ島まで行き、そこから双発のプロペラ機に乗り換えてフローレス島のコモド・ラブアンバジョ空港に行くのだ。一日一便の直行便もあるが、チケットが取れなかった。

「うん？」

サングラスをかけた夏樹は、右頬をピクリとさせた。ロビーにある巨大な柱の陰や窓際に目つきの鋭い連中がいる。いずれも中国系のようだ。中央軍事委員会連合参謀部の諜報《ちょうほう》員かもしれない。朝から張り込みでもしているのだろうか。

スリウィジャヤ航空のカウンターの近くにもいる。だが、警備員は、彼らを気にする様子はない。夏樹が怪しいと思っている連中は、誰一人同じ格好をしておらず、ぱっと見は観光客にしか見えないからだろう。だが、よくよく見ると、音楽を聴いているかのようにイヤホンを付けている。無線機で連絡を取り合っているのだろう。共通点はカジュアルなジャケットを着ていることだ。南国では室内の冷房が効きすぎるため、夏樹もジャケットを持ち歩くが、彼らは銃を隠し持っているに違いない。

夏樹は彼らの視線を集めているらしい。バックパックは手軽でいいが、爆弾が仕込まれていると思われるためどこの空港でも怪しまれるものだ。さりげなくバックパックを下ろすと、ハンドストラップで手に提げた。夏樹のバッグは、防水のスポーツタイプでハンドストラップを持つことでボストンスタイル（横持ち）にすることができる。この方が、いくらか人目を気にせずにすむだろう。

パイロットスーツ姿の四人の男と、その後ろを歩く二人のキャビンアテンダントが、スーツケースを引っ張って夏樹のすぐ前を横切った。長距離を航行する飛行機の場合、二組の正副パイロットが必要となるので、珍しい光景ではない。

六人とも東南アジア系の顔立ちをしている。キャビンアテンダントは二人ともイスラム教徒が使用するヒジャブを被《かぶ》っていた。同じ柄のヒジャブなので、制服なのだろう。

「…………？」

立ち止まった夏樹は、彼らを見て首を捻《ひね》った。

四人のパイロットらしき男たちの制服のサイズが変なのだ。ズボンの丈やジャケットの袖丈《そでたけ》が若干合っていない。それに一人のパイロットの靴が汚れている。どこの航空会社でも制服の乱れは、服務規程に反するはずだ。

また、後ろに続く二人のキャビンアテンダントの化粧が気になる。一言で言えば、二人とも下手くそなのだ。地方の小さな航空会社で、国際線の乗務員ではないのかもしれない。

夏樹は彼らを横目で見送るとスリウィジャヤ航空のカウンターの前に立った。

「電話予約した、夏樹・影山だ」

サングラスをかけたまま笑顔で尋ねた。二メートル横にいる中国系の男が夏樹を凝視している。年齢は三十代前半、ポロシャツの上にピンクのジャケットを着ていた。胸板が厚く首回りも太いので、相当鍛え上げているらしい。

「ミスター・夏樹・影山、予約受付しております。六時三十分発バリ島行きですね」

受付の女性は、笑顔で答えた。目鼻立ちがはっきりした美人である。

「なんだか、警備が物々しいが、何かあるの？」

国際線ターミナルの警備が厳しいのなら分かる。それとも空港全体の警備が強化されたのだろうか。

「よくあることなんですが、たぶん政治家が国内線で移動するからだと思いますよ。この国はたくさんの島でできているので、移動に飛行機は欠かせないんです。でも今日は本当に多いですね」

女性は囁《ささや》くように答えてくれた。職員が珍しいというのなら、政治家でも大物の警備かもしれない。

「なるほど……」

彼女の話を聞きながら、改めて先ほどのパイロットたちのグループの姿を目で追った。キャビンアテンダントが一人だけロビーのベンチに腰をかけた。残りの五名は彼女を気にすることもなく歩いている。ベンチに座ったキャビンアテンダントは、スーツケースから小さなポーチを取り出し、中から化粧用コンパクトを出した。下手くそな化粧を直そうというのだろうか。女はコンパクトの鏡で自分の顔を見ると、すぐにコンパクトをポーチに仕舞った。

「ミスター・影山？」

受付の女性が咳払《せきばら》いをした。料金を提示されていたのだ。

「ああ、すまない」

夏樹は苦笑を浮かべてクレジットカードを渡し、先ほどのキャビンアテンダントに再び視線を移した。

「……………！」

キャビンアテンダントが小走りに仲間を追っている。だが、彼女のスーツケースはベンチに残されたままだ。

「警備員を呼んでくれ」

険しい表情になった夏樹は、受付の女性に言った。

「どうされましたか？」

女性は首を傾げながらクレジットカードを渡してきた。

「いいから、警備員を呼ぶんだ！」

声を荒げた夏樹は、

「おまえも、仲間にあの六人を調べるように連絡しろ！」

近くで様子を窺《うかが》っているピンクのジャケットを着た男を中国語で怒鳴りつけた。

男は訳が分からないと肩を竦《すく》めてみせたが、夏樹に背を見せて独り言を言っている。

無線連絡をしているのだろう。

キャビンアテンダントが置いて行ったスーツケースに気がついた警備員が、ベンチに向かって走り出した。

「だめだ！　近付くな！」

夏樹は大声で叫んだ。

閃光《せんこう》！

キャビンアテンダントのスーツケースが爆発した。

4

目の前の光景がスローモーションのように動いていた。

スーツケースが眩《まばゆ》い光を放った次の瞬間、赤い炎の塊が広がり、轟音《ごうおん》とともに吹き飛ばされたベンチと周囲の人間が宙を舞っている。

一拍遅れて爆風が夏樹を襲った。

「くっ！」

近くに立っていた男を巻き込みながら数メートル後方に飛ばされた夏樹に、天井のパネルやガラスの破片が降り注いできた。

間髪を容《い》れず、銃声が轟《とどろ》く。

頭を振った夏樹は起き上がると、下敷きになって完全に気を失っているピンクのジャケットの男を引っ張り、カウンターの陰に隠れた。男は吹き飛ばされた夏樹のクッションになったようだ。後頭部から勢い良く倒れたらしく、目を覚ます気配はない。

「やはりな」

男のジャケットの下には、銃が隠されていたのだ。夏樹は、男のショルダーホルスターから銃を抜くと、床に置いた。

銃は中国製の９ミリ弾を使用するＱＳＺ９２－９、９２式手槍《しゅそう》シリーズでも最新のもので、人民解放軍でも一部に限定して配布されている銃だ。マガジンは十五発ではなく二十発タイプである。量産している初期型と違い、出来がいい。

夏樹は、男のピンクのジャケットを脱がして着た。かなり大きな爆発だったので、近くの監視カメラが破壊された可能性も高いが、機能している監視カメラに映る可能性があるからだ。またピンクは人目を惹《ひ》くので、ジャケットに目がいく。そのため夏樹の人相はかえって印象に残らなくなるだろう。

カウンターから覗《のぞ》くと、先ほどの四人のパイロットと二人のキャビンアテンダント姿の男女が武装して銃撃戦を展開している。ロシア製AKS74Uだろう。5・45ミリ弾を使用する小型アサルトライフルで、ストックが折り畳めるためにスーツケースに隠していたようだ。

夏樹はQSZ92‐9のスライドを引いて初弾を込めると、スリウィジャヤ航空のカウンターから、四メートル先にある隣りのカウンターに移った。六人のテロリストとの距離は十メートル以上ある。二人ずつペアになり、散開しているのだ。彼らは奥のカウンターの警備員や中国系の観光客と撃ち合っている。

銃を持っている観光客は気絶したピンクのジャケットの仲間だろう。警備員や観光客に扮《ふん》して武装していた男たちは、次々に倒されていく。アサルトライフルを使用するテロリストが相手では、勝負にならない。

死んだ振りをしてやり過ごすのが一番であるが、テロリストの目的が分からない現状では、被害が拡大し、さらに自分にも矛先が向く可能性もある。二〇一五年にパリで起きた同時多発テロ事件でテロリストらは、倒れた負傷者に執拗《しつよう》に銃弾を浴びせて殺害したそうだ。

「仕方がない」

夏樹は、十数メートル先のベンチに隠れて銃撃している二人の男の後頭部目掛けて銃撃した。他の仲間とも離れているので、気付かれる恐れはない。

四発中、三発が命中。

「うむ」

この数年まともな銃の訓練をしていない割にはうまく当たった。

外務省から公安調査庁に転属し、正式に調査官になる際に数カ国語を話せる夏樹は教育プログラムでCIAに一年間出向して、様々な訓練を受けている。中でも射撃訓練は、指に銃だこができるまでさせられたものだ。

おかげで銃の腕は上がったが、同時に銃に抵抗がなくなったことも確かである。冷たい狂犬と呼ばれるようになったのは、敵対する諜報《ちょうほう》員を銃で殺害したことも理由の一つなのだ。特別調査官としての功績はあったが、手荒い手法を用いる夏樹は公安調査庁でも疎んじられていた。

夏樹はカウンターの陰から抜け出し、男たちが倒れているベンチに滑り込んだ。QSZ92-9をズボンに差し込み、死んだ男からAKS74Uを奪って、二十メートルほど先にある左の柱の陰にいる別の男たちを銃撃した。

一人に命中したが、別の男が撃ち返してきた。ベンチを銃弾の嵐が突き抜ける。床に伏せて銃弾をやり過ごした夏樹は、ベンチの脇から反撃したが、敵はすでに柱の陰に隠れていた。

右前方から銃撃された。キャビンアテンダントに扮装した女たちだ。三十メートルほど先のベンチの陰にいる。

「くそっ」

舌打ちをした夏樹はベンチの上にAKS74Uを掲げて銃弾を撃ち尽くすと、足元に倒れている別の男のAKS74Uを拾い上げてベンチを飛び出し、数メートル先のカウンターに転がり込んだ。

夏樹はカウンターの左側を回り込んで走り抜け、左前方の柱の反対側に出ると、隠れていた男に銃弾を浴びせ、すぐさまカウンターの陰に隠れた。

右前方のベンチからは反撃してこなかった。少なくとも二人の女は、仲間が殺されて孤立したことは知っているはずだ。この先どうするか、考えているのだろう。

轟音！

立ち上がると、二人の女テロリストがいた辺りが、白煙に包まれている。絶望して自爆したのか、計画通りなのかは分からない。今から思えば、夏樹が最初に見た時、すでに彼女たちは死を覚悟していたようだ。二人の女の化粧が酷《ひど》かったのは、今から考えればどうしようもない悲壮感が顔に出ていたからに違いない。

改めて事件現場を見渡すと、酷いあり様である。二回目の爆発で死んだのは、規模も一回目よりは小さいので、テロリストの女たちだけだろう。だが、少なくとも最初の爆発で、警備員と無関係の一般人が十数人は負傷し、その後の銃撃戦でも十人以上が負傷しているはずだ。

銃撃戦が終わったことが分かったのだろう。カウンターやベンチなどに隠れていた一般人や空港職員が悲鳴を上げながら逃げ出した。

AKS74Uを床に投げ捨てた夏樹は、元のカウンターまで戻り、気絶しているピンクのジャケットを着ていた男の傍に、ジャケットで包んだ銃を置いた。床に落ちている自分の麻のジャケットを拾い、バックパックを担ぐと、目の前のカウンターを覗き込んだ。

十分ほど前に夏樹のチケット購入に対応してくれた女性と、もう一人別の職員が震えながら蹲《うずくま》っている。

「もう大丈夫だ。テロリストは死んだらしい。一緒に逃げよう」

笑顔で手招きをして二人の女性をカウンターから出すと、夏樹は二人を促し、走り出した。二人とも爆発直後からカウンターに隠れていたので、銃撃戦がどうして収まったのか知らないのだろう。もっとも顔を出せば流れ弾を食らう恐れがある。誰しも頭を引っ込めていたはずだ。

チケットの対応をしてくれた女性が、先導するように走っていた夏樹の手を握ってきた。あまりの恐ろしさに頼りたくなったようだ。

ロビーに武装した警官隊が押し寄せてきた。

「落ち着いて逃げてください」

武装警官の指揮官らしき男が、緊張した顔で声を張り上げている。彼らはテロリストが全員死亡したことを知らない。

夏樹は女性と手をつないで警官隊の脇をすり抜けて空港ビルを出た。

5

スカルノ・ハッタ国際空港のターミナル1は警官隊に包囲され、蜂の巣をつついたような騒ぎになった。

また、負傷者も大勢出たのでロビーの片隅に救急隊がエリアを確保し、怪我人の手当てをしている。

夏樹は怪しまれないように二人の女性職員を伴い、パニック状態の乗客に交じって空港ビルを脱出した。彼女らに別れを告げ、タクシー乗り場に向かったもののブルーバード・タクシーの乗り場はごった返していたので、エクスプレス・タクシーに乗った。エクスプレスはブルーバードほどではないが、信頼がおける。ただし、行き先に対してすぐに反応しない場合は、片言でもインドネシア語で運転手の出身地やジャカルタに暮らしはじめてどれくらいになるかなど、質問するべきだろう。ジャカルタに来て数ヶ月と答えたなら、別のタクシーに乗り換えた方がいい。

夏樹の乗ったタクシーの運転手は、ジャカルタに来て三ヶ月らしく地理をまったく把握していなかった。だが、一刻も早く空港から離れたかったため言うとおりに走れと、フェアモント・ホテルまで夏樹の指示通りに運転させて事なきを得ている。

チェックインした部屋でシャワーを浴びてジーパンの上に新しいTシャツを着ると、テレビでニュースをチェックした。

インドネシアでも米国の大統領選挙は、大きなニュースになっている。民主党は本命であるヒラリー・クリントンでほぼ決まるだろう。だが、対抗馬の共和党の様子がおかしい。政治家ではない大富豪のドナルド・トランプが異常な人気をよんでいるのだ。トランプは毒舌で知性の欠片《かけら》も感じさせないため、誰しも可能性はないと思っていたはずなのに大統領選を占う〝スーパーチューズデー〟を制し、一躍共和党候補者のトップに躍り出ているのだ。ヒラリー圧勝と思っていた夏樹も、目が飛び出るほど驚いた。

おかげでスカルノ・ハッタ国際空港のテロ事件が霞《かす》んでしまったようだ。ターミナル1は封鎖され、復旧の見込みは立たないらしい。爆発の瞬間を捉《とら》えた空港の監視映像も公開されたが、銃撃戦の映像はなかった。得てしてスマートフォンで撮影された個人の映像がこうした事件現場を捉えている場合もあるのだが、あの銃撃戦で撮影する勇気があった者はいなかったらしい。

「まいったな」

ベッド脇の椅子に腰をかけた夏樹は、大きな溜息《ためいき》を漏らした。楽しみにしていたフローレス島へも、二、三日は行けなくなったということだ。帰りの飛行機のチケットはまだ買っていないが、このまま無駄に過ごすくらいなら、明日にでも帰った方がホテル代も無駄にはならない。

今回も店を臨時休業にするため、いつものように留守番を長年情報屋として使っている菅谷《すがや》将太《しょうた》に頼んだ。電話番ではなく、店に住み着いてしまったトラ猫ジャックの世話をさせるためである。

ジャックは野良猫だったので、大小便は外で勝手に済ませてくる。店の周辺に野っ原はないが、近所の美術館の敷地内にある緑地で用を足してくるらしい。

将太には朝晩の餌やりだけ頼んでいる。だが、ジャックはなかなか気難しい猫で、店のドアの下に設けてある猫用出入口から勝手に出て行っても、入る時は中からドアを開けないと入ってこない。まだ、野良猫だった時の習性が抜けないのか、あるいは、ドアを開ける人間を確認しているようだ。というのも何度か店に来た客がジャックに気付いてドアを開けたが、入るか入らないかは、客によって反応が違った。いずれにせよ、バカ猫ではないのだ。

「八時四十分か」

腕時計で時間を確かめると、急に腹が減ってきた。平常心でいたつもりだが、やはり事件で興奮していたらしい。朝食を食べていないことを思い出した。冷たい狂犬と言われ、何度も修羅場を経験してきたが、感覚が鈍ったようだ。

「むっ」

椅子の上にかけておいた麻のジャケットを着ようとすると、脇の下がほつれていることに気が付いた。それに爆発時の粉塵《ふんじん》で背中が汚れている。ホテルに帰って来るときは、小脇に抱えていたので分からなかったらしい。

インドネシアに限らず、東南アジアの都市部のレストランやショッピングセンターは、冷房を二十度以下に設定することもあるので、ジャケットは欠かせない。

また、鬱蒼《うっそう》としたジャングルがあるフローレス島など、僻地《へきち》に行くのなら虫対策として長袖《ながそで》のシャツやジャケットは必需品なのだ。荷物を減らすべく、ジャケットは一着だけにしたので、どこかで買う必要がある。食事をしたらスラバヤ通りに行こうと思っていたが、その前にタムリンエリアにあるショッピングモールに行った方が良さそうだ。

エレベーターで二階に降りた夏樹は、多国籍料理レストラン〝スペクトラム〟に向かった。バイキングスタイルで寿司《すし》や中華もあるが、ローストビーフやラム肉を使った洋食もある。早朝から激しい運動をしたので、やたら肉を食べたい気分なのだ。

「うん？」

レストランの入口でいかつい男が立っている。身長一八六、七センチはありそうだ。

「佐々木《ささき》孝則《たかのり》先生ですか？」

目が合うと、男は中国語で尋ね、深々と頭を下げてきた。中国語で先生は年配の男性の敬称で、深い意味はない。だが、態度からすれば敬意を払っているように見える。

「えっ、ああ、そうだ」

一瞬戸惑った夏樹は、苦笑を浮かべた。

佐々木孝則は、昨年内調から依頼された韓国での極秘任務の際に使った偽名である。一度任務で使った身分は二度と使うことはない。使用した偽造パスポートもすでに処分してあった。

「老師がレストランでお待ちです。よろしければ、ご案内します」

男の言葉は丁寧だが、目付きは拒否を許さないと語っている。ちなみに「老師」というのも年配者に対する敬称だが、夏樹が知っている限りで「老師」と呼ばれる人物は、梁羽だけだ。彼なら夏樹が韓国で使っていた偽名を知っているに違いない。

「頼む」

夏樹は小さく頷《うなず》いた。

6

レストラン入口に立っていた男に夏樹は奥にある窓際の席に案内された。

「すまないな。朝飯を付き合わせてしまって。部下に食事を取りに行かせる。好きなメニューを言ってくれ」

梁羽はにこやかな笑みを浮かべ、夏樹に対面の席に座るように勧めた。昨日と違ってポロシャツにカジュアルなジャケットを着ている。しかも日に焼けて見えたが、今の肌は白い。現地人に溶け込むため、肌の色まで変えて変装していたようだ。

「それじゃ、ローストビーフと寿司を適当に。飲み物はトマトジュースで」

あえて何でこの店にいるのか聞かなかった。彼のことだから、昨日夏樹を空港で発見し、すぐに宿泊先を調べたに違いない。また、朝食を食べていないことは、ホテルの記録を調べれば分かる。あらゆるデータを調べ、推測したのだろう。尾行をされたのではないことは確かである。先回りできないからだ。

「激しい運動をしたから、たんぱく質と糖質を摂取するのは分かる。だが、コーヒーとパンはいらないのか？」

梁羽は怪訝《けげん》な表情を見せた。空港での夏樹の行動を把握しているようだ。それにローストビーフとパンはセットだと思っているらしい。

「ホテルのコーヒーは飲みません。後悔しますから。パンは、最近グルテンフリーにしているので、食べないようにしています。糖質ダイエットよりも効果がありますよ」

説明するまでもないが、正直に答えた。コーヒーにはこだわりがある。それだけにポットに入れて保温してあるコーヒーを飲むことはない。また、豆をその場で挽《ひ》いて淹《い》れたとしても、夏樹は自分が淹れるコーヒーが一番だと思っている。

「グルテンフリーか、なるほど。それじゃ、私も同じものを食べよう。潘《はん》、聞いていたな」

梁羽は夏樹を案内してきた背の高い男に命じた。

「空港で極秘に警備していたようですが、対象は中国の要人だったのですか？」

スカルノ・ハッタ国際空港にいた観光客に扮《ふん》した中国人は、梁羽の部下だったのだろう。

「どうしてそう思う？」

「変装の下手くそな中国人が大勢いました。あなたの部下でしょう？　爆弾テロは、要人を狙ったものだった。もし、テロの対象が無関係の人間なら、銃撃戦に加わる必要はなかった。あれは無差別テロに見せかけた暗殺」

昨日から空港が梁羽らの監視下にあったのは、暗殺を警戒してのことだったのだろう。決行は今日だったのかもしれないが、前日から警備する場所を点検し、警戒するのは常識である。そこに夏樹は二度も現れたのだ。間抜けというほかない。

「相変わらず、鋭いな。そういうおまえは、どうなんだ。テロリストを四人も射殺し、残りの二人を自爆に追いやった。たまたまテロ現場に居合わせたに過ぎないのなら、活躍する必要などなかったはずだ」

梁羽は夏樹の表情を見逃すまいとしてか、じっと見つめている。夏樹が任務を帯びて居合わせたとでも言うのだろうか。

「空港が危ないというのなら、近付かなかった。教えてくれればよかったんですよ。私は本当に個人的な用事で来ているだけですから」

「冷的狂犬なら一般人が死のうが、見て見ぬ振りをしたはずだ。まさか正義漢ぶって自分の命を粗末にしたわけじゃなかろう」

梁羽は右手をひらひらと振って笑った。まだ、夏樹の行動を疑っているらしい。

「テロリストを殺したのは、自分の身を守るためです。してても殺される。パリ同時多発テロを思い出すまでもないでしょう」

無関係な一般人に被害を拡大させないためとは、さすがに言えなかった。そもそも冷たい狂犬と言われた元特別調査官が、他人の命を心配したと言っても信用されないだろう。

「テロリストにとって、おまえがあの場に居合わせたことが不幸だったらしい。もっともこの国は、IS（イスラム国）と関わりが深い。テロに遭遇しても不思議じゃないさ」

梁羽は乾いた笑い声を発した。

二〇一六年一月十四日にジャカルタのスターバックスなどで、四名のISと関わる過激派がテロを行い、実行犯四名を含む八名が死亡し、二十五名の重軽傷者を出している。

ジャワ島の〝ヌサ・カバンガン刑務所〟に収監されているISを支持する過激派の指導者アマン・アブドゥラマン受刑者と犯人たちは通じていたという。他にもISを支持する数多くの過激派が受刑しているため、この刑務所はインドネシアにおけるＩＳの聖地とまで言われている。

「何人の部下が負傷したんですか？」

「四人が死亡し、二人が重体、あとは軽症だ。本来ならもっと怪我人が出ただろう。おまえに救われたよ。それに任務も遂行できた。礼を言う」

梁羽は周囲を見ると、頭を下げた。部下に見られたくないのだろう。

「礼を言われる覚えはありません。今から考えれば、私の行動は蛮勇だった」

改めて礼を言われると、気恥ずかしい思いである。昔の夏樹なら彼の言う通り、見過ごしていたはずだ。やはり民間人に溶け込み、妙な正義感が出たのかもしれない。

「お待たせしました」

潘が料理を載せたトレーを夏樹と梁羽の前に置くと、レストランから出て行った。あらかじめ人払いを命じてあったのだろう。

「実は、我々がテロリストから守ったのは、この国の要人だ。狙われているという情報が入ったため、私はチームを組織して陰で警護していた」

ナイフとフォークを握った梁羽は、声を潜めた。インドネシアの政府要人というのなら中国に利する者である。

二〇一五年、インドネシアのジャワ島を縦断する高速鉄道計画は、中国と争っていた日本がほぼ落札するということで進められていた。だが、同年九月三日にジョコ大統領は前政権から計画を引き継いでいたにもかかわらず白紙に戻し、さらに九月二十九日に中国案の採用を決定したことを発表している。

インドネシアは二〇一四年十月の総選挙で日米寄りの政権が敗れ、中露寄りの左派政権に交代していた。つまり現政権を守ることは、中国にとっても重要というわけだ。

「なるほど、ジョコ政権は中国にとってお客様ですからね」

夏樹はトマトジュースで喉《のど》を潤すと、マグロの寿司《すし》を箸《はし》でつまんだ。インドネシアはコーヒー通の夏樹にとって単なる良質の豆の原産国というだけで、高速鉄道の建設で日中が争おうと、まったく興味はない。そもそも日中が経済援助で競い合えば、得をするのは第三国で日本でも中国でもないからだ。

「今回の任務では、私は十人のチームを任されていたが、そのうちの六人を失った。そもそも人選は私が行ったのではない。どちらかというと、本部に押し付けられたようなものだ。まあ、それを言っても仕方がないことだが、チームは壊滅したも同然、残る四人ではとても任務を遂行できない」

梁羽は切り分けたローストビーフを口にした。

「補充はされないんですか？」

夏樹はローストビーフをナイフで切りながら尋ねた。

「今回の任務に適任の人材を要求しているが、六人もの補充となれば、一、二週間かかるだろう。それでも、実戦で使えるかどうかは疑問だ。そこでだが、次の任務を少しだけ手伝ってくれないか」

梁羽は表情も変えずに言った。

「冗談でしょう」

夏樹は思わず口に運びかけたローストビーフを落とした。

「私は冗談が嫌いだ」

梁羽はすました顔をしている。

「あなたと私はかつて師弟関係にありましたが、国同士は敵対関係にあると言っても過言ではありません。実際、現役時代は敵性国家として位置付けられていました。今でもそうですよ」

夏樹は皿に落としたローストビーフを食べながら、淡々と答えた。一瞬でも感情を乱し、なおかつ他人にそれを見せてしまった己の至らなさに内心舌打ちしている。

「日中が敵対関係？　それこそ冗談だ。まあ、現政権は世界を敵に回しているように見えるかもしれない。だが、それは、どこの国でも同じだ。常に自国の利益の上で政治は動いている。日本と中国は一部の利権を争っているに過ぎない。さもなければ、とっくに戦争になっているはずだ」

梁羽は肩を竦《すく》めた。

「そうでしょうか。中国は尖閣《せんかく》諸島や沖縄を狙っているじゃないですか。一歩間違えれば、戦闘に発展しますよ」

夏樹は小さく首を横に振った。いつの世も国同士の利権争いが戦争に繋《つな》がっている。中国が軍事力を強化しているのは、他国といつでも戦争ができるようにするためだ。

「それじゃ、言い方を変えよう。テロリストの陰謀を阻止するのを手伝ってくれ。中国のためではない。今朝の空港で罪もない民間人が殺された。あのような被害者を私は二度と出したくない。おまえも見ただろう。テロリストの凶弾に倒れた罪なき人々を」

梁羽は力強く言葉を発した。

「素晴らしいと言いたいですが、正義感をチラつかせるなんて、あなたらしくない。私がそもそもあなたと一緒に働けるわけがない。素性を知られたら、殺されるのがオチだ」

夏樹は苦笑を浮かべた。

「そう言うと思った。私がおまえのことを潘になんと伝えたか知っているか？」

「さあ」

首を傾げるほかない質問である。

「本名は、楊豹《ようひょう》。おまえの父親は私のかつての部下で、父親と一緒に日本に渡り、佐々木孝則と名乗り、潜入諜報《ちょうほう》員として長年活動していると伝えてある。潘は空港でおまえさんの活躍を自分の目で見て、ただものじゃないことは分かっている。私が直々に八《はっ》卦掌《けしょう》を教えた弟子と言ったら、納得していたよ」

「…………」

夏樹がレストランの入口で佐々木と言われて戸惑った表情をした。だが、潘はかえっていいように解釈したかもしれない。

「それとも冷的狂犬の正体をバラしてもいいのか。知っているのは、今は私だけだ。昨年、おまえの顔を見た私の部下は三人いるが、すべて配属が変わったために顔をあわせることも二度とない」

「脅しですか。私は中国の犬になるつもりはありませんよ」

夏樹はローストビーフが刺さったフォークを止めて梁羽を見た。

「脅すつもりはない。おまえもプロフェッショナルなら、立場を利用することだ。自分が支配的立場になればいいのだ。私を利用すれば、二度と中国のエージェントから命を狙われることはなくなるぞ。お互いの利になれば、それでうまく収まる」

ニヤリと笑った梁羽は、トマトジュースを味わうようにゆっくりと飲んだ。夏樹にとって中国を敵に回し、諜報員から命を狙われることは回避したい。梁羽なら、冷たい狂犬の情報を中国のデータベースから消去することも可能だろう。

「ふーむ」

夏樹はフォークを皿の上に置くと、溜息《ためいき》を漏らした。

マニラの夜

1

スカルノ・ハッタ国際空港十四時五分発、マニラ・ニノイ・アキノ国際空港行きのフィリピンエアラインのビジネスクラスに夏樹は収まっている。

「何か飲み物をお持ちしましょうか？」

キャビンアテンダントが、笑顔で尋ねてきた。スペイン系の美人である。かつてフィリピンを植民地として支配していたのは、スペイン人だった。その血を受け継いだ者はメスチーソと呼ばれ、現代でも羨望《せんぼう》の眼差《まなざ》しで見られる。

「スコッチウイスキー、ロックで」

時刻はマニラ現地時間で午後六時五十分。マニラには七時三十五分の到着予定だ。

梁羽と一緒に朝食を摂《と》り、急遽《きゅうきょ》フィリピン行きが決まった。中央軍事委員会連合参謀部に所属している梁羽および彼のチームと一緒に行動することになる。抵抗はあったが、合理的かつ論理的に考えて結論を出した。

公安調査庁の特別調査官だった夏樹は中国では冷的狂犬というコードネームで呼ばれていたが、六年前に引退したため半ば忘れ去られていた。だが、昨年韓国で活動したためにまたブラックリストに上がってしまったらしい。

連合参謀部のブラックリストに上がった場合、暗殺命令が出されることもあるという。だが、今のところ顔写真はないので、別人の写真を入れ、しかも安全を図る手段の一つとして、連合参謀部の諜報員として夏樹を登録するという奇抜な提案を梁羽から受けたのだ。梁羽なら出生や家族や軍歴に至るまででっち上げることができるらしい。そうなれば、中国政府から正式なパスポートや身分証明書も受け取れ、連合参謀部の諜報員として偽造パスポートも発給されるそうだ。中国に旅行に行くようなことがあっても、保障された身分で安全が確保できると梁羽はいう。おそらく、夏樹を中国のスパイとして取り込もうとしているのだろう。

さらに昨日のテロ事件を解決したことで、夏樹は一万米国ドルの報奨金をもらっている。任務で怪我や死亡した場合はもちろん、活躍した諜報員に対して支給される手当てらしい。梁羽がチームの指揮官としてもらった二万米国ドルのボーナスの半分を分け前としてもらったのだ。

報奨金なら抵抗はない。命のやり取りをして、結果を出しているので当然である。梁羽としても夏樹に借りがあるままでは、やりにくいこともあったらしい。おかげでタムリンのショッピングモールで、仕立てのいいジャケットやシャツや靴を買い揃えることができた。梁羽が言うように自分が主導的立場になり、相手を利用する。これは一流の諜報員なら当たり前の手法であり、夏樹は仕事を引き受けることにしたのだ。

また、協力するにあたって、日本に対する敵対工作でないことが第一条件であるが、それもクリアしている。任務の詳細はホテルから空港に向かう車の中で梁羽から聞いており、契約期間も梁羽のチームに補充要員が到着する一週間から十日という条件だった。

「黄色五星《こうしょくごせい》？　ひょっとして国旗のことですか？」

夏樹は聞き返した。午前十一時五十六分、スカルノ・ハッタ国際空港に向かう車の中である。梁羽の部下が運転する車で、夏樹と梁羽は後部座席に座っていた。

渋滞を避けてジャカルタ・インナー・リングロードではなく、西側を通るジャカルタ・アウター・リングロードに回ったのだが、結果は同じだったらしい。少し早めに出たのは、正解だったようだ。

「そうだ。中国国旗に使われている五つ星だ。レストランやホテルの格付けではない。我々に挑戦している武装組織は黄色五星と名乗り、しかも堂々と五星紅旗を象徴としている。まるで中国の意思を受けているがごとくに振る舞っているのだ」

梁羽は苦々しい表情で答えた。五星紅旗とは中国の国旗の通称である。

三ヶ月ほど前に黄色五星と名乗る組織から中国と敵対する国や組織、あるいは政治家にテロ活動を行うというメッセージとともにテロ計画のスケジュール表が、中央軍事委員会連合参謀部に届いたそうだ。対象は確かに中国政府と敵対する者や組織がほとんどだが、テロという形で攻撃すれば、国際社会から非難され、中国が孤立することは必至だった。

中国政府は非公式ルートを使ってインドネシア政府に情報を流し、同時に経験豊かな梁羽に特殊部隊経験者で構成されたチームを与えて、テロ計画を阻止するために派遣したのである。

「なるほど、黄色五星という組織は、中国を貶《おとし》めるために活動しているということですか。中国は口先ではテロをもっとも憎む行為だと言っていますからね。しかし、なんでわざわざ犯行予告をしてくるんですか？　黙って実行して、中国の仕業にすればいいことでしょう」

夏樹は鼻先で笑い、皮肉を言った。中国は新疆《しんきょう》ウイグル自治区やチベット自治区で、地域の民族を弾圧し、反抗すればテロリストとして処罰する。まさに「物言えば唇寒し秋の風」というのが中国である。

だが、その中国が二〇一六年十月現在、国連人権理事会の構成国になっている。世界中の人権団体が猛反発しているが、中国はふさわしい地位だと自画自賛しているのだ。中国人がよく言うように、世の中金で買えないものはないらしい。

「皮肉はたくさんだ。犯行予告が出されているから、我々が動く。あたふたするのを面白がっているのだろう。それに、今回もそうだが、犯行を阻止しようとした中国の諜報《ちょうほう》員が現場で負傷すれば、狙われた国はそれだけでも我が国を疑う材料になる」

「なるほど、今回は四人も亡くなっている。激しい銃撃戦だった。警備員を殺したのは、ひょっとして中国人観光客に化けた諜報員だった、とみられてもおかしくはないですね。そもそも、今回のターゲットは誰だったんですか？」

敵は狡猾《こうかつ》である。中国の情報部がボロを出すのを待っているのかもしれない。

「スシ・プジアストゥティ海洋水産大臣だよ」

梁羽は苦笑まじりに言った。親中国派の政権において、唯一中国に対して毅然《きぜん》とした態度を取る女性政治家である。

スシ大臣は、インドネシアの領海で違法操業している中国漁船を拿捕《だほ》し、次々と爆破撃沈させ、脚光を浴びていた。彼女が黄色五星と名乗る一見親中国派の武装組織に暗殺されたのなら、インドネシアの世論は一気に反中国となり、現政権は転覆していたかもしれない。彼女がいるおかげで、左派勢力の政権に対する国民の不満をガス抜きできていると言っても過言ではないからだ。

「あの女傑ですか。それじゃ、フィリピンは？」

夏樹は思わず噴き出した。

「察しがつくだろう。フィリピンで黄色五星が標的にしたのは、もちろん、あの妙な大統領だ。だが、国民の支持率は高い。彼が暗殺されるようなら、ただでさえ対中感情が最悪な国だけに一気に険悪なムードになるだろう。別に中国にとって、フィリピンのような小国家から恨まれようが気にすることはないのだが、米国に付け込まれる。米国が、本気で国連を主導し、南シナ海の人工島で領海を主張する中国を一気に潰《つぶ》しにかかるだろう」

梁羽が妙な大統領と言ったのは、フィリピンのロドリゴ・ドゥテルテ大統領のことである。過激な発言で知られ、「フィリピンのトランプ」とも揶揄《やゆ》されているが、実は計算高い男で、あえてオバマ大統領をこき下ろし、中国に接近する姿勢を見せかけて米国に揺さぶりをかけ、一方で中国の南シナ海の不当な政策を非難するなど戦略家だ。

「なるほど、ターゲットは、ドゥテルテ大統領か」

もし実行されれば、フィリピンは混乱し、中国はテロを操っていると世界中から非難されるだろう。


「スコッチウイスキーのオンザロックです」

出発前の梁羽とのやり取りを思い出して物思いに耽《ふけ》っていると、キャビンアテンダントがグラスに入ったウイスキーを持ってきた。

「ありがとう。ところで、君はドゥテルテ大統領のことが好きかい？」

夏樹はグラスを受け取ると、率直に聞いてみた。

「国民に支持されているみたいね。でも、彼はブ男だから、私の好みじゃないわ。私はハンサムが好きなの」

キャビンアテンダントは、意味ありげな言葉を発して笑って見せた。フィリピンはラテン系の国で何事も率直に表現し、男女関係は実に情熱的だ。彼女は夏樹に興味があるのだろう。夏樹は日本人離れした彫りが深い顔立ちをしている。だが、本人は自分の容姿に無頓着《むとんちゃく》で意識していない分、女は惹《ひ》かれるらしい。

「面白い意見だ」

夏樹は鼻で笑うと、グラスのウイスキーを呷《あお》った。

2

午後九時、夏樹はマリオット・ホテル・マニラの一室にいた。

マニラ・ニノイ・アキノ国際空港に極めて近い五つ星のホテルで、カジノや高級モールを備え、美しいゴルフコースが隣接している。

腕時計を見た夏樹は部屋を出ると、数メートル先の部屋のドアをノックした。

潘がドアを開け、頭を下げた。

夏樹はわずかに頷《うなず》き、部屋の奥に進んだ。部屋はスイートルームで、ソファーセットが置かれたリビングがあり、その左手奥がベッドルームになっている。

窓際の一人掛けのソファーに梁羽が座っており、ベッドルームの入口の前に体格のいい四人の男が立っていた。そのうちの一人はスカルノ・ハッタ国際空港でピンクのジャケットを着ていた男である。

潘もそうだが四人ともピンクや黄色に派手な柄のジャケットを着ている。観光客に溶け込むように頑張っているようだが、全員一八〇センチ前後で胸板も厚い逞《たくま》しい体をしているので、一般人には見えない。対テロということで武器や格闘技に優れた特殊部隊出身者が選ばれたようだが、梁羽が諜報員として期待できないと言っていたのは頷ける。

彼らは同じ飛行機でフィリピンに入国していたが、夏樹や梁羽と違ってエコノミークラスだったので、空港でもほとんど顔を合わせていない。

「こちらに来てくれないか」

梁羽は手招きをした。

夏樹は無言で梁羽の傍にあるソファーに腰を下ろした。

「改めて部下を紹介しよう。手前から周江《しゅうこう》と黑征《こくせい》、張班《ちょうはん》には空港で会っているはずだな。それに潘楠《はんなん》だ」

梁羽が名前を呼んでいくと、男たちは夏樹の目を見て丁寧に頭を下げる。夏樹の空港での活躍が目に焼き付いているに違いない。空港でピンクのジャケットを着ていた張は、濃いピンクのジャケットに着替えている。色にこだわっているらしいが、ここまでくるとコメディアンに見えてしまう。

「楊豹だ。よろしく」

夏樹は軽く頭を下げた。

「楊は遡《さかのぼ》れば、私と三十年来の付き合いがある。二十年前の学生時代に日本に渡り、以来日本を中心に情報活動をしている。今回は、彼の腕を見込んでインドネシアに助《すけ》っ人《と》として呼び寄せていたが、その活躍は君らも自分の目で見たはずだ。だが、黄色五星の攻撃で、我々のチームは六人の死傷者を出してしまった。そのため、フィリピンでの任務にも一週間程度だが、協力してもらうことにした」

梁羽は顔色一つ変えずに言った。さすがに老練な諜報員である。経験の浅い四人の部下を騙《だま》すのは容易《たやす》いことだ。四人とも大きく頷いてみせた。

「老師、楊の助っ人はありがたいのですが、欠員の補充はいつになりますか？」

潘が質問をしてきた。十人で対処して死傷者を出したのだ。不安なのだろう。

「連合参謀部からは一週間から十日後と言われている。だが、黄色五星からの新たな犯行予告がいつ来るか分からない。補充人員が来るまでは、今のメンバーで頑張るしかないのだ。もっとも、この国にも我が国の諜報員は数千人、準工作員も入れれば万単位になる。我々は足を使う必要はない。じっくり構えていればいいのだ」

梁羽は席を立つと、ミニバーからウイスキーのミニボトルを出し、グラスに注いだ。中国は世界中の国々に諜報員を大量に送り込んでいる。華僑《かきょう》が多いフィリピンに数万人いると聞かされても驚くことではない。

「インドネシアでは、チームもダメージを被りましたが、黄色五星も六人死にました。彼らに再びテロを行う体力はあるのでしょうか？」

張が今度は質問をしてきた。彼の場合は、敵は壊滅したと楽観視しているらしい。

「実は私が独自に調査し、分かってきたことだが、インドネシアで一月にあったテロもバックに黄色五星の存在があったようだ」

席に戻った梁羽は、グラスのウィスキーを口にした。

「あの事件の犯人は、全員死にましたが、ISの影響を受けていたと聞いています。黄色五星とは関係がないんじゃないですか？」

夏樹は首を捻《ひね》った。すでに一月の事件の背景は解明されているはずだ。

「黄色五星は、地元のテロ組織に計画を実行させ、目的が達成されない場合は、ISの犯行と見せかけるようだ。なぜなら、一月の事件での犯行予告は、米国大使だった。だが、大使は事件の直前にテロ現場となったスターバックスから立ち去っていた。今朝の事件もターゲットはスシ大臣だったが、楊の活躍で失敗している。二時間ほど前にISが犯行声明を出した。つまり真の目的が達成された場合のみ、黄色五星と名乗るのではないかと私は見ている。単なる無差別テロで黄色五星と名乗ったところで、政治的な意味は大してないからだろう。奴らの目的は、あくまでも中国を貶《おとし》めることなのだ」

梁羽は渋い表情で答えた。

「黄色五星とISの関係は、どうなっているんですか？」

潘が険しい表情で尋ねた。彼は心配性なのかもしれない。

「今のところ判明していない。だが、黄色五星は、連合参謀部に直接犯行予告メールをよこしている。ISに影響を受けたインドネシアの武装組織にはそんな芸当はできないはずだ。黄色五星としてテロの予告をしている者は、高度な情報処理能力を持っていると私は思っている。フィリピンでも地元の武装勢力を使ってテロをさせるのだろう。金だ。金の力でテロを実行するのだ」

梁羽はグラスのウイスキーを一口で飲み干した。所詮《しょせん》ミニボトルのウイスキーの量はたかが知れている。

「フィリピンの武装勢力ということは、イスラム系過激派〝アブサヤフ〟ということですよね」

夏樹は梁羽の話を遮るように尋ねた。彼の部下の質疑がじれったいからだ。少し考えれば分かりそうなことを質問している。彼らは頭を使うことが苦手らしい。

〝アブサヤフ〟は現政権との停戦協定に応じていない。また、ドゥテルテ大統領も〝アブサヤフ〟を壊滅しようと手段を選ばない覚悟があるようだ。

「当然そうなるだろう。〝アブサヤフ〟もISに忠誠を誓っている。だが、私はやはり、事件の主犯がISだとは思っていない。なぜならISがわざわざ中国を意味する黄色五星と名乗る意味はないからだ」

梁羽の答えは妥当な線である。夏樹はそれを承知で質問していた。

「それなら、彼らに直接聞けばいいじゃないですか」

夏樹は単純に考えている。犯行を依頼される組織が分かっているのなら、その組織の構成員に直接聞けばいいのだ。

「何？　〝アブサヤフ〟に会うというのか？」

梁羽が両眼を見開いた。

「それとも、テロが行われる当日に動き、同じような結果を生んでもいいのですか？」

スカルノ・ハッタ国際空港で梁羽のチームは相手の犯行予告に単純に対処したために後れを取ったのだ。犯行の計画段階で情報を得ていれば、仲間も含めて大勢の死傷者を出していなかっただろう。

「たっ、確かに」

梁羽は難しい表情を崩さずに頭を上下に振った。

3

国民の八十パーセントがカトリック教徒というフィリピンであるが、実はイスラム教の方が古くから信仰されていた。

十四世紀後半、アラブ系商人との交易によりイスラム教は、スールー諸島やホロ島、それにミンダナオ島に普及しており、十五世紀までにミンダナオ島の住民のほとんどがイスラム教に改宗していたという。

十六世紀にフィリピンの植民地支配を始めたスペインは、ローマ・カトリック教の布教も同時に進めた。十八世紀になり支配地の拡大を図るべくスペインは、フィリピンの南部にあるイスラム勢力が支配する地域へ侵攻する。ミンダナオ島西南部、スールー諸島、南パラワン島は激しく抵抗したのだが、この図は、現代フィリピンとまったくかわらない。

現在ミンダナオ島西南部、スールー諸島などのイスラム教過激派が中央政府に対して、武力闘争をしているのは、七世紀も前からこの地域はカトリック教の支配地ではないからだ。

翌日早朝にマニラを出発した夏樹は、梁羽の部下である張を伴い、ミンダナオ島の南に位置するダバオにフィリピンエアラインで移動していた。時刻は午前八時四十分、マニラからダバオまでは一時間五十分と気軽に来られる。二人はイスラム系武装組織の動向を探るために、ミンダナオ島に来たのだ。

フィリピンの特徴的な気候といえば、雨季のスコールや耐えられないほどの湿度、それに台風である。だがダバオは雨季や乾季が特になく、気温や降水量も一年を通じて変化が少ないので気候が安定しており、台風の発生地域よりも南に位置するため台風被害もほとんどない。

ダバオ国際空港の体育館のような空港ビルに集まる出迎えの人混みを避けて、夏樹と張はタクシー乗り場に出た。二人とも機内に持ち込める小さなスーツケースだけ持っている。

「マニラよりものんびりしている感じですね。それに気候がいい」

ピンクのポロシャツを着た張は、大きな欠伸《あくび》をした。ジャケットを着ていないのは、飛行機に乗るために銃を携帯できなかったからだ。マニラでは中国大使館で銃の支給を受けるらしい。基本的に世界のどこの都市でも、連合参謀部の情報部員は中国大使館から武器が支給されるので、手ぶらで現地に行くそうだ。

「張。中国語じゃなく、英語で話せ。中国人はこの国じゃウケが悪いことを忘れるな」

「すみません」

張は頭を掻《か》いて苦笑した。

本当は一人で来るつもりだったのだが、梁羽が一人では危険だからと張に同行を命じたのだ。夏樹の手腕を知っているにもかかわらずお供をつけたのは、ボディガードではなく監視役としてだろう。

夏樹と張は、目の前に停車したビビッドピンクのタクシーに乗った。

「ラモン・マグサイサイ・ストリートに行ってくれ」

マニラでは必ず乗る前に行き先をタクシー運転手に告げる。行き先が遠かったり、運転手が道を知らない場所だったりすると、乗車拒否や最悪すぐに降ろされてしまうからだ。

「分かりました」

運転手は素直に頷《うなず》いてメーターの計測ボタンを押した。

マニラよりもダバオは治安が良く、ボッタクリに遭うこともほとんどない。

現大統領であるドゥテルテが、一九八八年ダバオ市長に選出されて三期務め、その後多選禁止規定の問題で、下院議員となるも、二〇〇一年にダバオ市長に返り咲き、再び三期務めている。その間、ドゥテルテは非合法な自警団を黙認する形で、犯罪者を次々と殺害する恐怖政治を行い、治安を回復した。

フィリピンで第三の都市であるが、気候が温暖なせいか人々もおっとりとしており、運転マナーもいいため、交通渋滞も起こらない。手法はともかく、ドゥテルテの強権がもたらした平和である。夏樹は個人の旅行で何度か訪れているが、マニラのように我先に交差点に突っ込んで、怒鳴り合う光景は見たことがない。

空港でレンタカーを借りることもできるが、基本的に運転手付きで車だけ借りることはできない。それにミンダナオ島では、乗用車の単独での移動は危険だと思った方がいい。イスラム系武装組織だけでなく、盗賊まがいの連中の標的になるからだ。

車線が多いというだけのパン・フィリピン・ハイウェイから片側一車線しかないバカカ・ロードを経由して住宅街を抜け、サーカムフェレンシャル・ロードに入ると道幅は広くなり、乗り合いバスであるジープニーも沢山走っている。

「買い物に行くなら、マグサイサイ・ストリートより、ピコン・ストリートかサン・ペドロストリートの方が便利ですよ。どうしますか？」

トーリズ・ストリートに入ると、運転手は親切に尋ねてきた。このまま真っ直ぐ進めば、街の中心部である通りに出られるからだ。

「知り合いに会いに行くんだ。買い物はその後にするつもりだよ」

笑顔で答えた夏樹は、次の交差点で左折するように指示をした。

五叉路のラウンドアバウトを回って、ラモン・マグサイサイ・ストリートの入口にある〝友誼門《ゆうぎもん》〟と書かれた朱色の中華門を潜った。ラモン・マグサイサイ・ストリートは中華街なのだ。だが、よくある中華街と違って、中華料理屋が軒を並べているわけでもなく、中国語の看板があるわけでもない。この地域の華僑《かきょう》が多く住むというだけで、中華門以外に中国らしいものはほとんどない。ひっそりと暮らしているようだ。

夏樹と張は、シャンハイレストランと英語の看板を出している店の前でタクシーを降りて、その先にある自動車の部品を売っている店に入った。

薄暗い店内の奥で、ランニングシャツ姿の男が折りたたみ椅子に座って煙草を吸っている。ダバオは公的な場所での喫煙は厳しく取り締まられているが、基本的にフィリピン人の喫煙率は高い。男は四十代後半の中国人、陳軍《ちんぐん》という名前の古くからこの地に住み着いている華僑である。

「今日もいい天気だね。特殊なタイヤホイールを探しているんだ」

夏樹は店内に無造作に積まれたタイヤを叩《たた》きながら中国語で尋ねた。

「どんなホイールだね？」

陳は、煙草の煙を吐き出しながら聞き返してきた。表情を変えることはない。愛想という言葉を知らないらしい。

「ＢＪ２０２２だ」

夏樹も無表情で答えた。ＢＪ２０２２とは中国人民解放軍が使用している軍用四駆

〝勇士〟のことである。

「付いて来い」

陳は煙草をくわえたまま、店の奥のドアの鍵《かぎ》を開け、手招きをした。

「…………」

奥の部屋に入った夏樹は、感嘆の声を押し殺した。というのもちょっとした武器庫になっているからだ。世界中どこの国にもある中華街の中には、密《ひそ》かに人民軍の関係者が経営する店があり、中国の諜報《ちょうほう》員に協力してくれると梁羽から教えてもらったのだ。店主と交わした言葉は合言葉で、武器を調達したい場合に使うらしい。

中国製アサルトライフルの81式や95式自動歩槍《ほそう》、ハンドガンの92式手槍だけでなく、米国製のアサルトカービンであるM4やオーストリア製ハンドガンのグロックなど種類も豊富で、未使用のものは段ボール箱や木箱に納めてある。

以前から中国の諜報員は簡単に武器を手に入れていると思っていたが、民間人になりすました工作員が街中で堂々と武器を扱っていたようだ。

「それじゃ、グロック19と予備弾とショルダーホルスターをもらおう。請求はチームあてにしてくれ」

夏樹はどうせならと信頼性が高いグロックを選んだ。値段は92式手槍の方が安いだろうが、自腹で払う必要はないので気にしない。

「私も同じもので」

張も中国製は選ばなかった。自国製の銃が酷《ひど》いということを知っているのだろう。

「今時の諜報員は、愛国心もないのか。ここにサインしてくれ。請求先のチームのボスは誰かね？」

二人を睨《にら》みつけた陳は、ボードに挟んだ用紙を投げるように渡してきた。中国製の武器を選ばなかったことが不服らしい。

「紅的老狐狸だ」

苦笑した夏樹は梁羽のコードネームを言った。

「なんと、あの方がまだ働かれているのですか」

陳は目を丸くし、口を開けた。この男は諜報員として働いたことがあるのだろう。梁羽は中央軍事委員会連合参謀部では伝説的な人物である。驚くのも無理はない。だが、彼と死闘を繰り広げた夏樹が、中国や北朝鮮の情報関係者から恐れられていた冷的狂犬と知ったら死ぬほど驚くことだろう。

「そういうことだ」

夏樹はサインをすると、真新しいグロック19を箱から取り出した。

4

ダバオで銃を手に入れた夏樹と張は、急いで空港に戻り、午前十時半発セブ島行きの飛行機に乗っている。セブ島からさらにミンダナオ島北部ラギンディガン国際空港を経由し、北西部イリガン空港に向かうためだ。ダバオからイリガン空港への直行便は深夜にしかないため、二回も乗り換えねばならない。

手に入れた拳銃《けんじゅう》は、タオルに包んでスーツケースに入れて検問は抜けていた。マニラ空港ではセキュリティが厳しいが、地方都市の空港では賄賂《わいろ》を払えば、いくらでもセキュリティを抜けられる。夏樹も驚いたが、中国の情報部では、空港に限らずフィリピンで賄賂が使える人物をリストアップしてあるようだ。おそらく世界規模で調査してあるに違いない。

諜報員の数と組織力でＣＩＡは世界一の情報機関と言われるが、実は民間人として生活する工作員の数も入れれば諜報員の数は中国の方が圧倒的に多い。それに経済大国となった資金力で、中国は民間だけでなく各国の政府中枢に至るまで諜報網を張り巡らしていると言っても過言ではない。

夏樹が梁羽の提案を受け入れたのも、巨大な諜報網を利用することで実態を調査するチャンスだと思ったからだ。一週間で三百万円、黄色五星の主犯格を捕まえるか殺害すれば、さらに五百万円の報酬を上積みするという条件に心が動かなかったわけではない。

夏樹と張が最終的に目指しているのは、ミンダナオ島北西部にあるラナオ湖に面したマラウィである。この街のはずれにある刑務所には、フィリピン南部で活動していたイスラム系武装組織の活動家が多数収監されており、アブサヤフに属していた受刑者もいるという。夏樹は彼らから直接情報を得ようとしているのだ。

ダバオからマラウィへ、約三百五十キロ、ジャングルを抜ける道路を車で飛ばせば六、七時間で行けるだろう。だが、ジャングルを通行する車やバス、それに海上を航行する船をイスラム系武装組織が襲撃し、乗客を拉致《らち》する事件が頻発している。同じ時間をかけるなら飛行機を乗り継いだ方が安全なのだ。

夏樹らはセブ島に十一時四十分に到着し、カガヤンデ・オロにあるラギンディガン国際空港に向けて予定通り十三時に出発した。フライトは順調で、十三時四十八分にカガヤンデ・オロに到着している。ここまでは問題なかったが、イリガン空港行きのセスナ機が故障で飛ばないという。イリガン空港までの定期便はないため、個人経営の零細航空会社に予約しておいたが、予備の機体などないのだ。

夏樹は飛行機を諦《あきら》め、タクシーに乗った。ここからマラウィまでは約百キロ、二時間半もあれば行ける。イリガン市までは海岸線に沿った道路を進み、その先も日の高いうちなら車での移動も安全と判断した。

運転手は、無言で海岸道路を猛スピードで飛ばしている。日が暮れる前にカガヤンデ・オロに帰りたいのだろう。地元の人間でさえ、夜間の移動は自殺行為に久しいのだ。

一時間後の午後三時、イリガン市を通過し、海岸道路から今度はジャングルを抜けるイイガン・マラウィ・ロードに入った。

イリガン市から西側は、日本の外務省から渡航延期勧告が出ている。まだ、太陽は頭上にあるうちは、ジャングルの木々が迫る道路は今のところ快適であるが、日が暮れれば、街灯などまったくないため鼻先も見えない暗闇に閉ざされることは間違いないだろう。

四十分後、タクシーはマラウィの市内に入った。

一軒だけだが豪華なホテルがあり、州立大学もある。というのもマラウィは、ラナオ・デル・スル州の州都であり、正式名称はマラウィ・イスラム市と言う。イスラム教徒が九割を占めて、ミンダナオ島でもイスラム色が濃い街だ。

「ここで待っていてくれ」

夏樹はフィリピンの国民食とも言えるハンバーガーショップであるジョリビーの店先で車を停めさせた。ダバオを出てから何も口にしていなかったのだ。

夏樹はチャンプ（ラージサイズのハンバーガー）とスパイシー味のチキン、張はチャンプとホットドッグを二つずつ注文し、急いで食べた。店を出る前にチキンとチャンプを余分に買い込んで段ボール箱に入れ、再びタクシーに乗り込んだ。

午後四時、タクシーは街の東にある州立刑務所に到着した。夏樹と張は、ショルダーホルスターに銃を収め、ジャケットを着るとスーツケースを提げて車を降りた。ジョリビーで買い込んだ食料は、張に持たせてある。

ゲートで閉ざされた正門の向こうには運動場があり、右手に巨大な体育館のような監獄棟が建っていた。左手には二回り小さい監獄棟があり、ゲートの左前方にオフィスと看守や警備員らの宿泊施設にもなっている建物がある。

正門脇の警備員室から二人の警備員が現れた。一人は二十代後半、もう一人は四十前後、二人ともマレー系で腹が出ている。

「マニラ市警のホセ・ゴンザレスとジョン・リーだ。囚人に事情聴取に来た」

夏樹は、茶色のジャケットのポケットから出したポリスバッジを見せた。ダバオの陳の店で手に入れた本物で、バッジに付いているIDカードには名前が記されていたので、それをそのまま名乗ったのだ。しかもIDカードに陳はいとも簡単に夏樹の写真を差し込んでくれた。

その場で写真を撮り、パソコン上で合成した画像をプリントアウトして本物のIDカードに貼り合わせるのだ。瞬く間に出来上がったことにも驚いたが、出来栄えは完璧《かんぺき》である。日本の諜報《ちょうほう》活動が、中国に後れを取っている理由がこんなところでも見せつけられた。

夏樹は日本人の割に彫りが深いので、スペイン系の血が混じっていると言ってもおかしくはない。それに張が手に入れたIDカードは中国系フィリピン人なので都合が良かった。夏樹は警部で、張は警部補である。また、陳はそれに合わせてフィリピン人のパスポートをその場で作成してくれた。

「何も聞いていない。スケジュールにも記載されていない」

年配の男が脇に抱えていた書類を見て首を横に振った。

「何！　記載されていないだと。マニラからここに来るまでに、一体どれだけ時間がかかったと思っているんだ。ふざけるな！　報告を受けていないのか。所長を今すぐここに連れて来い。我々は市警本部から来たんだぞ」

夏樹は年配の男に迫り、人差し指で男の胸を突《つ》きながら怒鳴りまくった。傍に立っている張が、目を白黒させている。

「なっ、何かの手違いがあったのかもしれない。所長は勘弁してくれ」

年配の男は両手を胸の前で振りながら後ずさりした。

「俺を本気で怒らせたいのか。さっさとゲートを開けろ。こっちは、忙しいんだ」

夏樹は顔を真っ赤にさせている。

「たっ、ただいま開けます」

血相を変えた年配の男は、若い男にゲートを開けさせた。

5

夏樹は警備員室の奥にあるオフィスに顔を出した。

三十平米ほどの部屋に煙草を吸いながら談笑している職員が二人だけである。事前に調べてあるが、職員は二十四人いるはずだ。警備員室に四人いたので、夜間の警備のために宿泊施設で仮眠を取っている職員も何人かいるはずだ。

二人の職員は夏樹を見て首を捻《ひね》ったが、怪しむ様子はない。黒のポロシャツに上等な麻のジャケットを着ている。それに足元のトレッキングシューズは、泥にまみれていないからだろう。囚人でないことは確かだが、職員の態度は気が緩んでいるようにしか見えない。

一ヶ月ほど後のことになるが、二〇一六年八月二十八日、イスラム系過激派組織〝マウテ〟の約五十名のメンバーが、この刑務所を襲撃し、受刑者を二十八名も脱獄させている。その際、刑務所職員は一切反撃しなかった。その怠慢ぶりが問題となり、警察が内部に協力者がいるのではないかと捜査に入ったほどだ。

「マニラ市警本部から来た。所長か副所長のところに案内してくれ」

ポリスバッジを見せた夏樹は、二人の顔を交互に見た。所長と副所長が留守ということは分かっている。というのも、二人を偽の式典に招待し、カガヤンデ・オロに呼び出しておいたのだ。帰ってこられるのは夜か、明日の朝になるだろう。

「二人とも外出中です」

向かって右側の男が面倒臭そうに答えた。男は意外にも平然と答える。幹部の二人が不在なのは、珍しいことではないのかもしれない。

「アブサヤフのメンバーが四名収監されているはずだ。彼らに尋問がしたい。誰か対処してくれないか」

わざと舌打ちをした夏樹は、ポケットから折り畳まれたアブサヤフの受刑者の名前が記された書類を出して見せた。この刑務所に来る前に、梁羽を通じてフィリピン在住の課報員に調べさせておいたのだ。

「確かにこの四人は収監されています。案内しますから、勝手に尋問してください」

男はなぜかニヤリと笑って立ち上がると、出入口脇の棚からショットガンを出した。レミントンM870である。監獄棟に行く際は、携帯することが義務付けられているのだろう。

「名前を聞かせてくれ」

些細《ささい》な仕事でも、名無しと仕事するのはやりにくい。

「ジャミラ・ファイサルです」

男は不機嫌そうに答えた。やはりイスラム教徒のようだ。

案内されたのは、敷地内の左側の監獄であった。入口から入ってすぐの小部屋で身体検査をされて、内部に入る際に銃は預けるシステムらしい。銃もそうだが荷物も心配なので張に銃を渡し、小部屋に残るように指示をした。この刑務所の職員を信じるほど、お人好《ひとよ》しではない。

小部屋を出て廊下の突き当たりの鉄格子のドアを抜け、ショットガンを持った職員が入っていく。夏樹はジョリビーのバーガーやチキンが入った段ボール箱を抱えて彼の後ろに従った。ドブのような不快な異臭がする。下水道が完備されていないようだ。

長い廊下が続いているが、下は床ではなく地面である。この建物は地面の上に直接建てられているらしい。廊下の両側に鉄格子で仕切られた八畳ほどの牢屋《ろうや》が並んでいる。

一つの部屋に六名から八名の囚人が収容されていた。

全員黄色いTシャツを着せられている。フィリピンの刑務所でのいわゆる囚人服で、色が黄色であれば何でもいいらしい。

ベッドはなく、囚人は床に敷かれた薄汚れた布の上に寝そべったり、膝《ひざ》を抱えて座ったりと気怠《けだる》そうにしている。それでもこの国では横になれるだけマシだろう。

ドゥテルテ大統領が二〇一六年六月末に就任し、麻薬犯罪者の最後の一人が自首するまで戦うと〝麻薬撲滅戦争〟を宣言した。そのため、就任直後から警察官や自警団に殺害された容疑者と逮捕者が急増しマニラ首都圏の刑務所は受刑者で溢《あふ》れ返るようになった。

逮捕者は刑務所内の屋根裏やグラウンドでの就寝を余儀なくされており、世界中から非難されているが、ドゥテルテ大統領は気にする様子はない。

「この部屋に二人、別の部屋に二人です。尋問室はありません。拘置前の取調室が別棟にありますが、この建物の外に囚人を出すには、所長の許可が要ります」

出入口から十二番目の部屋の前で立ち止まったジャミラは、肩を竦《すく》めて見せた。つまり、鉄格子越しに話せと言うことらしい。だが、それでは尋問はできない。他の囚人の前で、警察官に情報を流すような馬鹿は絶対いないからだ。

「空いている独房や部屋はないのか？」

「ないこともありませんがね」

ジャミラは看守と顔を見合わせて笑った。二人の言わんとしていることは分かっている。

「それじゃ、一人ずつそこに案内してくれ」

夏樹は二人に二百ペソ紙幣を一枚ずつ渡した。日本円にして四百六十円ほどだが、外食するには充分の金額である。

「この部屋の鍵《かぎ》を開けるけど、空いている部屋は確か四百ペソだったよな」

ジャミラが言うと、看守もにやけた表情で頷《うなず》いた。

「分かった。部屋に案内してくれたら、渡す。囚人を出してくれ」

「囚人を出すには、一人八百ペソかかる。所長にばれたら、俺たちは首になるかもしれないからな」

随分とふっかけてきたものだ。

「俺が連れ出す。中に入れろ」

夏樹は表情もなく言った。このまま言うことを聞いていたら、職員たちに一ヶ月分どころか一年分の給料に相当する金を渡さなければならなくなるだろう。

「あんた、丸腰だろう。自分が何を言っているのか、分かっているのか。ポリスバッジだけで、こいつらが言うことを聞くと思っているのか？」

ジャミラは大袈裟《おおげさ》に両手を広げ、首を左右に振ってみせた。

「いいから開けろ！」

「もし何かあったら、助けてやるよ。ただし、その時は危険料として二千ペソもらう。半殺しでいいのなら、五百ペソにまけてやる」

舌打ちをしたジャミラは、毒づいた。

「おい、俺たちにも手伝わせろ」

やり取りを聞いていた囚人たちが、声をかけてきた。夏樹を痛めつけて、マージンを取ろうというのだ。

「もちろん、山分けだ」

ジャミラは、囚人たちに親指を立てて鉄格子のドアの鍵を開けた。向かいの牢屋の囚人たちも騒ぎ始めた。刺激のない監獄でショーがはじまったらしい。

「おまえはアクバルだな、それとおまえだ、ファリード。俺と一緒に外に出ろ。聞きたいことがある」

部屋に入った夏樹はあご髭《ひげ》を伸ばした二人の男を人差し指で示した。事前に調べてきた資料は頭に入っているので、間違いない。

「俺たち、名前を呼ばれたようだぞ」

男たちは自分を指差し、おどけて見せた。わざと夏樹の気を引いているのだろう。

案の定、いきなり左右からパンチと蹴《け》りが飛んでくる。残りの二人の囚人が左右に分かれて、仕掛けてきた。

夏樹は左の男の腕をとって捻《ひね》りながら体勢を崩し、男の頭で右の男の蹴りを受け止め、左の男を気絶させた。蹴りを入れた男の脇腹に間髪をいれずに肘《ひじ》打ちを入れ、崩れたところを右裏拳で顔面を叩《たた》く。男は白目を剝《む》いて膝から倒れた。男たちは喧嘩《けんか》慣れしているかもしれないが、少年時代に中国で八卦掌《はっけしょう》を会得し、帰国してからは古武術の修行に明け暮れた夏樹の敵ではない。

顔色を変えたアクバルとファリードは顔を見合わせると、同時に殴りかかってきた。

「むっ」

紙一重で避《よ》けたにもかかわらず、ジャケットの袖《そで》が切り裂かれた。男たちは手にナイフを隠し持っているらしい。

夏樹は二人と向き合うと、古武道で言えば猫足の中段の構えに似ているが、八卦掌の基本の正体の構えになった。

首を捻ったアクバルが右腕を振り下ろし、ファリードは右手のナイフを夏樹の心臓目がけて突き入れてきた。実に稚拙な攻撃である。

夏樹は右に体を入れてファリードの右腕を下から突き上げ、アクバルの腕にナイフを突き刺した。悲鳴をあげてアクバルが倒れたのを横目にファリードの首に腕を絡ませて引き倒し、腕を捻り上げながら後頭部を膝で押さえつけた。

八卦掌の動きで避け、古武道の押さえ極《ぎ》めをしたのだ。ファリードは手に持っていた刃渡り四センチほどの小型ナイフを喘《あえ》ぎながら放した。

「俺と一緒に来るよな？」

容赦なくファリードの腕を捻《ね》じ上げながら夏樹は、彼の耳元で尋ねた。

ファリードは唸《うな》り声をあげ、必死に首を縦に振った。激痛でまともには答えられないのは知っている。ジャケットを切り裂いた罰として少しばかり懲らしめているのだ。五秒もあれば、腕の骨を折ることなど簡単にできる。この激痛に耐えられる者などいないのだ。

夏樹はファリードを後ろ手で締め上げながら立ち上がり、

「儲《もう》けそこなったな」

呆然《ぼうぜん》と立っている二人の職員を見て笑った。

6

ファリードは、二十七歳、身長一七二、三センチ、体重は六十キロもないだろう。栄養が行き届いているようには見えない。だが、体は引き締まり、野獣のようにギラギラとした目つきをしている。

彼はアブサヤフに属するレッドバンブーという構成員が十名の武装組織を率いていた。六名の仲間が殺害された政府軍との銃撃戦で自らも負傷し、逮捕されたと警察の記録にはある。右足はひきずっている程度だ、かすり傷だったに違いない。投降したのは、弾薬が切れたからだろう。

夏樹はジャミラに、監獄の一番奥にある部屋に案内された。空いている部屋と言われたが、牢獄《ろうごく》ではなく、倉庫であった。

ファリードを倉庫の奥の高窓の下に座らせ、夏樹は出入口のドアの前に立った。

「受け取れ」

夏樹は持参した段ボール箱からチキンの包みを出し、ファリードに投げ渡した。

「…………」

匂いを嗅《か》いだファリードは、訝《いぶか》しげな目で夏樹を見ている。

「遠慮なく食えよ。ジョリビーのスパイシーチキンだ。そんなことで、買収しようとは思っていない。ハラールで毒は入っていないぞ」

夏樹の言葉を聞くなり、ファリードは包みを開けて貪《むさぼ》るように食べはじめた。ハラールとはイスラム教で不浄でないということである。

ファリードはチキンを食べながら、夏樹の足もとに置いてある段ボール箱をちらりと見た。一つじゃ足りないことは分かっている。

「ハンバーガーもやるよ。それともチキンがいいか？」

夏樹は段ボール箱からハンバーガーとチキンの包みを出して見せた。

「チキン！　チキン！」

あっという間に食べたファリードは、右手を伸ばしてきた。指が長く節くれだっていない。意外にもテロリストのくせにあまり銃を使っていないようだ。

フィリピンの刑務所に収容されている囚人はいつも飢えている。彼らが気怠《けだる》そうにしているのは、空腹だからだ。囚人を飢えさせ、反抗する体力を奪うというのは、刑務所の常套《じょうとう》手段である。

「何が聞きたい？」

二本目のチキンを受け取ったファリードは、小さな声で尋ねてきた。倉庫の中は他の牢屋から見えないが、声が漏れることを警戒しているのだ。

「黄色五星という名前を聞いたことはないか？」

ファリードに近づいた夏樹も、声を潜めた。

「黄色五星？　何だそれ？」

ファリードは二本目のチキンの骨をしゃぶりながら首を捻った。この男は同室にいたアクバルと違って部隊長クラスで組織の中では幹部である。そのため、あえて怪我をさせなかったのだ。他の部屋にいるアブサヤフのメンバーも、ファリードに比べれば小物である。

「昨日、インドネシアのスカルノ・ハッタ国際空港でテロが起きた。犯人は六人の航空関係者に化けたイスラム系過激派だった。インドネシアのＩＳが犯行声明を出している」

夏樹は事件の経緯を話した。

「俺は四日前からここにいる。その前は十日間も警察署で勾留《こうりゅう》されていたんだぞ。インドネシアの事件なんて知るはずがないだろう。それにＩＳに忠誠を誓っているのは、アブサヤフだけじゃなく、マウテもそうだ」

ファリードは視線をそらさずに答えた。嘘はついていないらしい。

「黄色五星は、地域のイスラム系組織にテロを依頼しているらしい。フィリピンでも黄色五星からテロ予告が出された。フィリピンのイスラム系組織にすでに要請は出されたはずだ。黄色五星という名は使わず、別の名前を使っている可能性が高い。組織名は名乗らず、個人名やコードネームを使うかもしれないな。かなりの資金を持った奴らだ。依頼を受けた組織は、テロ活動をし、ジハードのもとに兵士は死んでいくんだ」

夏樹は自問するように言うと、新しいチキンの包みをファリードに渡した。

黄色五星は中央軍事委員会連合参謀部に直接メッセージを送ってくるほど、コンピュータや中国の事情に詳しい。世界で指折りの情報機関である連合参謀部を手玉に取っている。しかも、対処しているのは、伝説の諜報員《ちょうほう》である紅《あか》い古狐こと梁羽だ。夏樹の興味をそそったのは、まさにそこだった。

だが、黄色五星の組織に人員がいるのなら、テロ活動は自ら行うはずだと夏樹は考えている。一人ではないが、ごく少数の優秀な人間が豊富な資金をバックに、イスラム過激派組織を操っているのではないか。作戦が失敗しても損害を被るのは、イスラム過激派である。また、ISが声明を出せば、怪しむ者は誰もいない。そう考えると合点が行くことが多いのだ。だが、今の段階では推測の域を超えていない。

「テロの依頼？」

三本目のチキンを受け取ったファリードは、眉《まゆ》を顰《ひそ》めた。腹が減っているせいもあるのだろうが、手先が器用らしくチキンの肉を歯と指先であっという間に綺麗《きれい》に剝《は》がして食べている。

「おまえらは誰の命令で動いている?」

「宗教指導者だ。指導者が神のお導きにより、仕事を決める」

ファリードは袋から出したチキンを振りながら答えた。空腹は収まってきたらしい。

「しかし、たまには外部からの依頼も受けるんだろう? 武器に弾薬、組織のメンバーへの給料、政府軍や警察隊と戦うにも何かと金がかかる。だから金持ちの外国人を拉致《らち》して、身代金を要求するんだ。違うか?」

「そっ、それは、指導者への侮辱だ」

チキンにかぶりつきながら、ファリードは睨《にら》みつけてきた。本気で怒っているわけではないのだ。彼らのしていることは、基本的に盗賊と変わらない。むしろそれ以下だ。

「それじゃ、指導者を通さずに仕事を引き受けることがあるんだな」

「なっ」

ファリードが咳《せ》き込んだ。当たったらしい。

「心当たりがあるんだろう。教えてくれないか。このままここにいても死刑を待つだけだ。刑が軽くなるように手配してやる。生きてここから出たいだろう。私は市警本部長に顔が利くんだ」

夏樹は言い聞かせるようにゆっくりと言った。嘘に乗らないなら、殺すと脅すだけだ。

「……しかし」

ファリードは、天井を見上げた。迷っているということは脈がある。

「これだけは言っておくが、黄色五星は断じてイスラム教徒じゃない。非イスラム教徒からジハードの命令を受けてもいいのか」

要人暗殺の目的が達成されずに単なるテロになった場合は、ＩＳの犯行にすり替えるのだろう。

「非イスラム教徒！　ほっ、本当か」

ファリードの顔色が青ざめた。やはり、何か知っているらしい。

「だから、金を使ってテロを依頼するのだ。ジハードなら、自らの手で行うのが筋だ。何か知っているんだろう。教えてくれれば、それなりの見返りを出そう」

「それなら、すぐにここから出せ。仲間から情報を聞き出してやる。だが、フライドチキンだけじゃ騙《だま》されないぞ」

フライドチキンだけで吐かせようとは思っていないが、ファリードは馬鹿じゃなさそうだ。

「出来ない相談じゃないが、ここを出たいがために嘘をつかれても困るんだ。別におまえじゃなくても、他にも尋問する奴はいるからな」

夏樹は顔色を変えずに、首を横に振った。

「黄色五星とは名乗らなかったが、仲間に外部からの仕事の依頼を受けたと聞いて、俺も誘いに乗ったんだ」

ファリードがまた声を小さくした。

「それは、君らの指導者には内緒の話なのだな。よくあることなのか？」

「滅多にないことだ。指導者に知られたら、処刑されてしまうからな。仲間に問いただし、新しいクライアントのことを俺が聞き出す。それがイスラム教徒じゃないのなら、仕事をやめさせる。あんたにも情報を教えてやるよ」

ファリードは真剣な眼差《まなざ》しで答えた。

「よくぞ言ってくれた。だが、国外からの不当なテロ活動は和平へのプロセスを阻害するだけだ。釈放してやるから、協力しろ」

夏樹はファリードの肩を叩《たた》いた。

過激派組織

1

マラウィの州立刑務所で尋問を終えた夏樹と張は、街の西の外れにあるマラウィ・リゾートホテルにチェックインした。

街に一軒しかないホテルなのであらかじめ予約してあったのだ。フロントとレストランがあるレセプション棟はコンクリート製だったが、客室はすべて木造のロッジである。十畳ほどのベッドルームにリビングが付いているので広さに問題はないが、ドアロックは簡易なシリンダー錠でセキュリティレベルは低い。

宿泊するのなら、カジノが併設されたホテルがあるイリガンに戻るべきだったが、途中で日が暮れてしまうことが分かっていたので、初めから諦《あきら》めていたのだ。

刑務所では念のためにファリード以外の三人のアブサヤフのメンバーにも尋問している。だが、他の三人はファリードに比べると、情報に乏しく、得られるものはなかった。

チェックインしたのは、午後七時二十分。なんとか夜が更ける前にホテルに入ることができた。タクシーも市内なら安全らしく、文句も言わずにホテルで降ろしてくれたが、夏樹らが最後の客だと運転手は言っていた。

刑務所で染み付いた異臭をシャワーで洗い流した夏樹は、グロック19をズボンの後ろに差し込んだ。アクバルに袖《そで》を切り裂かれた麻のジャケットはゴミ箱に捨て、真新しいベージュの綿のジャケットに着替えた。

ロッジを出ると、ピンクのジャケットを着た張が出入口で待っていた。彼は隣りのロッジにチェックインしている。

「打ち合せは、飯を食ってからだ」

「はい」

張は嬉《うれ》しそうな顔をした。色のセンスがないだけで、気のいい男である。格闘技は空手とボクシングと棒術ができるらしい。中国人のくせに中国拳法《けんぽう》は習わなかったようだ。

ロッジは広大な敷地の中にある。フロントの説明では、森に囲まれたホテルの西隣りにゴルフコースがあり、さらにその西側にミンダナオ州立大学のキャンパスがあるようだ。

大学の敷地内や周辺にはカフェテリア、レストラン、それにミスタードーナツまであるらしい。また、ミンダナオ島最大の湖であるラナオ湖は絶景だと勧められた。湖はともかく、大学周辺の店まで勧めてくるところを見ると、観光資源に乏しいようだが、スタッフの対応はフレンドリーで悪くはない。

フロント脇の入口からレストランに入ることができる。広くはないが、質素で清潔感があり、過度にエスニック感を出していないところがいい。街で唯一のホテルということもあるのだろう、意外と客は多い。いかにもバックパッカーといったアジア人もいるが、ビジネスマンの姿もある。大学関係者の客もいると、フロントでは聞いた。

夏樹は店全体を見渡せる窓際のテーブル席に座り、張を向かいに座らせた。いつでもそうだが、外出をした際は必ず人間観察をする。特に不特定の大勢の人が集まる場所では、敵対する人物や危険な者がいないか注意を怠らない。また、危険を感じたら、いつでも逃げ出せるように心がける。だから庭に出られる窓際の席にしたのだ。

メニューは多国籍料理だが、地域に住むマラナオ族の伝統料理もある。夏樹と張はスパイシーな料理を中心に選び、ワインも頼んだ。早朝から飛行機を乗り継ぎ、駆けずり回った。夕食ぐらい優雅に過ごすべきである。

目の前がごつい男でなければ、さらにいいのだが、生憎《あいにく》梁羽のチームに女はいない。美人の諜報員《ちょうほういん》がいれば、張とは組まなかっただろう。現役の特別調査官だった頃は、相棒は美人の麗奈だった。今思えば、ストレスが多い仕事だったが、彼女の存在に癒《いや》しを覚えていたに違いない。

ウエイターがワインを運んできた。レストランが提供しているのは、主にオーストラリア産だが、あえて〝ノヴェッリーノ〟を選んだ。これはイタリアのベル・モンドという会社が、フィリピンで醸造しているフィリピンワインである。ワインに馴染《なじ》みのないフィリピンで、初めて海外のワインにひけをとらないと言っても過言ではない出来に仕上がっている。

「うん？」

ワイングラスを片手に店内をさりげなく観察していると、三つ離れた窓際のテーブル席の女と目が合った。アジア系で歳は三十代半ば、白いワンピースに萌黄色《もえぎいろ》の薄いカーディガンを羽織っている。

髪をアップにし、化粧は控えめで地味だが、それがかえって知的で美しく見える。張が美人だったらという妄想を具現化したような女であるが、どこかで見た気がするのだ。夏樹がワイングラスを掲げて目礼すると、笑顔になった女は自分のワイングラスを軽く振って見せた。テーブル席には二人分の料理が用意されている。女は一人ではない。しばらくすると、アジア系の銀髪の男が席に現れた。歳の差カップルなのか。

夏樹の記憶力は抜群にいい。一度見た物は記憶することができる。サヴァン症候群のような特殊能力というほどではないが、若くして両親を失い、一人で生きていくために鍛え上げた記憶力だ。

だが女は化粧一つで劇的に変わる。年齢とともに顔立ちが激変することもある。どこかで会っているという確信はあったが、記憶との誤差が埋められないのだろう。

「どうしたんですか？　あなたみたいな凄腕《すごうで》でも、女に見とれることがあるんですね」

張がにやけた表情で茶化した。

「英雄色を好む。否定はしない」

苦笑した夏樹はグラスのワインを飲み干すと、左掌《ひだりて》に隠し持っていた万年筆をポケットに仕舞った。万年筆型の隠しカメラで、梁羽から提供された小道具の一つである。ワイングラスを掲げることで、女の顔をこちらに向かせて撮影していたのだ。

ウエイターがサラダ代わりに頼んだ生春巻きを持ってきた。キャベツやレタスがぎっしりと詰まっており、フィリピンだけに甘めのスイートチリソースで食べる。メインはスパイシーソースのリブロースステーキを注文してあるが、重さを一ポンド（約四百五十グラム）にしてもらった。

「ところで、明日の計画ですが、本当にうまく行きますか？」

張は小さな声で尋ねてきた。

計画とはアブサヤフのファリードを、ある意味合法的に脱獄させるというものだ。

「俺を疑っているのか？」

夏樹はウエイターにワインのお代わりを頼み、目を細めて張を見た。

「そんな、疑っているだなんて」

張は両手を振ると、生春巻きを一口で食べた。この男は梁羽に報告しなければならないので、しつこく聞いてくる。だが、詳細まで教えようとは思わない。あくまで手伝っているだけで、梁羽の部下になったわけでもダブルエージェントになったわけでもないからだ。だが、諜報のプロとしての自覚はある。自信がなければ実行しない。

「俺を信じろ」

夏樹は生春巻きにスイートチリソースを絡ませて食べた。

2

翌朝、夏樹はアザーンで目覚めた。

アザーンとはイスラム教による礼拝の呼び掛けである。ラナオ湖に流れ込むアグス川の畔《ほとり》にあるモスクから放送されているのだろう。

窓のカーテンから薄日が差している。リビングのソファーから立ち上がった夏樹は、腕時計を見て舌打ちをした。午前五時前に起きようと思っていたが、五時を過ぎている。ベッドでは眠らなかった。セキュリティ対策の低いホテルで眠る時はベッドは使用しない。部屋の家具の配置が分かっていれば、外からベッドの位置を目がけて銃撃できるからだ。リビングのソファーなら、侵入者に対して即応できる。もっともドアの鍵《かぎ》が心もとないので、ドアノブに椅子を立てかけて外からは開かないようにしてあった。諜報員は用心深いことが肝要だが、言い換えるなら臆病《おくびょう》なほど身を守ることができる。

軽いストレッチをして洗面所に立った。鏡に映る顔は随分と疲れているようだ。だが、髭《ひげ》を剃《そ》るのは止め、顔だけ洗った。今日も刑務所に行く。したたかな職員や囚人を相手にするのなら、無精髭《ぶしょうひげ》を伸ばしておいた方がいいからだ。

「ふう」

顔を洗ってさっぱりとした夏樹は、スマートフォンのメールをチェックした。紛失した際、他人に個人情報が漏れるのを防ぐために電話帳も住所録も登録していない。必要な情報はすべて頭の中に叩《たた》き込んであるので、メール用の通信機と化していた。

電話は梁羽から借りた衛星携帯を使っている。彼のチームはプロらしく、予備の衛星携帯や位置発信機や盗聴カメラなど様々なスパイ道具を用意していたので、一通り拝借していた。公安調査庁と違って資金があるので、何かと気前がいい。

もっとも、位置発信機や盗聴器発見器など、最低限の装備は民間人になっても自分の身を守るためにいつも持ち歩いている。公安調査庁時代に様々な謀略を経験してきた夏樹は、退職しても、前の職場の関係で事件に巻き込まれる可能性があるからだ。

「来たな」

梁羽からのメールを見て夏樹はほくそ笑んだ。

ズボンの後ろに銃を挟み、綿のジャケットを着ると外に出た。ホテルのレセプション棟に用事があるのだ。

ロッジの前には石畳の散歩道があり、蟻の巣のようにロッジ間を繋《つな》いでいる。夏樹は両手を高く上げ、深呼吸をした。空気がうまい。

二十年前と違ってマニラの排ガス濃度も随分と軽減されたが、それでも東南アジアの他の首都と同じで排ガスの臭いはつきまとう。だが、ここの空気は掛け値なしにうまいのだ。

「………？」

夏樹はふと立ち止まった。斜めに走る脇道にトレーナー姿の女がジョギングをしているのが、木々の隙間から見えたのだ。昨夜、レストランで目が合った女である。レセプション棟に向かうには左の道に曲がるのだが、夏樹はそのまま小走りに直進した。散歩道が交差する。

女がいきなり、脇道から現れた。もっとも計算済みだ。

「おっと」

ぶつかりそうになり、夏樹は女の体を受け止めた。二人共勢いがあったため、女は夏樹の胸に飛び込んだ。

「ごっ、ごめんなさい」

女は慌てて後ろに飛び退いた。

「失礼、……前しか見てなかったんです」

夏樹も後ろに下がり頭を下げた。

「あなた、昨日レストランにいた人ね。普段着でジョギング？」

訝《いぶか》しげな目を向けてきた女は、軽く足踏みをしながら呼吸を整えている。さほど息は乱れていない。毎日ジョギングしているのだろう。彼女は化粧をナチュラルに心掛けているらしく、素顔に近いように見える。

「ついでにジョギングしていたんです。ちょっとわけがありまして」

「それにしても、ジャケットぐらい脱いでもいいんじゃない?」

女はクスリと笑った。笑うと、頬に可愛いえくぼが出来る。肌は綺麗《きれい》な小麦色をしているが、日に焼けた色ではなく地肌の色なのだろう。彼女はスペイン系の血が何パーセントか混じったマレー系なのか、彫りが深く目鼻立ちがはっきりしているので、アーリア系なのかもしれない。

「この島は、マカティよりも涼しいでしょう。私は寒がりなんです。この道を真っ直ぐ進むと、ゴルフコースがありましてね。実は今日のコンペに備えてコースを下見しようと思っていたんですよ。仲間に知られたくないので、急いでいたんです」

夏樹はわざと辺りを見渡した後で人差し指を唇の前に立てた。マニラでもマカティに住んでいると言った方が、受けがいい。首都としては落ちぶれてしまったマニラ中心部よりも、フィリピンの金持ちはマカティに豪邸を持つのがステイタスだからだ。

「なるほど、それで朝早いのね、面白い人。どこかで会ったことがあるかしら?」

彼女の口ぶりからして、単なる社交辞令だろう。彼女も夏樹に見覚えがあるというのなら別だが。

「残念ながら、あなたのような美人に会うのは、初めてですよ。もし二度目だとしたら、絶対デートに誘っている。私は、ホセ・ゴンザレス、マカティでコンサルティングの仕事をしています」

夏樹は笑顔で右手を差し出す。日本人なら歯の浮くような褒め言葉も、フィリピン人ならおかしくはない。

「お上手ね。私は、カレン・シェ、シンガポールから来たの」

カレンは戸惑いもなく手を差し出してきたので、夏樹は握手をした。彼女の掌《てのひら》は意外と硬い。テニスやスカッシュでもしていそうなスポーツマンの手である。

「ご主人は、一緒じゃないのですか？」

夏樹は、彼女が走ってきた道を見渡した。

「あらっ、そんな風に見えた？　彼は私の上司。南洋理工大学の教授なの。私はその助手。州立大学で学会があるので、他の大学の先生と一緒に泊まっているのよ」

南洋理工大学といえば、世界ランキングで常にトップクラスのシンガポール国立大学と肩を並べるシンガポールの名門大学である。

「なるほど、それで知性が光っているのですね。私は、知性のかけらもない、ただのビジネスマンです。後学のために、よろしかったら、朝食をご一緒しませんか？」

夏樹は直感的に彼女のことを知る必要があると思った。それに張ではなく、彼女と同じ席なら、朝食も楽しくなるだろう。

「ホテルで偶然会った男性といきなり食事をしたら、教授に尻軽《しりがる》女と思われてしまうわ。ごめんなさい」

カレンは笑顔で首を振った。さりげない動作が可愛い。だが、媚《こ》びているわけでないので、脇が甘いというわけでもなさそうだ。

「それは残念。ラテン系の男は美人を見かけたら、声をかけないと失礼だと思ってしまうのです。気にしないでください」

笑顔で手を振った夏樹は、踵《きびす》を返した。彼女のことを思い出そうと、偶然を装って声をかけたのだが、彼女の口調や声を頼りに記憶を辿《たど》っても、やはり思い出せない。こんなことは珍しい。

夏樹は散歩道を戻り、レセプション棟に向かった。

3

午前七時二十分、夏樹は昨夜と同じ席で朝食を食べていた。

皿に山盛りのパンやスパゲッティの上にベーコンやソーセージを載せ、馬のように食べている張が向かいの席に座っている。相席が、今朝会ったカレンでないのがつくづく残念で仕方がない。レストランは午前七時開店なので、客の姿はまばらであるが、張のように馬鹿食いしている客は皆無だ。

「ずいぶん、少食なんですね。ダイエットしているんですか？」

スパゲッティを頬張りながら、張が尋ねてきた。

「食べ過ぎると、頭が働かなくなる。俺たちの商売は、マッチョなだけじゃダメなんだ。ここが肝心だからな。おまえは、食い過ぎだ」

　夏樹は自分のこめかみを人差し指で軽く叩いた。小麦を使っていないシリアルが入ったボウル、皿にはサラダとローストビーフ、それにハラールの鶏肉を使ったソーセージとハムである。量的にも栄養価も問題ない。

「そうですか？　私なりに控えていますが。ところで、今日の計画を教えて貰《もら》えますか？」

　張は上目遣いで尋ねてきた。彼にはファリードを脱獄させると言ってあるだけで、まだ何も教えていなかったのだ。そのため、梁羽に報告できずに苛《いら》ついているらしい。

「たぶん、老師は感づいているだろう。教えてやるよ」

　夏樹はソーセージを頬張った。鶏肉で作ってあるだけに何とも頼りない味である。

「老師が？　私は何も報告していませんが……」

　張は首を傾げて戸惑っている。

「これを見てみろ。汚すなよ」

　ジャケットのポケットから封筒を出し、中から折り畳まれたA4サイズの紙を出して張に見せた。

「囚人の引き渡し命令書？　通用するんですか？」

　張はまた首を捻《ひね》った。勘の鈍い男である。内容は、ファリードをマニラ警察統括本署に引き渡すようにという警察庁の命令書であるが、ちょっとした技を使っているのだ。

「内容は、読んでの通りだ」

　苦笑した夏樹は、張から用紙を取り上げた。早朝にフロントを訪れ、事務室のパソコンを借りてあらかじめ作成しておいた文章を出力したのだ。

「もし、それが偽物だと気付かれたら、捕まりますよ」

張は身を乗り出し、囁《ささや》くように言った。

「大丈夫だ。おまえに優れた諜報《ちょうほう》員になるための二つの基本を教えてやろう。まずは臆《おく》病《びょう》になりきれ。どこまでも用心深く、神経質なまでに警戒を怠らないことだ。二つ目は、大胆に行動すること。堂々としていなければ、怪しまれる。これらは相反するようだが、どちらかに偏っていては失格なのだ」

夏樹はこの二つを実践してきたからこそ、長年正体もばれずに任務をこなしてきた。それにしても、敵性国家である中国の諜報員に説教しているというのも変な図である。

「難しいですね」

張は溜息《ためいき》を漏らした。一流の諜報員なら誰でもできることだ。彼にその資質はないらしい。

三十分後、夏樹と張はチェックアウトの手続きをするため、フロントを訪れた。

「このホテルにカレン・シェさんが、宿泊しているはずなんですが、伝言を頼めますか？　彼女とは出身大学が同じなんですよ」

夏樹は彼女のことが気がかりであった。気になる美人だからではない。書類棚から欲しいファイルが見つけられないように、どうしても脳に埋もれた記憶を取り出せないからだ。

「その方なら、一時間半ほど前にお仲間とチェックアウトされています」

フロントの男性は、すまなそうに首を振ってみせた。

「仲間？　というと二人ですか？」

彼女から聞いたのは教授だけだが、他にもいる可能性がある。

「彼女を入れて四人でしたよ」

「ずいぶん早く立ったのですね。今日は州立大学で学会があると聞いたのですが」

「なんでも、大学で急用ができたので、帰るとおっしゃっていました」

「急用ですか」

一時間半前というのなら、夏樹と会ってからすぐにチェックアウトしたことになる。レストランで見かけなかったので遅い朝食かと思ったが、逆に食べずに出発したらしい。

「どうしたんですか？」

会計をしている張が振り返った。航空券の購入からレストランの会計に至るまで、連合参謀部の口座から直接引き落とされるクレジットカードを持っている彼がいつも精算する。

彼が使用するのは中国の銀聯《ぎんれん》カードで、限度額は月六十万元、日本円にして約百万円だそうだ。一介の課報員が百万円の予算を使えることもすごいが、梁羽が持っているプラチナカードの場合、一度に使える金額の上限が六百万元、日本円にして一千万円は超えるという。梁羽のチームは特殊な任務を遂行するため、自由に使える予算が大きいらしい。

「なんでもない。行くぞ」

夏樹はフロントを出ると、ホテル前で待たせてあったタクシーに乗り込んだ。

運転手はのんびりとしており、急ぐ様子はない。それでも十五分後に、刑務所の正門前に到着した。

「マニラ市警のホセ・ゴンザレスだ」

夏樹がポリスバッジを見せると、頷《うなず》いた警備の職員はゲートを開けた。夏樹の顔を覚えていることもあるが、またクレームをつけられたくないのだろう。

夏樹と張は、その足でオフィスに入った。昨日と変わらず、オフィスに人はほとんどいない。昨日案内してくれたジャミラの姿はないが、三人の職員が煙草を吸ってたむろしている。

「マニラ市警のホセ・ゴンザレスだ。ミゲル所長のところに案内してくれ」

「私が、オフィスに案内します」

四十代と思われる職員が対応してくれた。ジャミラと違って誠実そうな顔をしている。

夏樹と張は、職員用オフィスの奥にある所長の部屋に案内された。デスクと書類棚、それに革製のベンチがデスクの前に一つ。十五、六畳の広さがあり、デスク横に立てかけてあるフィリピンの国旗が妙に立派に見える。

「囚人の引き渡しと聞いておりますが、書類を見せてもらえますか？　実は昨日いたずら電話で、ちょっとした騒ぎになりましてね。それに疑うわけではありませんが、命令書だからと言ってすぐに対処できるとは限りませんから」

ミゲルに直接電話で連絡をしておいたのだが、昨日の一件で疑っているらしい。

「どうぞ、ご確認ください」

夏樹は今朝作成したばかりの書類を渡した。

「こっ、これは、確かに。すぐに対応します」

最後に書類のサインを見たミゲルは、目を丸くした。署名は警察庁長官であるデルロサの名前が記されていたからだ。書類のサインは、検事かせいぜい裁判官あたりだと彼は思っていたに違いない。検事や裁判官では本人に連絡を取り確認されてしまう可能性があるため、警察庁長官にしたのだ。わざわざ長官に確認する者はいないだろう。

昨夜夏樹は梁羽にデルロサ警察庁長官の直筆サインの画像を頼んでおいた。すると早速朝一番に梁羽から夏樹のスマートフォンにメールで送られてきたというわけだ。そこで、ホテルの事務室でプリントアウトした紙に、送られてきた画像を真似て夏樹がサインをし、囚人の引き渡し命令書を作成した。

夏樹は梁羽に何気なく頼んだことだが、彼はフィリピンにいる中国の諜報員に発破をかけて、情報を手に入れているのだろう。

十分ほど所長室の革のベンチに座って待っていると、手錠に繋《つな》がれたファリードが二人の職員に連れてこられた。さすがに警察庁長官のサインは効き目があったらしい。

しかも、夏樹らを護衛付きでカガヤンデ・オロのラギンディガン国際空港まで送ってくれるという。

「さすがですね」

張は興奮した様子で夏樹に囁きかけた。パトカーに乗るまでは狐につままれたような顔をしていたが、ようやく現実を認識したようだ。

二人は刑務所が用意したパトカーの後部座席に収まっていた。ファリードは、夏樹たちの車の前を行くワンボックスカーの護送車に乗せられている。その前をパトカーが先導し、市内を過ぎるとジャングルを抜ける道、イイガン・マラウィ・ロードを走っていた。

三台の車列を作れば、イスラム系過激派も襲って来ないということなのだろう。だが、日が高いうちなら、むしろタクシーの方が安全性は高い。なぜなら、警察機関は、イスラム系過激派の襲撃の対象になるからだ。

「喜ぶのはまだ早いぞ。ジョン」

夏樹は深いジャングルの木々を見つめながら溜息を漏らした。作戦が成功したことで、気が緩んでいる張を戒めるために、夏樹はあえて偽名で呼んだ。

刑務所長は、夏樹らがカガヤンデ・オロからマニラに戻ると信じている。だが、夏樹はファリードを飛行機でミンダナオ島の最西端にあるサンボアンガという街に連れていくつもりだ。彼はサンボアンガから百キロ西南に位置するアブサヤフが拠点にしているホロ島に住んでいるからで、金を与え連絡先を教えて釈放する。

情報を提供するたびに金をやると言えば、進んで夏樹の犬となるだろう。さすがに過激派の拠点に乗り込むような無茶をしようとは思っていないが、サンボアンガもテロが頻発する街なので、ある程度の危険は覚悟しなければならない。

「うん？」

夏樹はウィンドウを下げて窓から顔を出した。前方のジャングルに人影が見えたのだ。

白煙を吐き出す飛翔物《ひしよう》。

先導しているパトカーが爆発した。

4

前を走る護送車が爆発した先導車に激突し、夏樹らを乗せたパトカーも護送車に追突する寸前で停車した。

「ＲＰＧ！　ＲＰＧ！」

パトカーの運転席と助手席の刑務所職員が騒いでいる。

先頭のパトカーが爆発炎上していた。ロシア製対戦車携帯ロケット弾ＲＰＧ７で攻撃されたようだ。

銃撃音が続いた。ジャングルから攻撃されている。

夏樹がグロックを抜いて外に出ようとすると、振り返った運転手がギアをバックに入れてアクセルを踏んだ。護送車が動く様子はない。

「停めろ！」

夏樹は運転手の額に銃口を当てた。

「攻撃されているんだぞ。逃げないでどうする！」

助手席の男が、ショットガンを向けてきた。夏樹が銃口を握って天井に向けると、ショットガンが火を噴き天井が吹っ飛んだ。

「ジョン！」

夏樹が命じると、張が助手席の男を背後から羽交い締めにした。夏樹はすかさず運転手の髪の毛を引っ張り、首を絞めた。運転手がハンドルを離した途端、パトカーは蛇行しながらジャングルに突っ込んで木に衝突した。

「くっ！」

天井に頭をぶつけた夏樹は頭を振った。軽い脳震盪《のうしんとう》を起こしたのか、目の前がくらくらする。二人の刑務所職員と張を見ると、気絶していた。

「張！　しっかりしろ！」

夏樹は張を揺り動かした。虚《うつ》ろな目をしている。額から血を流しているので、かなり強く頭を打ったのだろう。

「くそっ」

舌打ちをした夏樹は助手席の男のショットガンを奪い、パトカーの外に飛び出した。足元に銃弾が跳ねる。

護送車に乗っていた職員が、車の陰に隠れて反撃していた。夏樹はショットガンをジャングルに向けて発砲しながら護送車の後ろに飛び込んだ。

護送車には二人の刑務所職員が乗っていたが、運転していた男は背中を撃たれて足元に倒れている。首筋に指を当てて脈を確かめたが、すでに死んでいた。助手席に座っていた職員は、泣きながら反撃している。なんとか銃は撃っているが、パニック状態らしい。

「ファリード！　生きているか！」

夏樹は声を張り上げた。彼が死んでいれば、ここまでの苦労は水の泡だ。

「助けてくれ！　頼む！」

ファリードが悲痛な声を上げた。瀕死《ひんし》の重傷なら見捨てるつもりだ。

「俺がバックドアを開ける。鍵《かぎ》をよこせ」

職員は震える手で鍵を渡してきた。

「援護射撃をしてくれ」

夏樹が職員に向かって言ったが、首を振るばかりだ。夏樹が現れ、多少は冷静になったのかもしれないが、逆に恐ろしくなってきたのだろう。

背後から銃撃音。

振り返ると、張が木陰からショットガンを撃ちまくっている。正気に戻ったらしい。

だが、敵は鬱蒼《うっそう》としたジャングルの中から銃撃しているのに対して、こっちは車の後ろとはいえ路上にいるため露出度が高いので不利である。

「ジョン！　むやみに撃つな。二時の方角だ！」

張の援護射撃を確認すると、夏樹はバックドアを開けた。

「出て来い！」

夏樹は床に伏せているファリードの奥襟を摑《つか》んで引きずりおろした。護送車は銃撃で蜂の巣状態になっていたが、怪我はないらしい。

「右後方のジャングルにパトカーがある。走れ！」

夏樹は生き残った職員とファリードに言うと、護送車の陰からショットガンを発砲し、二人を先に走らせた。

「ジョン！　行くぞ！」

夏樹は援護射撃で相手を黙らせると、ファリードらの後を追ってジャングルに走り込んだ。

唸《うな》るようなエンジン音。

ジャングルから飛び出したパトカーが、夏樹らの前を横切った。気絶していた二人の職員が正気に戻り、逃げて行ったのだ。

「くそっ！」

夏樹は反射的にショットガンをパトカーに向けたが、舌打ちをして背後を振り返った。

パトカーは諦《あきら》めるほかない。それよりも敵はまだジャングルの向こうだ。

「どうしたらいい？」

追いついてきた張が、頭を抱えている。

銃声が轟《とどろ》き、近くの木の幹に当たった。パトカーが走り去ったことで、敵はこちらの状況を察知したのだろう。

近くの木の陰に隠れた夏樹は、反対側のジャングルに向けてショットガンのトリガーを引いた。だが、弾切れであった。

一緒に逃げてきた職員を見ると、首を横に振っている。予備の弾丸は持っていないらしい。そもそもショットガンすら持っていなかった。護送車の陰から抜け出す際に置き忘れたようだ。

「ジャングルの奥に向かって走れ！」

ショットガンを捨てた夏樹は、途方に暮れている張の背中を叩《たた》き、ファリードと職員を急《せ》き立てた。

5

夏樹を先頭にジャングルをひたすら西に向かっている。

二百メートルほど進むと、ラナオ川の川岸に出た。

この川はアマゾン川のように蛇行し、ラナオ湖からマラウィの街の中心を南から北に抜け、やがてイリガン湾に流れ込んでいる。

「マラウィのジャングルが、こんなに深いとは思わなかった」

一緒に逃げている職員が愚痴をこぼした。ファハドという名前で、地元出身らしい。

「わざと手つかずのジャングルを選んで逃げている。バナナのプランテーションに入れば、殺してくださいというようなものだからな」

マラウィに限らず、ミンダナオ島はバナナのプランテーションだらけだ。イイイガン・マラウィ・ロードの周辺にはジャングルよりも、バナナのプランテーションの方が実は多い。足元がしっかりしているプランテーションを抜けた方が逃げやすいが、バナナの木は規則正しく植えてあるため意外と見通しが利く。射程の長いライフルで狙われたら、逃げようがない。

そもそもバナナの木と表現されるが、バナナは多年草の植物である。破壊力があるライフルの弾丸の盾にもならないのだ。

「それで、ジャングルを逃げるんですか。でも敵もジャングルを追ってくるかもしれませんよ」

張は後ろを気にしながら歩いている。

「追ってこないだろう。ジャングルを追跡するのは、難しい。なぜなら、逃げる方は待ち伏せできるからな。相手がプロなら、逆に追跡はしないはずだ」

夏樹は諜報《ちょうほう》員としての訓練は多岐にわたって受けたが、軍の訓練の経験はない。せいぜいＣＩＡの研修中に、米軍出身の教官からサバイバルの講習を受けた程度である。だが、敵の動きは考えれば分かる。追う側の立場に立てばいいのだ。

ジャングルは見通しが利かない。ライフルは意味をなさないのだ。むしろ至近距離ならショットガンの方が威力はある。敵はこっちの武器がショットガンだと思っているはずだ。わざわざジャングルに踏み込むリスクは避けるだろう。

「それじゃ、もう道路に出てもいいんじゃないですか？」

張は体格がいいくせに歩き疲れたらしい。筋力だけで持久力はないのだろう。

「俺なら、道路に出てくるところを狙う。その方が簡単だろう。俺たちは街に戻るしかないと思っているはずだ。街に近い路上で待ち伏せしている可能性が高い。もうしばらくジャングルに沿って歩く。それにミゲル所長を通じて地元警察に出動要請した。地元の警察が非常線を張るまでジャングルから出ない方がいい」

夏樹は衛星携帯で直接ミゲル刑務所長に連絡を取っている。現場に夏樹らを置き去りにした部下のことを聞いて、ミゲルは顔に泥を塗られたとかなり怒っていた。

「足が痛い。少し、休んでくれないか」

ファリードが足を引きずりながら歩いている。多少足を痛めているかもしれないが、同情されたいがためにわざと大袈裟《おおげさ》にしているのだろう。

夏樹は他の三人を置いて一人で川縁《かわべり》まで行き、戻ってくると周囲のジャングルも注意深く確かめた。追っ手はないと言い切ったが、油断はできない。

「十分、休憩だ」

夏樹は他の三人に告げると、彼らと離れて草むらに横たわる倒木の上に腰を下ろした。十数メートル先の崖下《がけした》にラナオ川が流れている。実に気持ちがいい場所だが、このあたりの川の流れは早い。

「俺は、どうなるんだ。街に戻れば、一時的にせよ、刑務所に戻されるだろう。一旦《いったん》刑務所《ムショ》の外に出た俺を仲間が怪しむ。殺されるかもしれない」

隣りに座ったファリードが、欠伸《あくび》をする振りをして尋ねてきた。夏樹が彼と打ち合せをするために、わざと仲間から離れた場所に座った意味を理解したようだ。やはり刑務所にいた他の三人と違って頭の回転は速いらしい。

「おまえが刑務所に戻らないようにすればいい。簡単なことだ」

夏樹は腕を組んで、空を見上げた。

時刻は午前十時四十分、気温は二十七度と大したことはないが、湿度が高く風も抜けないジャングルでは体感温度は三十五、六度まで上がる。空は厚い雲に覆われて強い日差しはないが、その分湿度は高い。

「どうやって？」

ファリードが首をひねっている。

「ゆっくりと百数えたら、川に向かって走り出せ」

「意味が分からない。どういうことだ」

「分からなくていい。死にたくなかったら言うとおりにしろ」

ファリードに命じると、夏樹は立ち上がってさりげなく張に近寄った。

「おまえはファハドと一緒に行動し、一旦街に戻れ」

夏樹は張に目配せをして他の二人から離れ、小声で命じた。

「えっ、どういうことですか？」

張は声を上げかけ、慌てて右手で口を押さえた。

「俺たちの荷物を取り戻し、タクシーで湖の西のマライグというバランガイ（小さな街という意味）に来い。マカバート・バラニという宿があるはずだ。そこで待合せしよう」

二人の荷物はパトカーに積んだままである。パスポートなど貴重品や銃は身につけているが、着替えに紛れ込ませた小額紙幣で、大金を隠し持っている。ミンダナオ島ではカードが使えない場所が多い。しかも五百ペソや千ペソなどの高額紙幣は、庶民の間では流通しておらず、釣り銭に困るときがある。そのため二百ペソと百ペソを中心に持つ必要があるのでかさばるのだ。

「ファリードは？」

「俺と一緒に行動する。心配するな」

「待合せ時間は？」

「神のみぞ知るだ」

夏樹は笑って答えた。

「あっ！」

張が、叫び声を上げた。

振り返ると、ファリードが川に向かって走り出したのだ。

「俺が追う！」

夏樹は張を後ろに突き飛ばして走った。

「えっ！」

張はまだ理解していないようだ。

ファリードが崖《がけ》の手前で立ち止まり、川岸に沿って走り始めた。このあたりの崖は、水面まで三メートル近くある。

「待て！」

夏樹はファリードに猛然とタックルし、崖から宙に躍り出る。

二人はラナオ川の濁流に呑《の》み込まれた。

6

夏樹は気絶したファリードを沈まないように仰向《あおむ》けにして抱え、ラナオ川を二百メートルほど流された。

泳ぎは得意だが、濁流で無理に泳ごうとすれば体力を消耗するだけである。流れに逆らわずに浮いていることだけ考えればいい。だが、ファリードが泳げないというのは、誤算だった。水中でもがくので、鳩尾《みぞおち》にパンチを食らわして気絶させていたのだ。

流れが緩やかになったところで、夏樹はようやく岸に向かって泳ぎ始めた。

「くそ重い。くそったれ！」

夏樹は悪態をついた。ずぶ濡《ぬ》れのファリードは、ずっしりと重くなっているのだ。後ろからファリードを抱えながら、夏樹は足元が悪い川岸に上がった。川に飛び込んだ地点から三百メートル以上流されただろう。

「ふう」

ファリードを川岸の砂利の上に運んだ夏樹は、仰向けに転がった。思いの外、体力を消耗したらしい。呼吸を整えるために十分ほど鈍色《にびいろ》の空を見ていたが、ところどころ薄日が差してきた。上空の雲は流れているようだ。

「ファリード、起きろ！」

体を起こした夏樹は、ファリードの肩を摑《つか》んで揺り動かした。

「……ここは、……どこだ？」

ファリードは目覚めると、咳《せ》き込んだ。濁流に揉《も》まれたので、水を飲んでいるだろう。

「ラナオ川の畔《ほとり》だ」

夏樹は濡れたジャケットを脱いで、傍の岩の上に置くと、腰を下ろした。

「思い出した。よくも俺を川に突き落としたな！」

顔を真っ赤にしたファリードが、喚《わめ》いた。

「川遊びしただけだ。騒ぐな」

怒れるファリードを無視して腹に巻いていた防水ポーチから、衛星携帯とスマートフォンを取り出した。電源を入れてみると、問題なく動作する。休憩を入れる前に、夏樹は辺りを調べる振りをして衛星携帯とスマートフォンを肌身に着けている防水ポーチに仕舞っておいたのだ。

ファリードから言われなくても、マラウィに戻れば彼を刑務所に戻さなければならないことは分かっていた。街に戻らなければいいのだが、刑務所職員であるファハドが一緒だったために一芝居打つ必要があったのだ。

「俺はな、本当に泳ぐのが大っ嫌いなんだ。もし死んだらどうする！」

立ち上がったファリードは、両手を振って大声を出した。警官隊や軍隊と銃撃戦をするくせに、意外と臆病《おくびょう》らしい。

「うるさい。俺のおかげでおまえは、脱走できたんだぞ。しかも、俺と一緒に見つからなければ、二人とも死んだことになる。今後手配されることもない。ありがたく思え」

少々派手な演出だったが、計算の上でのことである。一緒に行動している張にも、粗暴な男だと思わせておきたい。敵性国家の諜報員《ちょうほう》と行動するために冷たい狂犬としての行動パターンから外れることを心がけているのだ。

「なっ、なんだと。……確かにそうだ」

　やっとファリードは、夏樹の意図を理解したようだ。

「約束通り、俺はおまえを釈放してやる。だが、その前に聞いておくことがある」

　夏樹はファリードを鋭い視線で見据えた。

「話すことは刑務所ですべて話した」

　ファリードは肩を竦《すく》めてみせた。

「どうして殺されそうになったんだ？」

「俺が狙われたと言いたいのか。イスラム系の組織が警察車両を襲ったんだ。何の問題もないだろう。たまたま運悪く俺が護送車に乗っていたというだけのことだ」

　ファリードはゆっくりと首を横に振ってみせた。

「イスラム系の組織が襲ったのなら、護送車を蜂の巣にするのはおかしいだろう。護送されているのは犯罪者かもしれないが、仲間という可能性もあるからだ」

　夏樹は右手の人差し指を立てて横に振った。

「間違って、銃撃したんだろう。イスラム系組織の連中は、ジャングルで生活してろくに教育も受けていない。頭が悪い奴が多いんだ。そもそも今朝、護送されるということが急に決まったはずだろう。どうして待ち伏せできるんだ」

　ファリードは自嘲《じちょう》気味に笑ってみせた。

「連中はおまえを殺そうと計画していたはずだ。だが、マニラに移送されると聞いて、チャンスだと急遽《きゅうきょ》計画を変えたんだろう。刑務所の職員の中に、内通者がいる。情報さえ事前に知っていれば、待ち伏せすることは簡単だ」

夏樹は人差し指の先をファリードに向けた。

「俺を暗殺するだって？　馬鹿馬鹿しい。俺がそんなに大物なのか。そもそも何のために暗殺しなければならないんだ？」

ファリードは夏樹から視線を外して笑った。襲撃は自分を狙ったものではないと、思いたいのだろう。事実を認めないのは、後ろめたさと恐怖、その両方に違いない。

「おまえが、黄色五星と契約したからだ」

夏樹は鼻先で笑った。

「なっ、何を馬鹿な」

途端にファリードの目が泳いだ。

「おまえはアブサヤフの掟《おきて》を破って、宗教指導者の許可も受けずに外部から仕事を引き受けた。おそらく三、四週間前に契約したのだろう。だが、運悪く政府軍のイスラム系過激派の掃討作戦で、捕まってしまった。そこで情報漏洩《ろうえい》を恐れた黄色五星には、おまえを暗殺する必要が出てきたというわけだ」

「言っただろう。俺は黄色五星なんて組織は知らねえ」

ファリードが声を荒らげた。人は嘘を誤魔化す時ほど、声を上げるものだ。

「黄色五星という組織名は名乗らなかったのだろう。だが、おまえは、外部からドゥテルテ大統領の暗殺を依頼されたはずだ。おそらく方法は爆弾テロだろう。違うか？　おまえは依頼者と直《じか》に会っているはずだ」

依頼者は偽名を使ったかもしれないが、ファリードは顔を見ているに違いない。

「………」

両眼を見開いたファリードが押し黙った。図星のようだ。

「おまえの手は、繊細な技術者の手をしている。間違ってもM16を撃ちまくるようなテロリストじゃない。おまえは爆弾屋だ。組織の中でも、時限爆弾を作らせたらおまえの右に出る者はいないのだろう。だから、おまえは幹部になり、レッドバンブーという小グループのリーダーを任されていた。違うか？」

襲撃を受けた際にファリードは、殺された職員の銃にまったくと言っていいほど、興味を示さなかった。銃が苦手なのだろう。刑務所でチキンを食べさせた際、彼の手に銃だこがないことや手先が器用なことも分かっている。しかも、喧嘩《けんか》はお世辞にも強いとは言えなかった。過激派組織で幹部になるのに、銃も喧嘩もダメというのなら爆弾作りくらいしか残らない。アブサヤフはミンダナオ島各地で爆弾闘争を展開している。

「あんたは、本当にマニラ警察統括本署の警官か？」

ファリードは訝《いぶか》しげな目を向けてきた。馬鹿じゃない上に、勘も鋭いようだ。

「両手を出せ」

夏樹はショルダーホルスターからグロックを抜いて、マガジンから弾丸を一発取り出し、ファリードの右掌《みぎて》に、左掌には防水ポーチに挟み込んでいた紙幣から五百ペソ紙幣二枚を抜き出して載せた。

「…………？」

ファリードが首を捻《ひね》って見せた。

「俺は、警官じゃない。ある組織から、黄色五星の陰謀を阻止するように頼まれたフリーの殺し屋だ。俺に協力して大金を手に入れるか、拒んで死を選ぶのか好きにしろ。おまえは、これまで何人もの罪もない人々の命を爆弾で奪ってきた。死を望むのなら、おまえが選んだ銃弾を頭にぶちこんでやる」

夏樹は殺し屋と称してこれまで情報屋、つまり犬を何人も手に入れてきた。多くは命欲しさに金を選ぶ。中には拒んだ強者《つわもの》もいたが罪に陥れて刑務所送りにするか、最悪その場で殺した。だから、冷たい狂犬と呼ばれてきたのだ。

「死にたくない」

溜息《ためいき》を漏らしたファリードは、夏樹に弾丸を投げ返した。

マカティの罠

1

　フィリピン南部には、数知れないイスラム系武装勢力がある。最大勢力の一つは〝モロ・イスラム解放戦線（ＭＩＬＦ）〟であった。

　政府軍と四十年にわたって闘争を続けてきたが、二〇一四年に政府と和平合意を結んでいる。だが、一九九六年に政府と和平協定を結び〝イスラム教徒ミンダナオ自治地域政府〟を立ち上げた〝モロ民族解放戦線〟とは違い、二〇一六年に至っても自治政府を立ち上げる目処《めど》が立っていないため、支配地域を不安定化させている。

　アブサヤフは一九九一年に〝モロ民族解放戦線〟から独立した過激派組織で、二〇〇一年に米軍の協力のもとで行われたフィリピン政府軍の掃討作戦で壊滅状態に陥った。だが、その後爆弾テロや誘拐事件を起こし、復活の兆しを見せている。アブサヤフは複数の小さな組織の集合体なので、根絶は難しいのだ。その一部が二〇一四年にＩＳ（イスラム国）に忠誠を誓い、過激な活動を繰り返している。

同じく〝モロ・イスラム解放戦線〟から二〇一三年に独立したマウテもISを支持しており、その他にバンサモロ・イスラム自由戦士団などの武装勢力が、南フィリピンでは群雄割拠している。

フィリピンには、他の地域にも反政府勢力が存在するのだが、共通していることがあった。使用する武器が他国のテロリストと違うことである。世界的にゲリラやテロリストの武器の代名詞は、ロシア製のAK47かAK74、あるいは、それらの中国製のコピーである武器を使うのが一般的だ。

だが、フィリピンの武装勢力が保持する武器のほとんどが米国製なのだ。というのも、フィリピン政府軍から米国製の武器が反政府勢力に横流しされているからで、政府軍の腐敗ぶりは目に余るものがある。

正午、夏樹とファリードは一九九〇年型のダットサントラックの荷台で、揺さぶられていた。未舗装の農道を進んでいるため激しい振動を我慢するほかない。

川を三百メートル以上流された二人は、対岸に渡った。川岸の森を抜け、バナナのプランテーションで作業していた農民に金を払って移動しているのだ。

車が右折すると振動が途端に収まった。

バナナのプランテーションから農道を一時間かけて走り、ラナオ湖の北側を通る舗装道路に出たのだ。ここから七キロも西に走れば、張との待合せ場所に着く。

十分後トラックは湖畔のココナッツやグヤバノ畑を抜け、マライグという小さな街に到着した。

湖畔道路の両脇には意外としっかりした建物が並び、中にはコンクリートブロックで組まれた建物もある。マライグは、商店街こそないが道路脇に露店が出ており、モスク、役場、学校に銀行など最低限の機能を備えた街だ。ただ、事前に調べておいたマカバート・バラニという宿は日本で言えば民宿のようなもので、民家が空いている部屋に客を泊めるというだけの簡易な宿だった。

屋台で揚げ卵と焼きバナナの串《くし》を買って宿の前で三十分ほど待っていると、タクシーが目の前に停まり、張が降りてきた。相変わらずピンクのジャケットを着ている。TPOをわきまえない男だ。目立つので、住人が奇異の目を向けている。

屋台の椅子に座っている夏樹が手を振ると、ようやく気が付いたらしい。

夏樹はジャケットを脱ぎ、銃を包んで小脇に抱えている。無精髭《ぶしょうひげ》を生やし、現地の住人に合わせて肌の色を変えるために変装用のファンデーションを顔に塗っていた。襟ぐりが伸びきった汚れたTシャツを着て、足元はサンダル履きである。道を歩く住民から購入したものだ。旅行者にはまず見えない。夏樹は変装の名人でもある。ファンデーションなどの小道具は、梁羽のチームから借りていた。

「待ちましたか？」

張は人の苦労も知らないで、呑気《のんき》に尋ねてきた。夏樹らがタクシーにでも乗ってきたと思っているのだろうか。

「飽きるほど待った」

夏樹は焼きバナナを頬張りながら、冷たい視線を張に向けた。待ちくたびれたので、近くの屋台で新たに買ったのだ。焼いたバナナにバターを塗って砂糖をまぶしてある。やたら甘いが、癖になる味だ。しかも空《す》きっ腹の血糖値を上げるのに速効性があった。

マラウィからマライグまでは、車で三、四十分の距離である。直ぐ街を出ると怪しまれるので、一時間ほど時間を潰《つぶ》してから来るように衛星携帯で連絡しておいた。

「ここまで来てくれるタクシーが、なかなか見つからなかったのですよ」

張は苦笑している。反省はしていないらしい。

「行くぞ」

ミンダナオ島の西部の街であるパガディアン行きのバスが市役所の前に停車している。運転手には金を渡して、出発を遅らせていた。だが後十分遅れたら、今日はここで泊まる羽目になっていただろう。

時刻は午後一時を過ぎている。三人が乗り込むとバスは出発した。二、三十年前の中古の都バスらしい。椅子に古いシルバーシートマークが残っており、車体はグリーンに塗装されている。

乗客は二十人ほど乗っており、顔立ちからして地元に住むマラナオ族なのだろう。旅行客とみられる外国人は張を除いて誰もいない。

パガディアンまでは約百五十キロ、通常なら六時間以上かかるそうだが、早く到着すれば、二百ペソ渡すと言ってあるので日没前には到着するだろう。そこから飛行機でミンダナオ島のもっとも西に位置するサンボアンガに行くことができる。

サンボアンガに行くには、マラウィを東に向かい、カガヤンデ・オロに行けば、直行便もあり、時間的には一番効率がいい。だが、護送車を襲撃した連中に遭遇する確率が高いため避けたのだ。

ファリードによれば、サンボアンガに武器商があり、武装勢力はそこで武器を調達するらしい。そのためテロリストたちの様々な情報が得られるというのだ。

「着替えろ」

夏樹は汚れたズボンとTシャツとサンダルを入れたゴミ袋を張に渡した。張を待つ間、バスで移動するために購入しておいたのだ。

「えっ！」

張は鳩が豆鉄砲を食ったような顔をしている。

「テロリストに殺されたいのか」

ゴミ袋を投げ渡した夏樹は、舌打ちをした。

「はっ、はい」

張は慌ててバスの後部座席に行って着替え始めた。この男が使えるのは、今のところ銃撃戦の時ぐらいだ。梁羽は生き残ったメンバーの中でも使えそうな男をつけたと言っていたが、他の者も程度が知れる。旧知の仲とはいえ、敵性国家である日本人の夏樹を頼ったのも頷《うなず》ける。よほど手持ちの駒に窮したのだろう。
「あいつは間抜けだ。席を離して座らせてくれ。馬鹿が感染《うつ》る」
隣りの席に座るファリードは、苦々しい表情で言った。
「俺もそう思っている」
腕を組んだ夏樹は、住人から買ったキャップ帽を目深に被《かぶ》って目を閉じた。

2

左ハンドルに作り直してある中古の都バスは、四十分ほどでラナオ湖の西端にあるタボ・アンという街で数人の乗客を降ろし、新たに十二、三人の乗客を乗せ、湖岸の道路から〝ゼネラル・ナルキッソ・ラモス・ハイウェイ〟に入った。

ハイウェイと言っても街灯もなければ中央分離帯があるわけでもなく、ただ舗装してあるだけだ。二十分後には十三キロ離れたダバオ湖に到着した。今のところ順調のようだ。

ここまでは湖畔や畑を抜ける道なので、見通しが利いた。だが、ダバオ湖から何箇所か村を通り過ぎると、タラバンの鬱蒼《うっそう》としたジャングルの道となるはずだ。

ダバオ湖の南端の村で二人の乗客を乗せた。一人は一八〇センチほどで長髪、もう一人は短髪で一七〇センチ前後、二人とも痩《や》せており身なりも悪いが目付きも悪い。

フィリピンで最も治安がいいと言われるダバオや商業が発達しているカガヤンデ・オ

ロなどの大都市を除いて、ミンダナオ島でもイスラム教徒が多く住む地域は、長年反政府活動で経済の発展が遅れ、おしなべて貧困が蔓延《まんえん》している。二人の男たちの服装が特に怪しいわけではない。だが、夏樹の第六感にひっかかるものがあるのだ。一言で言えば、胡散《うさん》臭い連中である。

ダバオ湖の南端から六キロほど過ぎた地点で人家は、なくなった。

「ここからしばらくは、ジャングルが続く」

通路側に座って目を閉じているので眠っているのかと思ったが、ファリードはしっかりと現在位置を把握しているようだ。

夏樹も帽子を深くかぶって眠った振りをしているが、外の景色だけではなく周囲の状況は分かっている。一方着替えてそのまま後部座席に座っている張は、いびきをかいているので、本当に眠っているのだろう。よほどテロリストであるファリードの方が使いものになる。

張のTシャツの肩口は破れ、ズボンも膝《ひざ》が擦り切れている。マライグで張を待っている間、夏樹は街を散策し、家の外で作業をしていた背の高い住民に、百ペソで譲ってもらったのだ。住民は家で着替えてくると、笑顔で服を売ってくれた。この格好なら、テロリストは張が中国人だと分かっても誘拐することはまずないだろう。

「うん？」

薄眼を開けてバスの中を見ていた夏樹は、頬をピクリと痙攣《けいれん》させた。

先ほどダバオ湖で乗ってきた二人の男たちは前の方の席に座っていたのだが、背の高い男がおもむろに立ち上がり運転手の横に立ったのだ。嫌な予感がする。

「バスを止めろ！」

背の高い男がポケットから拳銃《けんじゅう》を取り出し、運転手の首に銃口を突きつけた。リボルバー銃のS&WM36に似ているが、どうせ安物のコピー製品だろう。

乗客の悲鳴とともにバスの運転手は、急ブレーキを踏んで車を停めた。

「これから、このハイウェイの通行料を取る。死にたくなかったら、金を出せ。ない奴は金目の物を出すんだ！」

短髪の男もハンドガンを右手に立ち上がった。

「…………」

隣りに座っているファリードが、立ち上がろうとしたので腕を掴《つか》んで止めた。彼には夏樹が持っていた小型のサバイバルナイフを渡してある。ミンダナオ島で何の武器も持たずに歩けるのは、大きな街中の昼間だけだからだ。

「……だけど」

ファリードは不満げな顔を見せた。喧嘩《けんか》が下手くそな割には、負けん気が強いらしい。というか拳銃を持っている相手に向こう見ずである。傍に立っている男は、確実に殺せるだろうが、運転席に近い男が厄介だ。

「たかが通行料だ。支払えばいい」

夏樹はファリードの耳元で言った。二人の泥棒を倒すことぐらい訳もないことだ。だが、せっかく地元の住民になりきっているのに、目立つことは避けたい。このままパガディアンに到着するまでは、無力な一般人を装えばいいのだ。

地元民しか乗っていないので、大した金は集まらないはずだ。二人の泥棒は、外国人のバックパッカーでも狙ったに違いない。バスに乗ったものの思惑が外れて、通行料を請求すると言ったのだろう。

外国人相手なら、あり金出せと脅迫するはずだ。バスを停めたのは、金を集めたらすぐに降りるつもりだからだろう。奴らに小銭を稼がせれば、災禍はすぐに過ぎるはずだ。そもそもこんな狭い場所で撃ち合えば、巻き添えで犠牲者が出るだけだ。

背後から銃声。

側頭部と首筋から血を流し、目の前の短髪の男が倒れた。

振り返ると、後部座席の張が銃を握っている。

運転席横の背の高い男が、銃で反撃してきた。

張は座席に伏せ、後部ウインドウに弾丸が当たった。

「馬鹿が」

身を屈《かが》めた夏樹はバックパックからグロックを素早く抜き、構えることなく前方の男の額に二発の銃弾を命中させるとすぐさま銃を隠した。乗客は椅子の下に隠れている。夏樹の早業を見たものは、誰もいなかっただろう。

しばらくして事態が収まったことを確認したバスの運転手が出入口のドアを開け、死んだ二人の男を外に蹴落《けお》とした。

「まるで、ゴミだ」

運転手の作業を見つめながら、眉《まゆ》をひそめたファリードは呟《つぶや》いた。

バスが再び動き出した。すると、乗客は何事もなかったかのように雑談をはじめた。

床に残った血痕《けっこん》はやがてただの黒い染みになり、二人の男が死んだこともすぐ忘れ去られるのだろう。

「テロリストは、ゴミのように死ぬものだ」

鼻で笑った夏樹は、ぼそりと言った。

3

夏樹らを乗せたバスは予定よりも一時間以上早い午後六時にパガディアンに到着し、しかも街に入る前にパガディアン空港に寄ってくれた。

バスの運転手が二人の強盗を撃退したのは張だと勘違いして、彼に行き先を聞き出していたからだ。張の行動は諜報員《ちょうほう》としては蛮勇に過ぎない。人を殺した現場を一般人に見られるなど、以《もっ》ての外であるが、結果的に功を奏した。

あまりに身なりが酷《ひど》いので、空港のセブパシフィック航空のカウンターでチケットを購入する前にトイレで三人は着替えた。

パガディアン空港は二千百メートルの滑走路が一本だけという小さな空港で、就航しているのはセブパシフィック航空一社だけである。しかもマニラ行きは日に二便しかなく、サンボアンガへの直行便はない。目的地であるサンボアンガに行くには、明日マニラへ行き、乗り換えなければならない。

だが、夏樹はマニラ市内に一旦《いったん》戻り、梁羽と打ち合せをするつもりである。これまで集めたお互いの情報を交換するだけでも、新たな黄色五星対策を見つけ出せるかもしれないからだ。

いずれにせよ、今日の仕事は、明日の午前七時十分発のマニラ行きのチケットを手に入れたことで終了である。

夏樹らは空港からタクシーに乗り、市内にあるパガディアンホテルに向かった。三つ星ホテルで、市内で一番高い八階建てである。

張にはファリードを見張らせる必要があるために二人を一緒の部屋にして、ホテルで最高ランクのデラックスルームにした。とはいえ、一千四百ペソ、日本円にして三千三百円ほどである。

夏樹は一ランク下のスタンダードツインにした。三十平米ほどの広さがあるが、ベッドが二つあるため狭く感じられる。それに内装は日本のビジネスホテルと変わらない。

シャワーを浴びて着替えをすると、テレビを点《つ》けてくつろぎながらニュース番組を見た。この国でも米国の大統領選挙を話題にしている。ドゥテルテ大統領はフィリピンのドナルド・トランプだといわれ比較されていたせいもあるのだろう。

ニュースを見ながら留守を頼んだ菅谷に電話連絡をし、今や飼い猫となったジャックの状況を聞き、ついでにフィリピンで気がかりとなったことを調べるように命《いま》じている。

菅谷もそうだが、夏樹は公安調査庁の特別調査官だったころの情報屋とは未だに連絡を密にしていた。風変わりな人間が多いが、警察や公安調査庁でも察知していないような情報までかき集めてくる優秀な人材ばかりである。

一時間ほどニュース番組をチェックしたが、夏樹たちが関係するニュースは流れない。バスに拳銃を持った二人の強盗が押し入り、乗客が反撃して殺害したのなら、世界的なニュースになってもいいはずだが、ミンダナオ島では話題にはならないようだ。もっとも、乗客もバスの運転手も報復を恐れて警察に届けていないのだろう。

ドアがノックされた。

夏樹はグロックを構えてドアスコープを覗《のぞ》いた。

あご髭《ひげ》を綺麗《きれい》に剃《そ》ったファリードが廊下に一人で立っている。

「ジョンはどうした？」

ドアを開けた夏樹は、首を捻《ひね》った。部屋からファリードが出る際は、必ず張が同行するように命じていたからだ。

「あいつは眠っている」

　苦笑を浮かべたファリードは、肩を竦《すく》めた。時刻は午後八時になったばかりだ。この三日間、特殊な経験をしたのかもしれないが、不甲斐《ふがい》ない男である。

「なんてやつだ」

　舌打ちをした夏樹は廊下に出て周囲を窺《うかが》い、ファリードを部屋に入れた。

「座れ」

　夏樹はファリードをベッド脇の椅子に座らせると、冷蔵庫からペットボトルの水を二本取り出し、一本を彼に投げ渡すとベッドに座った。

「この街に来るまでに、色々考えた。俺はもうアブサヤフには戻れない。それに仲間に見つかったら殺されるだろう」

　あご髭を剃ったのは、少しでも印象を変えたいと思ったからだろう。それにイスラム教徒でもフィリピン人は、あまり髭を伸ばさない。一般人に紛れ込むには髭は邪魔なだけだ。

「だろうな」

　夏樹は小さく頷《うなず》き、ペットボトルの水を飲んだ。

　刑務所に残された三人のアブサヤフの兵士は二、三日中に処刑されると、刑務所長のミゲルから聞かされていた。彼らを残して一人で脱獄したとなれば、裏切り者になることは間違いない。もし、彼をアブサヤフに戻すのなら叩《たた》きのめして怪我をさせ、銃で腕でも撃ちぬかなければならないだろう。

「サンボアンガでの情報収集は手伝う。だが、身の安全と将来を保障して欲しい」

ファリードはペットボトルのキャップを開けようともせず、真剣な眼差《まなざ》しで訴えた。

「何が望みだ」

「人生をやり直したい」

「笑わせるな。おまえは、これまで爆弾で何人もの人を殺した。他人の人生を奪った奴が何を言っている」

簡単に要求を受け入れない。犬にしようとする人間はしたたかである。まずは夏樹に対して絶対的な服従を誓わせねばならないのだ。

「だからこそ、やり直しがしたい。今までの俺は、バスであんたやジョンに殺された泥棒たちと変わらなかった。貧しさを言い訳に悪事を正当化してきただけなんだ。あいつらは本当に惨めな死に方だった。あんな風には、絶対なりたくない。これまでの罪を償い、世の中の役に立ちたいんだ。あなたに協力し、命がけで無差別テロを防ぐ。だから、その後でいいから……」

ファリードは涙を流し、言葉を詰まらせた。

「その後？」

夏樹は表情も変えずに聞き返した。

「学校で勉強がしたい。俺だけじゃないが、村の若者は小さい頃から兵士の訓練を受け、コーランで読み書きはなんとかできるが、その他の勉強は習ったことがないんだ。勉強すれば、兵士以外の人間にだってなれるんだろう？」

ファリードは子供のように頬を濡《ぬ》らした涙を手の甲で拭《ぬぐ》いながら答えた。彼の村で男は兵士になるか、怪我をして働けなくなって農民になるかの二択しかないのだろう。

「人間はな、無限の可能性がある。だが、それには金がいるんだ。勉強するにしても、ただではできないからな。命がけで俺の役に立てば、金はやる。おまえの働き次第だ」

夏樹は自分のバックパックから財布を取り出し、ファリードに渡した。いつものとは違ってジョギングやスポーツをする際に使うポリエステル製で、中に五千ペソ、一万二千円ほど入っている。

「こっ、これは……」

ファリードは受け取った紙幣を見て、目を白黒させている。

フィリピンの人件費は驚くほど安い。二〇一五年のデータだが、非農業職の日給で見るならマニラで四百八十ペソ、ダバオなら三百十七ペソ、田舎ならもっと低いのだ。

「財布ごと使え、前金として渡す」

夏樹は立ち上がり、ファリードの肩を叩いた。

ファリードは金を握りしめ、何度も頷いた。交渉成立である。

4

マニラの南東に位置し、今やフィリピンで最も発展している都市、マカティ。

その中心部からやや外れたアントニオSアーナイズ・アベニューとAH26・ハイウェイとの交差点に五つ星のデュシタニ・マニラホテルが建っていた。一九七六年開業と四十年を経て建物は古くなったが、重厚なインテリアと徹底したサービスで、近年人気のモダンなシティータイプの高層ホテルとは一線を画している。

七十三平米あるプレミアエグゼクティブスイートの窓際に立ち、眼下のライトアップされたプールを銀髪の男がウイスキーのグラスを片手に見下ろしていた。

男が立っているのは、革張りのソファーと仕事用デスクを備えたリビングで、広々としたベッドルームは別にある。大人四人が座っても余裕があるソファーの右端に一人の女が座り、少し間を空けて二人の男が腰を下ろしていた。

部屋にはジャズが流れている。だが、誰しもくつろいだ様子はない。

「あの男は、一体何者なのだ？」

銀髪の男は独り言のように呟《つぶや》いた。歳は五十前後か。肌の色が浅黒いアクの強い顔をした東洋人である。

「ドクター・ベックマン、マラウィのホテルの宿泊名簿を調べたところ、ホセ・ゴンザレスと記載されていました」

　ソファーの中央に座っている男が答えた。二人とも短髪で、中国系の目の細い特徴のない顔をしているが、中央の男は口髭を伸ばしており、左端の男は髭剃り跡もないつるんとした顔をしている。二人とも二十代後半なのか若そうだ。

「刑務所にはマニラ警察統括本署の警官というIDを提示しております。データベースを調べたところ、実在しており、勤続二十二年のベテラン刑事で年齢は四十四歳でした。顔写真は不鮮明でしたが、一致しているように思われます。ただ、フィリピンの警察のサーバーは、かなりハッカーに荒らされており、正直言ってデータが真実なのかは誰も保証できません」

　別の男が答えた。二人は夏樹の素性を探っていたらしい。夏樹が危惧《きぐ》したように刑務所には外部との内通者がいるようだ。

「エリック、マニラ市警のただの刑事が、ショットガンで我々の攻撃をかわしてジャングルに逃げ込んだというのか」

　ベックマンと呼ばれた男は振り返って声を荒らげた。相当苛《いら》ついているらしい。

「逃走したファリードとともに川に落ちて行方不明になっています。一緒に逃走していた刑務所職員の目撃証言が、ありますが」

　口髭《くちひげ》の男は首を捻って見せた。死んだのなら大した男じゃなかったと言いたいのだろう。

「ネッド、おまえも考えが甘くないか。我々の目を欺く偽装工作とは思わないのか？」

銀髪の男は窓際から離れ、一人掛けのソファーに座って足を組んだ。

「現在もマラウィの警察では二人の死体を発見できておりません。それに近隣の空港にそれらしき人物が現れたという情報もありませんが」

ネッドと呼ばれた口髭の男は戸惑いながら答えた。

「我々に察知されないように痕跡《こんせき》を消して、ミンダナオ島の西側に移動したとしたらどうなんだ」

「マラウィから西といえば、テロが活発に活動するエリアです。そんな危険を冒してまで脱出を図ったというのですか？」

ネッドは首を傾げて質問で返した。彼には夏樹の行動がまったく読めないのだろう。

「我々の計画を妨害しているのは、あの忌々しい梁羽だぞ。あの姑息《こそく》で憎たらしい年寄りなら、優秀な部下がいたとしてもおかしくはないだろう」

ベックマンはグラスのウイスキーを飲み干すと、目の前の丸テーブルに音を立ててグラスを置いた。

「今回は、黄色五星として要人暗殺スケジュールを中央軍事委員会連合参謀部にリークした上で、実行するという大胆な任務です。少し遊びが過ぎると私は思っているのですが」

ネッドは不満を漏らした。任務をリークするというのは、犯罪予告のことだろう。

「我々ダーク・フォーは、常に陰謀の闇で活動する。諜報《ちょうほう》は闇の芸術であり、スリルがあってこそ美しい。だからこそ暗殺計画をリークしたことでより任務が先鋭化するのだが、真の目的は暗殺現場に中国側のエージェントの死体を残し、中国の仕業だと見せかけることだ」

ベックマンは、ちらりと物憂げな表情で黙っている女を見て言った。

「スカルノ・ハッタ国際空港で、たった一人でスネイクの攻撃に反撃してきたピンクのジャケットの男と、ひょっとして同一人物じゃないのですか？」

エリックと呼ばれた髭を生やしていない男が言った。スネイクとは、爆弾を使い無差別銃撃をしたテロリストたちのことらしい。

「あれは、梁羽の部下の張班という男だ。スネイクが犯行に及ぶ前に服装を確認している。あの男は、連合参謀部の特殊部隊に所属していた。テロリスト制圧の訓練を受けている」

ベックマンは首を捻《ひね》りつつも答えた。夏樹が張のジャケットを着て行動したのは、無駄ではなかったらしい。犯人は張ということになっている。

「ホセと名乗る男と一緒に行動している男はジョン・リーと名乗っていますが、張と同一人物だと思われます」

ネッドが補足して言った。

「確かに並外れた行動力からすれば、そう考えられるな。空港で活躍した張がその男に指示をしていたのか。とりあえず、張は邪魔だな」

目を細めたベックマンは右の掌《てのひら》を首の前で横に引いて見せた。殺害しろということだろう。

「同感です」

二人の男が相槌《あいづち》を打った。三人とも張が活躍したと信じているようだ。

「ところで、ジェーン、君は会話に加わらないが、どうしたんだ」

ベックマンは、女の方に体を向けた。

「ホセと名乗っている男とどこかで会った気がするんですが、思い出せないんです」

ジェーンと呼ばれた女は、小さく首を横に振った。

「優男風のなかなかいい男だった。今度会ったら、デートにでも誘って素性を調べるんだ。フィリピンでの活動は現地のエージェントの協力も得られる。二、三日はゆっくりできるはずだ。羽を伸ばすことだな」

ベックマンは笑って見せた。夏樹のことは大して警戒していないようだ。

「はあ」

ジェーンは浮かない顔で返事をした。

5

夏樹は張とファリードを連れて、パガディアン空港七時十分発ニノイ・アキノ国際空港行きに乗り、一時間四十分のフライトでマニラに到着している。

　三人は梁羽の出迎えのワゴン車に乗ったのだが、幹線道路であるメトロ・マニラ・スカイウェイの渋滞にはまっていた。

　メトロ・マニラ・スカイウェイは、ニノイ・アキノ国際空港からマニラ市内を南北に縦断し、北部クラーク空港までを高速道路化するというものだ。当初二〇一六年完成予定だったが、何事も南国フィリピンは思いどおりには進まない。全線開通は二〇一七年予定となっている。

　マニラのような大都市に幹線道路が一本しかないということが問題なのであるが、運転している梁羽の部下である黒征が、マカティに行くのに高速道路に乗ったことが間違いなのだ。夏樹なら住宅街を抜ける一般道を走る。

　車は遅々として進まないが、こんな状況でもファリードは、景色を楽しんでいた。

「マニラは何て巨大な街なんだ」

　後部座席のウインドウにしがみつくように外を見ていたファリードは、呟いた。

「マニラは初めてか？」

　隣りに座っている夏樹は尋ねた。

「仲間で、ホロ島とミンダナオ島以外の島に行ったことがある者はいない。俺たちにしてみれば、ルソン島は外国だ」

　ファリードは夏樹に見向きもしないで答えた。ミンダナオ島のダバオも大都市ではあるが、マニラとは比べものにならない。当然といえば当然である。

「ふむ」

夏樹ははたと考えてしまった。

黄色五星は、要人の暗殺計画をしている国のイスラム系武装勢力にテロを持ちかけていると考えられる。

インドネシアのスカルノ・ハッタ国際空港でのテロは、犯行声明はＩＳの名で出されたが、アルカイダ系過激派組織であるジェマ・イスラミーアが実行したようだ。主犯格はスネイクと呼ばれていたらしい。

フィリピンではアブサヤフに所属していたファリードに仕事が来た。黄色五星とは名乗らず、フセインといかにもイスラム系の名前で武器商を通じて接触してきたらしい。フセインが黄色五星と関係しているのか確証はないが、暗殺ターゲットが、フィリピンのドゥテルテ大統領だということは、間違いなかった。

フィリピンの場合、イスラム系武装組織はフィリピンの南部のミンダナオ島やその他の離島で活動している。言うなれば田舎者ばかりなのだ。マニラに来て右も左も分からないような連中に首都で主に活動している大統領の暗殺などできるのだろうか、というのが夏樹の抱いた単純な疑問である。

マニラではなくドゥテルテが、ミンダナオ島を視察するところを狙う可能性も考えられる。ドゥテルテは、大統領になる前はダバオの市長をしていたので、彼がミンダナオ島に渡る機会もあるはずだ。

一時間後、夏樹らはマカティのダイヤモンドレジデンシス・ホテルに到着した。前日まで空港に近いマリオット・ホテルに宿泊していたが、梁羽が連泊を好まないため移動したらしい。諜報員は行動をパターン化しないというのが、原則である。彼は何十年もその鉄則を守っているようだ。敵味方に分かれる存在であるが、大先輩として学ぶところも多い。

ダイヤモンドレジデンシスは二〇一五年に開業したばかりのホテルで、マカティの中心部に位置し、人気のショッピングモール〝グリーンベルト〟の目の前にある。

今日中にサンボアンガに向かうつもりだったが、予定を変更して夏樹とファリードは、それぞれダブルベッドが一つの三十二平米の広さがあるスーペリアスタジオという部屋にチェックインした。一番下のランクらしいが、モダンなデザインで、濃いグレーを基調としたインテリアは落ち着いており、部屋の広さも感じられる。

夏樹は荷物を置くとさっそく、梁羽の部屋を訪ねた。八十平米あるデラックス・スイートルームである。チームのリーダーである彼の部屋は打ち合せを行う必要上、いつも広い部屋を取っているらしいが、こんなところにも中国の資本力を感じてしまう。

「ご苦労だった。ミンダナオ島でも大活躍だったらしいな。張が自分のことのように自慢していた」

梁羽は息が漏れるような乾いた笑い方をした。苦笑したようだ。

「あなたの苦労が分かりましたよ」

鼻先で笑った夏樹は、首を横に振った。

「おまえを頼ったわけも分かっただろう。昨年まで使っていた腕利きの部下が、おまえのおかげで配属替えになったせいだ」

梁羽は渋い表情になった。昨年韓国で彼のチームと諜報戦になった際に、夏樹は敵の戦力を削《そ》ぐため、彼の部下の写真を中国版インスタグラムにアップし、名前と所属まで掲載したのだ。恨まれて当然ではある。

「それで、ファリードの護送中に襲撃してきた連中の目星は、ついたのか？」

元の表情に戻った梁羽は、淡々と質問をしてきた。

「顔も見ていないのに、どうして分かるんですか？」

「何か摑《つか》んだはずだ。私に隠し事はなしだ」

梁羽は睨《にら》みつけてきた。お見通しらしい。

「一昨日《おととい》の夜、何か引っかかりを覚える女をホテルで見かけました。しかも翌朝偶然女と顔を合わせたのですが、記憶を掘り起こせないんですよ」

観念した夏樹は、カレン・シェと会った経緯を話した。

「昔付き合った女じゃないのか？　おまえはもてそうだ。その女が事件に関係しているとでもいうのか？」

梁羽はテーブルに置かれていたカップのコーヒーを品良く飲んでいる。所作が優雅なのは、武術の達人だからだろう。

「彼女は俺に会った直後に仲間とホテルを引き払っています」

夏樹はポケットからスマートフォンを出し、四人の名前が書き出された書類を見せた。これは夏樹の情報屋の一人である天才的ハッカーの森本則夫《もりもとのりお》に依頼し、カレンと同時にチェックアウトした客をホテルのサーバーをハッキングさせて調べさせていたのだ。

こうした依頼は、夏樹の店の留守番をさせている菅谷を通じて行っている。ジャックのことが心配で彼にいつも連絡をしているわけではないのだ。

「素晴らしい。さすが冷たい狂犬だ」

書類に目を通した梁羽は、妙な感心をしている。

「この四人の名前はデタラメで、南洋理工大学の関係者でもありませんでした。チェックアウトした時刻も妙ですが、襲撃された際、銃撃してきたのは、姿こそ確認できなかったのですが、四、五人だったので彼らが犯人だと見て間違いないでしょう。そちらこそ、敵の目星はついていないのですか」

今度は夏樹が厳しい視線を梁羽に向けた。中国で一番食えない諜報《ちょうほう》員と話している。下手をすれば、情報を吸い取られるだけで、何も得られない可能性があるだけに強気に出たのだ。

「現政権の敵には違いない。幾つか考えられる。習近平主席を蹴落《けお》とそうとしている国内の勢力なのか、あるいは、米国、あるいは日本の仕業かもしれない。だが、日本は、テロを起こして中国を貶《おとし》めるような高度なテクニックを使える国じゃないから、この際除外してもいいだろう」

梁羽は夏樹をちらりと見て言った。皮肉のつもりなのだろう。

「あなたほどの凄腕《すごうで》の諜報員が、任務を受けてから何ヶ月もたつのに、まったく手がかりも摑んでいないのですか？」

舌打ちをした夏樹は、わざと溜息《ためいき》を漏らした。

「言ったはずだ。現政権内の反乱分子のせいか、米国の仕業かそのどちらかだろう。だが、これは謀略の世界で生きる私の長年にわたって培われた勘ではあるが、最近私はテレビを見るたびに犯人が分かってきたような気がするのだ」

夏樹の態度を表情もなく無視した梁羽は、意味ありげに言った。

「有名な政治家、あるいは経済人ということなのですか」

「米国というのならバラク・オバマ大統領だろう。中国なら第七代国務院総理の李克《リークー》強《チアン》かもしれないが、李克強は習近平と仲が悪いとはいえ政権転覆を狙うようなタマではない。

「テレビに出ている人間が直接の犯人ではないだろう。それに今は推測に過ぎないので、口に出したくない。何事も慎重に進める性分なのだ」

「慎重にね。そうでしょうとも」

夏樹は肩を竦《すく》めた。

6

マカティの中心部を通るマカティ・アベニューとアヤラ・アベニューの交差点からほど近い広大なエリアに、南国風庭園を中心にショッピングモール、シネマコンプレックス、レストラン街などを備えた複合商業施設グリーンベルトがあり、マカティ・アベニューを挟んで反対側にも巨大な複合商業施設であるグロリエッタがある。

グリーンベルトには1から5までのエリアがあり、1のショッピングモールが最初に開業され、順次商業エリアが建設され今に至っている。

午後八時半、夏樹は白髪交じりの中年の男と張の三人で、ダイヤモンドレジデンシス・ホテルの目の前にあるグリーンベルト1のショッピングモールの人混みに紛れていた。

落ち着きのない様子で夏樹と一緒に歩いていた中年の男は、ウインドウに映った自分の姿を見て首を捻《ひね》っている。その隣りには今やトレードマークと言っても過言ではないピンクのジャケットを着た張が立っていた。もっとも、フィリピン人は原色を好むので意外と目立たない。

「自分に慣れることだ。今の顔に慣れることで、行動パターンも変わる。いや、変えねばならない。想定の年齢は四十代半ばだ。年寄りではないが、若者とは違う」

夏樹は男の耳元で注意した。

「はっ、はい」

中年男は、ぎこちなく笑った。

男は特殊メイクにより、変装したファリードである。あご髭《ひげ》を剃《そ》ったとはいえ、アブサヤフで彼の顔を知っている者に見つかる可能性があった。また、警察には顔写真入りの資料が残っている。行方不明という扱いにはなっているが、資料が廃棄されたわけではないので、注意が必要なのだ。ゆくゆくは整形手術で顔を変えるのが一番であるが、とりあえず特殊メイクで急場を凌《しの》ぐしかない。

スパイ映画に出てくるような他人の顔をそっくりコピーしたフルフェイスの仮面は数年前までは不自然だったが、素材や技術の進歩により今では本人と変わらないまでの出来栄えにすることも可能である。だが、やはり顔の筋肉で仮面を動かすのは難しいので、表情がなくなってしまう欠点はどうしようもない。

夏樹が得意としている変装は、目の下や額や鼻だけの部分的なパーツを取り付け、年齢や顔の表情を変えて別人に変装するものだ。

素材はフォームラテックスや特殊な顔料が必要になる。どちらも一般の店に売ってないが、マニラ市内でも手に入れることは可能だ。だが、梁羽に尋ねたところ彼が個人的に持っていた。チームには銃をはじめとした位置発信機や盗聴器など、諜報に必要な小道具は揃えてあったが、特殊メイクの技術を持っているのは梁羽だけのため、チーム共有の備品にはなかったのだ。

夏樹はホテルの自室に梁羽から借りた材料を持ち込み、顔のパーツ製作をした。まずは粘土で型を作り、何種類ものフォームラテックスを混ぜ合わせた液体を型に流し込む。このままでは固まらないので、最後はオーブンで焼いて仕上げるのだ。ホテルの厨房《ちゅうぼう》でオーブンを借りることもできないので、張にグロリエッタに近いパサイロード沿いにある家電量販店〝ANSON's〟に買いに行かせた。マカティでは何でも入手できる。手に入らないものは、武器ぐらいであろう。

製作したのは目元のホクロが付いたシワと眉毛《まゆげ》が付いた額のシワである。ファリードの肌の色が濃いため、色を合わせるのに苦労した。また、自分用にも幾つか作ったので、すべての工程を終えるまで四時間もかかっている。実際にファリードに特殊な接着剤で貼ってメイクを施し、髪の色を自然な白髪に仕上げるのにさらに三時間を要した。顔を強く擦《こす》らない限り、夏樹の特殊メイクは三日程度は持つ。

「大勢の目に触れることによって、慣れるのだ」

二十年近く前になるが、夏樹は外務省から公安調査庁に異動になってすぐにＣＩＡに研修目的で出向している。一年間ではあるが、様々な訓練を受ける中で特殊メイクを含めた変装についても学んでいた。

当時の特殊メイク技術は素材の関係で今よりも二倍から三倍の時間を要し、出来も悪かったが、メイクを施した仲間と一緒にショッピングセンターや公園に出かけたものだ。一般人に気付かれないようにすることで技術も向上し、何よりも変装して人目に触れることで度胸が付いて平気になる。

夏樹は正規に採用されたＣＩＡの局員と一緒に訓練を受けたが、いつもトップクラスの成績を収めていた。日本人だけに元来手先が器用という利点があったのだ。

「素顔を知っている私でさえ、まったく分からないんだ。心配するなよ」

張がファリードの肩を叩《たた》いた。諜報員としての資質には欠けるが、気のいい男である。夏樹は彼をまるで自分の手下のように扱っていた。ファリードをショッピングモールに連れて行くと言ったら、夏樹の監視役という立場ではなく、付いてきたのだ。

「はい、頑張ります」

ファリードが笑顔を見せた。

彼はマニラに来て、カルチャーショックを受けたようだ。特にマカティはフィリピンの中でも先進国と肩を並べるほど発展した街だけに、ジャングルに囲まれた農村で育ったファリードにとっては夢の中にいる気分なのだろう。彼はこれほどの資本力がある首都を抱えたフィリピンに対してテロを行ってきた自分が、愚かしく思えるようになったようだ。そのためか、言葉遣いすら変わっている。

また、夏樹は梁羽にファリードを自分の情報屋として仕込むと伝えたところ、銃はさすがに与えなかったが、無線機とスマートフォンを提供し、彼の新しい身分を保障するためにパスポートを作ることも約束してくれた。

「おっ」

夏樹はポケットで呼び出し音を鳴らし、振動するスマートフォンを取り出した。土曜日の夜のグリーンベルトということで、人混みでも分かるように設定しておいたのだ。

「俺だ」

他の二人に聞こえないように距離をとった。

――マジック・ドリルです。ターゲットにヒットしました。

情報屋の一人、森本からの電話である。太ったオタクのため、仲間内ではオタ豚《ぶた》と呼ばれていた。だが、執心していたキャバクラ嬢に振られてからダイエットに励み、今では普通の体型になっている。

マジック・ドリルとは、彼が自分でつけたコードネームで、どんなにセキュリティレベルが高いサーバーでも、魔法のようにこじ開けるという意味らしい。自画自賛だが、彼は警視庁のサイバーポリスや公安のブラックリストに載るほど日本では指折りのハッカーである。

「場所はどこだ？」

――マカティのグリーンベルト4です。

「何！」

夏樹は思わず声をあげた。

ターゲットとはカレン・シェと名乗った女である。夏樹はマラウィのホテルのレストランで、彼女を隠しカメラで捉《とら》えていた。顔写真があることは、梁羽に教えずに日本にいる菅谷に送っていたのだ。

彼にはマニラのハッキングできる監視カメラの画像データを顔認証ソフトにかけて、カレンを割り出すように命じていた。マニラと言ってもインターネットに接続されている監視カメラはそれほどない。だが、治安も先進国並みの大都市であるマカティには、監視カメラは溢《あふ》れかえっている。

カレンも含めてその仲間が活動するのならマニラかマカティしかないと思っていたが、当たったらしい。

「どうしたんですか？」

張が心配げに尋ねてきた。

「ファリードを頼む。これで適当に買い物をして、ホテルに帰ってくれ」

夏樹は自分の財布から百ドル札を三枚抜き取って張の胸ポケットにねじ込み、いきなり駆け出した。

7

グリーンベルトの敷地は上底が長い逆台形をしており、夏樹らが宿泊しているダイヤモンドレジデンシス・ホテルは北側の上底にあたるレガズビ・ストリートに沿っていて、道を挟んだ向かいにグリーンベルト1がある。

施設は池があるグリーンベルト・パークを中心に時計と逆回りに番号が振られており、1の南側に2、その西側に3、3の北側にある4は渡り廊下であるグリーンベルト・ペデストリアン・ウォークウェイで繋《つな》がっていた。

グリーンベルト1からグリーンベルト4までは、直線距離で百メートルほどだが、ショッピングモールやレストランの通路を抜け、グリーンベルト・パークの遊歩道を回らなければならない。ショートカットするなら、公園の池に浮かぶ島に建つドームを冠《かぶ》った教会に通じる橋を渡るのが一番近道である。

夏樹はモールでショッピングを楽しむ人混みをかき分け、日が暮れて涼しくなったグリーンベルト・パークを散策する人々の間を縫い、教会を横切ってグリーンベルト4に移動した。

この建物は三階建てのショッピングモールになっており、一階にはルイ・ヴィトンやブルガリなどの高級ブランドショップがずらりと並んでいる。

「…………！」

突然立ち止まった夏樹は通路の陰に隠れ、ポケットからハンカチを出して額の汗を拭《ぬぐ》った。グッチのショーウインドウを見ているカレンを発見したのだ。息抜きとして、ショッピングに来たのだろうか。

手ぐしで髪を整えた夏樹はジャケットの乱れも直し、通路に出てショーウインドウを見ながら彼女に近づいた。

「おっと、失礼」

夏樹はわざと彼女の肩に触れ、一歩下がった。

「えっ!」

右手で胸を押さえたカレンが、両眼を見開いて呆然《ぼうぜん》としている。

「あなたでしたか。二度ある幸運は三度あると、英語のことわざにもありますが、まさかまたあなたに会えるとは思いませんでした」

夏樹は笑顔で言った。

「あなたは……」

言葉が続かないらしい。彼女は夏樹が、行方不明になったという警察情報を知っているに違いない。

「覚えていただけていたんですね。あれからゴルフコンペでは、いい成績を収めることができました。今朝、ミンダナオ島から戻って来たんです。明日まで休みを取っているので、新しい洋服を買おうとグリーンベルトに来たのですが、あなたに会えるとは思ってもいませんでした」

とりあえず、昨日まで遡《さかのぼ》って話の続きをしてみた。

「そうだったんですか。あまりにも奇遇なので、心臓が止まるほど、驚いたわ」

カレンも笑顔になった。呆然としたのは、数秒のことである。立ち直りが早いということは、訓練されているからで一般人ではない証拠だ。

「このネックレスを見ていたんですね」

夏樹はショーウインドウのボディマヌカンの首にかけてあるネックレスを指差した。

「ええ、本当に可愛くて綺麗《きれい》。でも少し値段が張るわね。大学職員の私ではとても手が出ないわ」

カレンも夏樹同様、嘘をつき通すつもりらしい。それならそれでいい。

「店に入って、一緒に見てみませんか」

笑みを絶やさず、夏樹は誘った。周囲を見たが、仲間らしき姿はない。彼女に接近して徹底的に調べるつもりだ。

「本当？　一人じゃ勇気が出なかったの」

頷《うなず》いたカレンは夏樹に従って店に入った。

「何か、お探しですか？」

マネージャーらしき男性店員が笑顔で言葉をかけてきた。夏樹らを見て上客と思ったのだろう。

夏樹はジーパンに白いTシャツといたってシンプルだが、アルマーニの紺色のテーラードジャケットを着ている。ブランド物のジャケットを着るのは、おしゃれのためだけではない。ズボンの後ろに差した銃を隠すためで、安物では型崩れがするのでジャケットを着る意味すらないからだ。

ミンダナオ島で手に入れた銃は、ニノイ・アキノ国際空港の検問を通過するのは難しいため、空港のゴミ箱に捨てた。今持っているグロック26は、梁羽のチームが装備として用意しているものを借りたのだ。

カレンは胸元の開いたノースリーブのワンピースにフェラガモのサンダルを履いていた。それにディオールの香水〝ジャドール〟を付けている。化粧は相変わらず控え目だが、気品のある香りが彼女に似合っていた。

「あのマヌカンのネックレスを見せて欲しい」

夏樹はショーウインドウの商品を指差した。

「少々お待ちくださいませ」

男性は白い手袋をはめ、マヌカンからネックレスを外してビロードのケースに載せ、店内のショーケースの上に置いた。スポットライトを浴びたネックレスのダイヤモンドが、輝きを増して美しい。

「綺麗」

カレンはうっとりとした目つきになった。彼女の視線は取り繕ったものではないようだ。

「彼女に試着させてくれませんか」

夏樹は男性に目配せをした。

「かしこまりました」

男性は目礼すると、カレンの後ろに立ってネックレスをかけた。中央に小さなダイヤモンドを、無数に埋め込んだ花のようなデザインのペンダントヘッドがついている。また鎖の途中にもハート形の留め金がいくつもあり、ダイヤモンドが埋め込まれた小さな花やハートの形をしたアクセサリーがかけられていた。

「とてもよく似合っている。君のためにデザインされたようだ」

夏樹は歯の浮くようなセリフを言ったが、嘘ではない。

「本当？　嘘でも嬉《うれ》しいわ」

カレンはショーケースの上に置いてある鏡を見て目を細めている。

「これをもらおう。私が支払う」

値段は十九万四千ペソ、日本円で四十六万円ほどだ。デザイン性があり、グッチということから考えれば決して高くはない。

「えっ、まさか、そんなことできないわ」

カレンは慌ててネックレスを外そうと両手を首の後ろに回した。さすがに展開を読めなかったのだろう。本当に驚いているらしい。

「私にお礼をさせて欲しいんだ」

夏樹はカレンの腕を優しく握り、彼女の腕を下に降ろした。

「お礼？　でも、絶対ダメよ。これ高いのよ」

カレンは眉間《みけん》に皺《しわ》を寄せて首を左右に振った。綺麗な女性は、怒った顔も美しい。にもかかわらず彼女を思い出せなかった。だが、夏樹はこの時、彼女が誰なのか認識した。

「精算してくれ」

夏樹は彼女を笑顔で無視して男性店員に目配せをすると、男性店員は店の片隅で成り行きを見守っていた女性店員を呼んだ。

「少々お待ちください」

女性店員は棚からネックレスのケースと伝票を取り出し、男性店員に渡した。

「実はゴルフコンペで優勝し、賞金をもらっているんです。あなたに偶然出会ってスコアが伸びたんだと思います。幸運の女神にお礼をしないと、天罰が下ります」

ポケットからいつもと違う財布を出した夏樹は、銀聯《ぎんれん》カードを抜き取って男性店員に渡した。財布は張のものである。別れ際に彼の胸ポケットに百ドル紙幣を三枚ねじ込み、その代わりとは言ってはなんだが失敬したのだ。

自分のプライベートなクレジットカードは持っているが、諜報《ちょうほう》活動をしている時は絶対使わない。調べられれば素性がバレてしまうからだ。その点、張の連合参謀部発行のカードは、身元が分からない仕組みになっているらしい。

「ネックレスは、そのまま彼女につけておいてくれ。ケースは包まなくていいから私が預かるよ」

夏樹はクレジットの請求書に張のサインをしながら、ネックレスの箱を出してきた女性店員に言った。

「ありがとう。食事はしたの？」

鏡で改めてネックレスを見たカレンは、嬉しそうな顔で尋ねてきた。

「もう、すませたが、アルコールなら入るよ」

夏樹は苦笑まじりに店を出た。

ファリードの希望で、ジョリビーで食事をしたのだ。彼はよほどジョリビーのチキンが気に入っているらしいが、おそらくそれ以上のご馳走《ちそう》を食べたことがないのだろう。

「私、とってもいいバーを知っているから、そこに行かない？」

カレンの腕が夏樹の左腕に絡んできた。彼女をネックレスで釣ったとは思っていない。夏樹の素性を知ろうとしているのか、あるいは彼女を誘う魂胆を探ろうとしているのだろう。

「それは楽しみだ」

夏樹は笑顔で答えた。


その頃、張とファリードはグリーンベルト1で買い物をしていた。1は他のエリアに比べてもっとも庶民的なモールである。

ファリードは着替えも持っていなかったので、色々買い揃えた。金は夏樹の残していった三百ドルから使ったのだ。二人はホテルに戻るべく出口に向かっていた。

午後八時四十分、歩道から張が先にレガズビ・ストリートに出た。ファリードは両手に買い物袋を提げているので、少し遅れている。

沿道に停めてあった黒いワゴン車が、突然急発進をした。

ワゴン車のライトがハイビームになる。

道を渡りかけた張は、ワゴン車のライトの眩《まぶ》しさに右手をかざした。

「なっ？」

ワゴン車が唸《うな》りを上げて接近する。

道の半ばまで渡っていた張は、慌てて歩道近くまで戻った。だが、ワゴン車は急ハンドルを切り、張を撥《は》ね飛ばした。

宙を舞った張の体が、頭から歩道に激しく叩《たた》きつけられる。

ワゴン車は、猛スピードで走り去った。

脳漿《のうしょう》をばら撒《ま》きながら転がった張は、まったく動かない。

「…………」

ファリードは声をあげることすらできず、その場を立ち去った。

真夜中の死体

1

午後十時になろうとしている。

夏樹はピクリと頭を動かした。

ベッド脇の椅子の上に置かれた夏樹のジャケットから電子音が聞こえる。ポケットに入れてある衛星携帯が、呼び出し音を鳴らしたのだ。

ズボンの後ろに差し込んであったグロックは、脱いだジャケットの下にさりげなく隠している。

体を起こした夏樹は、椅子に顔を向けた。衛星携帯は梁羽から借りたものなので、私的な電話ではないだろう。だが、六回コールされて、呼び出し音は止んだ。

「気にしないで」

夏樹の下になっている裸のカレンが、夏樹の首に両腕を絡ませて引き寄せてきた。身長は一七〇センチ、痩《や》せて見えたが、服を脱ぐと思いのほか豊満な体をしている。

「…………」

無言で夏樹はカレンの体に身を委《ゆだ》ね、彼女の唇を吸った。

グリーンベルト4で出会った二人は、敷地内を移動し、グリーンベルト3を出てエスベランザ・ストリートを渡り、向かいにある五つ星のニューワールド・マカティホテルにチェックインしている。

彼女からこのホテルのバー・ルージュに行こうと誘われたのだが、夏樹は部屋でシャンペンでも飲もうと誘った。彼女が断らなかったので、そのままチェックインし、二人はベッドに直行したのだ。

彼女の体は敏感に反応した。日頃極度のストレスを抱え、欲望を抑えている人間の特徴とも言える。夏樹は彼女が自分と同じ匂いを発していることを改めて確認した。

数分後、衛星携帯が再び鳴り出す。今度は執拗《しつよう》だ。

「ごめん」

夏樹は彼女から離れ、腰にタオルを巻いてキングサイズのベッドから降りた。窓からグリーンベルトが見下ろせるプレミアルームである。

彼女に聞き取られないように窓際のソファーに座り、電話に出た。

「はい」

——私だ。会話しても大丈夫か？

梁羽である。

電話でコードネームすら名乗らないのは、敵が近くにいるか、盗聴の恐れがある場合で、梁羽は夏樹の返事だけで悟ったのだろう。

「多少」

夏樹は微妙な答えをした。

――仲間と客人との連絡が取れない。一緒じゃないのか？

客人とはファリードのことである。

夏樹は頰をピクリとさせた。嫌な予感がする。

「私は、一時間ほど前から知人と買い物をしています」

つまり一時間前に張とファリードと別れているという意味だ。

――分かった。フリーになったら連絡をくれ。

「また後ほど連絡します」

夏樹は大きな溜息《ためいき》を漏らしてベッドのカレンをちらりと見た。

「仕事？」

体を起こしたカレンが尋ねてきた。

「野暮用だ」

夏樹は乱暴に答えた。ファリードの変装が、敵に見破られたとは思っていない。おそらくいつでも同じ格好をしている張《ちょう》が目を付けられたのだろう。ピンクのジャケットは、張のお気に入りだったようだが、諜報員《ちょうほう》はいつも姿形を変えるのが常識である。注意すべきだったかもしれないが、後悔先に立たずだ。

グリーンベルトとホテル、どちらの施設も携帯電話の圏外にはならないはずだ。張は諜報員としては能力不足だが、連絡も取れない場所にいるとは思えない。二人は拉致《らち》されたか、殺されたかのどちらかだろう。ホテルに近いということもあり、彼らを残して単独行動をしたのは間違いだったらしい。

「何を怒っているの？」

カレンは首を傾げた。

「君の仲間に聞いたらどうなんだ」

夏樹は服を着ながらカレンを見た。お互いを探り合った情事もお終《しま》いである。彼女の仲間が二人に危害を加えたに違いない。いつまでも紳士ではいられないのだ。

「何を言っているの？」

カレンはきつい目付きになった。

「君の本名は、ジェーン・バレッタ、三十七歳、ＣＩＡ局員、君が化粧をナチュラルにするのは、仕事柄目立ってはまずいからだ。現在の所属は知らないが、仲間とテロを煽《あお》っている。違うか？」

今の彼女のことはまったく知らない。というのは、十九年前にＣＩＡで訓練を受けるために出向していた時、まだ大学生だった彼女に会っただけだからだ。

「…………！」

ジェーンは両眼を見開き、唇を噛《か》んだ。

彼女は成績優秀で大学一年になった時CIAにスカウトされ、学校に通いながらCIAのアカデミーにも出席していた。彼女とは変装技術を学ぶ講義で三、四回会っているのだが、一度も素顔を見せ合ったことはない。

というのは、彼女と一緒だった講義は、変装技術コースの最終過程だった。メイク室は男女別で四つあり、自分で変装した後で講義に出席する。講師は生徒の変装に評価を下し、合格した生徒はその姿のままで街に出て、実地訓練をするというものだった。

夏樹に比べればジェーンの変装は劣っていたが、合格したため数名の生徒と一緒に街に出ている。彼女は年老いた姿に変装した夏樹しか見ていない。また、ジェーンが得意としていたのは、髪を茶髪にして肌を白くし、頬にそばかすを描き込んで目にはカラーコンタクトを入れ、白人になりきることだ。

彼女のメイクは完璧《かんぺき》とも言えたが、唯一の欠点があった。それは美人だということだ。諜報員として働くには、まず目立たないことである。彼女は充分理解していたのだろう。久しぶりに会った彼女は、年齢の問題もあるが、素顔に見えるようなメイクをしていた。というより美貌《びぼう》を隠すためのメイクをしていたらしい。だから彼女を見ても思い出せなかった。

彼女は常にトップの成績だった夏樹に好意を寄せていたらしい。デートに誘われたことも二度ほどある。多分、夏樹の素顔が見たかったのだろう。

当時は今と違って生真面目だったために誘いを断った。それに婚約者がいたので、理性が働いたのだ。今ならセックスもコミュニケーションの一つと思っている。独身ゆえに理性のタガはかなり緩いことも確かだ。

彼女はインド人とアイルランド人の血が混じっていると聞いたことがある。今は素顔ということだろう。

「あなたは、ひょっとして十九年前に訓練で一緒だった日本人？」

ジェーンは、幾分首を傾げながら尋ねてきた。夏樹のことがまだ分かっていないらしい。だが、当時のＣＩＡの記録を調べれば、夏樹を特定できる可能性もある。

「どうでもいい、そんなことは。それより、インドネシアのテロ事件にも米国が関わっているんだな。黄色五星、とんだ茶番だ」

ジェーンがまだＣＩＡの諜報員なら、中国を貶《おとし》めるために米国はＣＩＡを使ってテロ事件を起こしているに違いない。米国がやりそうなことだ。

「…………」

ジェーンは押し黙っている。無言で通すつもりらしいが、認めているのも同じだ。

「米国は、世界情勢を都合よく変えようと陰謀を企《たくら》む。だが、それは自分の首を絞めるだけだ。火遊びは止めておくんだな」

着替えた夏樹は、グロックをズボンの後ろに差し込んだ。

「あなたは敵なの？」

ジェーンは険しい表情になった。

「俺は罪もない人間を巻き込むようなテロは、断じて許さない。敵か味方かは俺じゃなく、加害者であるテロリストの問題だ。米国は世界を敵に回すつもりか？」

夏樹はそう言うと、ベッドの前を通り過ぎた。

「待ちなさい！」

ジェーンが自分のバッグに手を伸ばし、銃を抜いた。チームのコードネームまで明かされたのだ。彼女は諜報員として失格したも同じである。挽回《ばんかい》するには夏樹を殺すしかない。

「………」

夏樹は立ち止まることなく部屋を出た。

2

ニューワールド・マカティホテルで、夏樹はタクシーに乗った。

マカティの北西部サンアントニオ地区、ブエンディア・アベニューを西に向かっている。タクシーの運転手にはとりあえずブエンディア・アベニューを通って港に向かってくれと頼んだ。

運転手はいい顔をしなかった。マニラの湾岸地区は低所得者が住むエリアが多く治安も悪いからである。

夏樹は手元のスマートフォンに映し出された地図上の赤い点をじっと見つめていた。赤い点はファリードで、ブエンディア・アベニューを西に微速で動いている。彼に渡した財布に、位置発信機を仕込んでおいたのだ。画面の赤点は、GPS信号を発する小さな位置発信機の所在を示している。

梁羽からもチームの装備として位置発信機を借りているが、ファリードを中国側に渡すつもりはないので、いつも持ち歩いている自分の位置発信機を使用した。彼が脱走、あるいは拉致された場合に備えて、彼に与えた財布に仕込んでおいたのだ。微速で動いているということなら徒歩で移動しているに違いない。

タクシーはオスメナ・ハイウェイの高架下を潜った。このハイウェイから西側は、マカティでも発展が遅れている地区になり、景色もガラリと変わる。

マカティは地下ケーブル化が進められており、街並みは美しいが、ハイウェイから西側は電線が張り巡らされ、低層の古びたビルが続く。まるで二、三十年前のマニラにタイムスリップしたような感覚に陥る。

「ここでいい」

夏樹はマカティ市の境界から一・三キロほど先のF・B・ハリソン・ストリートとの交差点でタクシーを停めた。

車を降りると、タクシーは交差点で強引にUターンしてマカティ方向に走り去った。

「こっちか」

スマートフォンの地図を見ながら夏樹は、F・B・ハリソン・ストリートに曲がった。道の両脇には、地元民を対象とした怪しげな飲食店が軒を連ねている。脇道にはトタン屋根やパラソルだけの屋台も肩を寄せ合っていた。看板にバー＆レストランと記された、日本でいうキャバクラのような女性が接客する店もある。

「かっこいい兄さん、ちょっと飲んでいけよ」

数メートル進んだところで、屋台の陰から出てきた上半身裸の酔っ払いが夏樹の肩を摑《つか》んできた。

「触るな」

夏樹は男の胸を押して下がらせ、中指を立てた。男は後ろによろけると、肩を竦《すく》めて笑った。男は酔った振りをしているだけの抱き付きスリである。

アルマーニのジャケットを脱いで銃を包んだ夏樹は、小脇に抱えて進んだ。ブランド品に限らず、テーラードのジャケットをマカティ以外の街で着るのはまずい。

再び夏樹はスマートフォンを見た。赤い点は百メートルほど先の道を渡って左の地点で停止している。

今にも潰《つぶ》れそうな木造の建物に中古品販売と書かれた看板があり、建築資材の中古品が店頭に積まれていた。発信機のシグナルは店の脇の通路の奥を示している。

十メートルほど通路を進むと、店の裏に出たらしく建築資材が壁際にうずたかく積まれている場所に出た。古タイヤや洋式の便座を椅子代わりにして座った八人の男たちが、フィリピンのビールであるサンミゲルやレッドホースの瓶を片手にたむろしている。だが、肝心のファリードはいない。

男たちは、顎《あご》から下に施された刺青《いれずみ》を誇示しているのだろう、ランニングシャツや半裸姿である。この街はさほど治安が悪いとは聞いていなかったが、それでも暴力を生業《なりわい》とした連中も住んでいるらしい。

「何だおまえは？」

中央に座っている腹の出たランニングシャツ姿の男が、眉間《みけん》にしわを寄せて言った。坊主頭に近い短い髪をしているが、米国のバスケットボール選手のような幾筋もの剃《そ》り込みを入れ、髪も赤と緑に染めている。

夏樹は男の言葉を無視して、スマートフォンを見たが、赤い点は確かにこの位置を示している。誤差は数メートル前後のはずだ。

「友人が持っていたスポーツタイプの黒い財布が、ここにあるらしい」

発信機の信号は正面の三メートルほど先を示しており、古タイヤに座っている剃り込み男か、その隣りに立っている痩《や》せた背の高い男のどちらかが持っているらしい。

「それがどうした」

剃り込み男がにやけた顔で言うと、周囲の男たちに向かって顎を左右に振ってみせた。どうやらボスキャラらしい。

男たちは立ち上がると、夏樹の後ろに二人、左右に二人ずつに分かれた。喧嘩《けんか》慣れしている連中のようだ。例のマニラ警察統括本署のホセ・ゴンザレスのポリスバッジとIDを持っているが、目の前の連中に見せれば事態はかえって悪化する可能性が高い。

「財布はどうでもいい。持っていた白髪交じりの男がどうなったのか知りたいだけだ。教えてくれたら、謝礼を払ってやる」

チンピラ相手に汗を掻《か》くつもりはない。正直に答えてくれれば、問題ないのだ。

「謝礼は、もちろんもらう。だが、おまえはその後でどうするんだ。ポリスに通報でもするつもりか？」

剃り込み男が肩を竦めてみせた。ファリードを知っているということだ。

「質問に答えろ。友人は、生きているのか？」

夏樹は無表情に尋ねた。怒りを抑えるには、感情を表に出さないことだ。

「生きては、いるよな」

剃り込み男が頷《うなず》いて見せると、男たちは一斉に笑った。

「どこにいる？」

「誰が教えるか、馬鹿が」

剃り込み男が、おもむろに古タイヤに隠してあった銃を握った。夏樹を殺して金を奪うつもりらしい。

「馬鹿はおまえだ」

夏樹は小脇に抱えていたジャケットから素早くグロックを抜き、剃り込み男の眉間を撃ち抜いた。

「なっ！」

剃り込み男の隣りに座っていた男が、慌てて便座に隠してあった銃を抜く。夏樹はこの男のこめかみも正確に撃った。

「誰が、正直に話すんだ？」

口調を荒らげた夏樹は、周りの男たちを見た。全員ナイフを握っている。取り囲んでいる間に、ポケットから出したことは分かっていた。

「俺たちは知らねえよ」

右手にいる首にドクロの刺青を入れた男が答えたが、ナイフを手放す気配はない。銃を持っていないので撃たれないと思っているのか、あるいはよほどの馬鹿なのだろう。その証拠に六人の男たちは、ナイフの握り方を微妙に変えた。投げるつもりらしい。

夏樹は男のドクロの右目を撃つと、身を屈《かが》めた。ほぼ同時に背後から飛んできたナイフが頭上をかすめる。夏樹は振り向きざまにナイフを投げた二人の男の心臓を撃ち、左側でナイフを振りかぶった男の頭もぶち抜いた。

右側にいたドクロの男の首から勢い良く血が噴き出している。狙い通り、ドクロの右目を撃って頸動脈《けいどうみゃく》に当たったようだ。

「逆らえば、殺す。だが、案内してくれれば、二百ペソやる。選べ」

夏樹は死にかけているドクロの男の傍で、ナイフを握っている男の頭を撃った。

「分かった。撃たないでくれ！」

左手にいる最後の男が、ナイフを投げ捨てた。

3

首筋にコブラの刺青した男が、怯《おび》えた表情で時折振り向く。

「心配するな。俺は、約束は守る」

夏樹は折り畳んだジャケットに銃を隠し持っている。男は背後から撃たれないか心配なのだろう。

中古品販売店の奥にたむろしていた八人の男のうち、殺意を持った七人を夏樹は殺している。死体を見ても、一顧の憐憫《れんびん》も感じなかった。

仕事上とはいえ、殺人に対して何の感情も抱かなくなった自分に嫌気がさしたのも、公安調査庁を退職した理由の一つである。だが、民間人に戻っても冷徹な心が治るわけではなかった。おそらく子供の頃、両親の惨殺された死体を見たことで、感覚が麻痺《まひ》してしまったのだろう。

男は数ブロック先の舗装もされていない脇道に入って、暗闇を指差した。その先に人が横たわっている。

夏樹は銃を隠しているジャケットを男に向けたまましゃがみ込み、首筋に指を当てて脈を調べた。ファリードは気絶しているだけのようだ。

「おい、おまえ。金が欲しかったら水売りを呼んで来い」

夏樹は案内してきた男に命じた。水売りとは路上で車の運転手にペットボトルの水を売る業者である。ちゃんとしたミネラルウォーターを売る者もいれば、ただの水道水を入れて売る場合もあるので注意が必要だ。

「ファリード、起きろ」

夏樹はファリードの顔を軽く叩《たた》いた。

「…………？」

目を開けたファリードは半身を起こし、辺りを見渡している。

「怪我はないか？」

「頭が痛い」

夏樹の質問にファリードは、後頭部をさすって頭を振った。背後から殴られて気絶したのだろう。

「水売りを呼んできたぞ」

刺青の男が、ハーフパンツにTシャツ姿の男を連れて戻ってきた。水売りは両手に二本ずつペットボトルを持っている。

「おまえが払え」

夏樹は水売りから二本の五百ミリのペットボトルをもらってファリードに渡した。小銭の持ち合わせもないが、加害者に払わせるのが筋である。

舌打ちをした刺青の男が、ポケットから小銭を払っている。フィリピン人相手なら一本十ペソ、外国人の場合十五から二十ペソが相場だ。支払いを終えた男は、夏樹が横を向いている隙に消えた。

「ジョンは、どうした？」

夏樹は膝《ひざ》をついて尋ねた。拉致《らち》されたファリードが、ここで解放されたわけではないだろう。おそらくグリーンベルト近くで襲撃され、ファリードは恐ろしくなって逃げてきたに違いない。

「……死んだ。……はずだ」

ペットボトルの水を飲み干し、二本目のペットボトルの水を後頭部に流したファリードは自信なげに答えた。

「歩きながら、詳しく話せ」

夏樹はファリードの脇を支えながら立たせた。休ませている暇はない。刺青の男が仲間を呼んで戻ってくる可能性もあるからだ。

「グリーンベルトで買い物をした俺たちは、店を出た。でも、ジョンが店の前の道を渡ろうとすると、突然黒い車が猛スピードでジョンを撥《は》ねたんだ……」

ファリードは目に涙を浮かべ、震える声で話した。目の前で張が車に撥ね飛ばされ、恐ろしさのあまり逃げ出したらしい。港に向かったのは、とにかく現場を離れたいという気持ちと、港に行けばミンダナオ島行きのフェリーに乗れると思ったからだろう。

「おそらく死んだのだろう。だが、確認しないとな」

夏樹は手を上げて走ってきたクリスマスのイルミネーションのような電球を付けたジープニーを停め、ファリードを詰め込むように背中を押して自分も乗り込んだ。

乗り合いバスであるジープニーは、決められたコースを巡回しているものもあれば、客に行き先を聞いてコースを変える場合もあり、ある意味で融通が利く。場所によって運賃は変わるが、どこまで乗ってもコース内なら十ペソ前後である。

「マカティ・セントラル・ポリス・ヘッドクウォーターズに行ってくれ」

夏樹は二十ペソ紙幣を運転席の後部にある窓から運転手に渡した。行き先はマカティ市の警察署である。

「まさか」

ファリードの顔が青ざめた。

「川の向こうは行かないんだ。他の乗客にも迷惑だしな」

運転手は、エンジンの騒音に負けない声で答えた。彼の言う川とは、マカティの西端を南北に流れる川のことだろう。マカティとの境界線になっているので、市内には行きたくないらしい。

「あと五十ペソ出すから、途中のブエンディア駅まででいいから行ってくれ」

なんとか交渉し、夏樹とファリードはジープニーでマカティのマニラ・メトロレール

MRT3線の駅に辿《たど》り着き、駅前でタクシーに乗り継いだ。時刻は午後十時五十分になっている。

「やっと着いたか」

夏樹はタクシーを警察署の正門の内側で停めさせ、タクシーの運転手にチップを払って降りると、後ろを振り返った。ファリードがタクシーからなかなか降りようとしないのだ。昨日までマラウィの刑務所にいたのだ。警察署が怖いのも無理はない。だが、夏樹の特殊メイクをしているので、正体がバレる心配はない。それに一度脱走を試みた男を自分の手下にするには、荒療治が必要なのだ。

「降りろ！」

夏樹はファリードの奥襟を摑《つか》んでタクシーから引きずりおろした。

4

ファリードを後ろ手にした夏樹は、マカティ・セントラル・ポリス・ヘッドクウォーターズの玄関前の石段を上がった。

「どうしたんだ？」

玄関前にある柱の陰で煙草を吸っていた警察官が、尋ねてきた。マカティでは公共の場の喫煙は厳しく禁じられている。それを破っている時点で、この警察官の人物が知れるというものだ。

「マニラ警察統括本署のホセ・ゴンザレスだ。マカティに潜伏中の強盗犯を追って来たんだが、知人とみられる男を拘束した。雑談室を借りたいんだ」

夏樹はポリスバッジを見せてウインクした。雑談室とは尋問室のことである。

「なるほど、確かに容疑者じゃないいなら、雑談室で話をするのがいいな。エミリオ・コロニアだ。案内してやるよ」

エミリオは煙草を足元に捨てると、正面玄関のブルーのガラス戸を開けた。

制服警官が座っている正面の受付を通り過ぎ、三人はエレベーターホールとは反対側の廊下に曲がった。その間、制服、私服の警察官と何人もすれ違ったが、エミリオを先頭にしているために夏樹らを怪しむ者はいない。

「心配するな。逮捕しようというわけじゃないんだ。ちょっと話を聞かせてもらえれば、すぐに家に帰してやるよ」

演技ではなく、本当に震えているファリードに夏樹は笑いながら言った。

夜間のためか照明は間引いてあり、薄暗い廊下の奥に幾つものドアが並んでいる。

「好きなだけ使ってくれ。終わったら、勝手に出て行ってくれて構わない。だけど使うには、分かるだろう……」

奥から三番目のドアの前で立ち止まったエミリオは、右手をひらひらと動かした。

「もちろんだ」

夏樹はポケットから五百ペソ紙幣を出してエミリオに渡した。賄賂《わいろ》の相場までは知らないが、たかだか尋問室を借りるだけだ。五百ペソも出せば充分過ぎるだろう。

「さすが、マニラ警察統括本署のポリスだ。今度、マカティに来ることがあったら、また声をかけてくれ。何かと便宜を図るよ」

エミリオは紙幣をポケットにねじ込むと、夏樹と笑顔で握手をして立ち去った。

フィリピンの警察で賄賂が日常化しているのには、理由がある。警察機構に対する国の予算が極端に少ないからだ。そのため、賄賂や違法な罰金を、これも賄賂ではあるが、市民に要求して警察署の運営を維持している。一警察官にとっては、安い給料で働くには、賄賂は必要な潤滑油ということになるのだ。だが、市民が腐敗した警察をまったく信用していないことは言うまでもない。

夏樹はファリードを尋問室に入れ、ドアを開けたまま、エミリオの姿が見えなくなるのを確認した。尋問室は警察署に入る口実である。

「ここで待っていてくれ。ジョン・リーの遺体がどこにあるのか調べてくる。それとも一緒に来るか？」

「でも……」

ファリードはかなり困惑しているようだ。

「ここは、警察署で一番安全な場所だ。心配するな。俺が十分経っても戻らなかったら、警察署を出ろ。出ていく人間は、誰も気にしない。逆に心細いなら、一人でうろついて度胸を付けてみるんだな。おまえの顔が他人だということを忘れるな」

「俺の顔は、他人か」

少しは納得したのか、ファリードは頷《うなず》いてみせた。

尋問室を出た夏樹は廊下を戻り、エントランスの受付の前に立った。背の高い木製のカウンターに二人の制服警官が座っている。

「マニラ警察統括本署のホセ・ゴンザレスだが、知り合いがマカティで交通事故にあったと聞いた。場所はグリーンベルトの前のレガズピ・ストリートだ。調べてくれないか」

フィリピンの警察署には、諸外国でいう霊安室あるいは遺体安置所という施設はない。民間の葬儀場か斎場に遺体の安置は委託されており、行政解剖する際もそこで行われる。

ドゥテルテ大統領が麻薬撲滅戦争を宣言したことで、マニラのどこの葬儀場も毎晩五、六人の遺体が収容され、職員は忙殺されているという。警察官が主体となって麻薬取引関係者を裁判どころか尋問することもなしに、過去のデータや口コミ情報をもとに片っ端から殺害しているからだ。現場検証などされるはずもなく、死体は次々と葬儀場に運ばれているのが現状である。

「その場所の交通事故なら、生きていれば、メディカルセンター。死んでいれば、パサイ市のベロニカ葬儀場だ」

受付の男は、そっけなく答えた。事件事故の多い国だけに感情がこもらないのだろう。

「ありがとう。それじゃ、まずメディカルセンターに問合せてみるよ」

さすがに死んだとは言えずに礼を言った夏樹は、尋問室に向かうべく急ぎ足で廊下を曲がると、ファリードと鉢合わせになった。

「ちょっと冒険をしようと思いましてね」

ファリードは苦笑している。前向きになるのなら、良い兆候だ。

「場所が分かった。行くぞ」

夏樹はファリードを急《せ》かして警察署を出た。

「もう雑談は終わったのか？」

玄関の石段に座っていたエミリオが、煙草を片手にまた声をかけてきた。夜勤のためサボっているらしい。

「マカティで容疑者が交通事故で死亡したと本部から連絡が入ったんだ。これから知人の彼に遺体の確認をしてもらうことになった」

「葬儀場は？」

煙草の煙を吐き出しながら尋ねてきた。

「ベロニカ葬儀場だが」

夏樹は怪訝《けげん》な顔で答えた。

「ここから、三キロもない。車で行けば、今なら渋滞もないから、十分ほどで行ける。乗せてやるよ」

先ほど気前よく五百ペソも出したのが、いけなかったらしい。運賃を請求するつもりなのだろう。

「それは助かるな」

夏樹は苦笑まじりに返事をした。

時刻は午後十一時を過ぎている。夜中にボッタクリタクシーに乗るよりはマシだ。

「そうこなくちゃ」

手を擦り合わせたエミリオは階段を駆け下り、駐車場に停めてあるパトカーの前で手招きをした。パトカーに乗れるのなら文句はない。

「行くか」

階段下で呆気《あっけ》に取られているファリードの肩を夏樹は叩《たた》いた。

5

デュシタニ・マニラホテル、プレミアエグゼクティブスイート。

銀髪のベックマンがウイスキーグラスを片手にソファーに座り、テレビを見ている。

画面にはドナルド・トランプの演説集会の様子が映し出されていた。七月十八日から始まる共和党全国大会で党の大統領候補が指名されることになっているだけあって、会場はヒートアップしている。トランプが「ヒラリーを刑務所に」と叫ぶと、聴衆は「あの女をぶち込め！」と大合唱した。下品この上ない集会だが、三日後の七月十九日に、トランプは正式に共和党の大統領候補に指名されている。

「オバマ大統領が就任してから米国は世界のリーダーの座を危うくしている。それは彼が偏《ひとえ》に外交オンチで、博愛主義を振りかざし、敵味方も分からず中国やイランに接近したからだ。ど素人の彼を補うべく陰から支えたのは、ヒラリーだった。彼女は国務長官として、オバマの代わりに戦争をしてきた。実に見事に職務を果たしてきたと言えよう。ただ一点のミスを除いてはな」

ベックマンはウイスキーを呷《あお》りながら、喚《わめ》き散らしている。よほど、トランプの演説に腹を立てているようだ。

「ご心配は、分かりますが、コミー長官は、不起訴にすると発表したので、問題ないのではないでしょうか。トランプは、ただの狂言者です。大統領にはなれませんよ。そこまで国民は馬鹿じゃない」

別のソファーに座っている口髭《くちひげ》を生やしたネッドが、首を捻《ひね》った。部屋には、ベックマンとネッドの姿しかない。

彼が言うコミー長官とは、FBI長官のことであろう。

二〇一六年七月五日にコミーは、大統領候補のヒラリー・クリントンが、国務長官時代に仕事上のメールをセキュリティが緩い民間のサーバーを使用していた、いわゆるメール問題について「国家機密文書の取り扱いに関して極めて不注意であったが、刑事訴追する問題ではない」と発表している。

だが、FBI長官の言動を機にヒラリー候補の評判は著しく落ち、対抗馬の共和党候補であるトランプの株が上がっていた。

「おまえは、コミーを知らないからそう言うのだ。あの男は、圧力をかけられて一旦《いったん》は不起訴にして引き下がったが、密《ひそ》かに捜査を進めている。なぜならあいつは、政治的な圧力に屈する男ではないからだ。最後は自分の職をかけても、目的を達成するだろう。そんなことになれば、ヒラリーは落選し、トランプが大統領になる。米国は間違いなく誤った方向に進むだろう」

「すでに欧米諸国は、トランプをかなり警戒していますからね」

「だからこそ、我々CIAの活動が重要になってくるのだ。中国を世界一危険で卑しい国にしなければ、国民の目は覚めない。ヒラリーでなければ、テロ国家中国と対峙《たいじ》できないと思わせるのだ。それに南沙《なんさ》諸島問題も棚上げにして、中国に接近するドゥテルテは是が非でも中国の仕業と見せかけて抹殺しなければならない」

ベックマンはテレビの中のトランプを睨《にら》みつけながら言った。実際、この年の十月二十八日にコミーFBI長官は、ヒラリーのメール問題を再捜査すると発表している。これを機にトランプが支持率でヒラリーを逆転し、大統領選挙でも同じ結果になった。

「それにしてもトランプが、これほどまでに善戦するとは思いませんでした。我々の活動は、ただヒラリーを大統領候補として、安全圏に送り込むサポートだったのが、いつの間にか、トランプ対策になってしまいましたね」

ネッドは立ち上がると、冷蔵庫からバドワイザーの瓶を出した。

「あの男が善戦しているのではない。ヒラリーが評判を落としただけだ。あの女は脇が甘過ぎるのだ！」

ベックマンは吐き捨てるように言った。

「ところで、エリックとジェーンだけで、私は応援に行かなくていいのですか？」

ネッドはバドワイザーを一口飲むと、両手を広げて話題を変えた。ベックマンの愚痴は聞き飽きたらしい。

「地元の局員を配備した。私を誰だと思っているんだ」

グレッグはじろりとネッドを見た。

「あなたは、ドクターと呼ばれるだけあります。ＣＩＡでもあなたほどの策略家はいませんよ。あとは獲物を待つだけですね。私はあなたのユニットに加えられて本当にラッキーだと思っています」

「おまえがおだてると、皮肉に聞こえる。それより、早くタイパンと接触し、契約しろ。ファリードの二の舞はごめんだ」

「本当に、あの男を使っていいんですか？」

ネッドは遠慮がちに尋ねた。

「私も本当は、使いたくなかった。だが、背に腹は代えられない」

ベックマンは空になったグラスを握りしめた。

6

午後十一時十五分、エミリオが運転するパトカーは、マカティの西に隣接するパサイ市のA・アーナイズ・アベニューと一方通行の脇道とのY字の交差点にあるベロニカ葬儀場に到着した。

死体安置所は葬儀場の一部にあり、一日あたり五百ペソで遺体を預かるそうだ。遺体を引取りに来た遺族は理由が何であろうと、支払わなければならない。

「ここで待っている」

夏樹とファリードが車から降りると、煙草に火を点《つ》けたエミリオは運転席から笑顔で手を振った。片道百ペソで送迎する約束になっている。夜勤で七百ペソも儲《もう》けられるのだから、機嫌がいいらしい。

葬儀場の玄関は二十四時間開いているようだ。廊下は暗いが受付の照明は点いている。近くに教会もあるため周囲は花屋や土産物屋など、葬儀関係者向けの店が軒を連ねるが、さすがにこの時間は店を閉ざしていた。

だが、教会とは反対側の少し離れたA・アーナイズ・アベニューとバーゴスト・ストリートとの交差点には二十四時間営業のジョリビーやセブン‐イレブン、フィットネスクラブなどがある繁華街である。土曜日の夜ということもあり、多くの人が通りに出ていた。マカティと違って雑多な感じだが、フィリピンらしい光景だ。

「どうされましたか？」

夏樹らが受付の前に立つと、奥の椅子に座っていた中年の眼鏡をかけた男が立ち上がった。白人の血が混じったアジア系の顔をしている。

「マニラ警察統括本署のホセ・ゴンザレスだが、ここに運ばれた身元不明の遺体の確認に来た。調べてくれないか」

周囲を見渡した夏樹は、ポリスバッジを見せて表情もなく答えた。強権的に死体安置所に通せとは、あえて言わない。

「分かりました」

中年男は受付カウンターの上に帳簿を置いて開いた。

夏樹は無言で、ファリードに入口の柱の陰に行くように顎《あご》で示すと、頷《うなず》いたファリードは、柱の陰に隠れるように移動した。

「遺体の特徴を教えてくれますか？」

眼鏡のズレを直した男は、上目遣いで尋ねてきた。

「身長は一八三センチ、中国系」

「中国系ですね」

男は帳簿に目を落とす。

「名前も教えようか？」

「…………」

肩をピクリとさせた男は、カウンターに載せていた右手を下ろした。

夏樹はズボンの後ろに差し込んでいた銃を素早く抜くと、男の額を撃った。

弾《はじ》かれたように後ろに倒れた男の右手には、銃が握られている。

「なっ、なんだ！」

ファリードが叫んだ。

夏樹は受付のカウンターを飛び越えて、床に転がった。直後、カウンターが銃撃された。葬儀場の向かい側から狙撃《そげき》されている。

「自分の身は自分で守れ」

夏樹は中年男が握っていたグロック１９を、柱の陰に隠れているファリードに向かって投げた。

「分かった」

ファリードは銃を受け取ったらしい。

受付の後ろの壁を見上げると、二つの赤い小さな点が獲物を探し回っていた。狙撃銃のレーザーサイト（照準）のドットである。少なくともスナイパーは、二人いるらしい。

夏樹は中年男を撃った瞬間に壁に映ったドットを見て、カウンターに飛び込んだのだ。

レーザーサイトは本来近距離で使う。スナイパーはナイトスコープと併用しているのだろうが、さほど離れた場所にはいないはずだ。道の向かい側に二台のワゴン車が停めてあった。そこから狙撃しているに違いない。

「まだか」

腕時計で時間を確認した夏樹は舌打ちをした。

午後十一時十九分、葬儀場に到着して五分も経っていない。葬儀場に来る前に、待ち伏せされる可能性もあると梁羽に連絡をしておいたのだが、エミリオが十分足らずで到着したために合流することができなかったのだ。

夏樹は床に落ちている書類を摑《つか》むと、上に放り投げ、カウンターから飛び出して廊下の奥へと走った。

宙に舞った書類を銃撃したスナイパーは、一テンポ遅れて走り去る夏樹に銃弾を浴びせた。だが、夏樹は一足早く廊下の奥の角を曲がっている。

夏樹は葬儀場の棟続きの建物を抜けて裏口から出ると、隣りの駐車場を横切って葬儀場の前の道に出て電柱の陰に隠れた。

通りの向こうのワゴン車の陰から二人のスナイパーが、ライフルを構えながら道を渡ってくる。距離は四十メートル。

男たちは道を渡りきり、葬儀場の玄関の石段に銃を構えながら足をかけた。

夏樹は駆け出し、一気に距離を詰め、銃撃する。

四発命中し、男たちは路上に転がった。

「むっ！」

夏樹は銃を構えた。

葬儀場の傍にある花屋の前に停まっていた乗用車が急発進し、ライトを点灯させて迫ってきたのだ。

慌てずに運転席目がけて五発撃つと、夏樹は車が衝突する寸前に横に飛んで避《よ》けた。手応《てごた》えはあった。

車は蛇行しながら十数メートル先の電柱に激突した。

助手席のドアが開く。

暗いため人の輪郭しか分からないが、助手席に乗っていた人物がよろめきながら出てきた。狙いを定めるべく右手を伸ばした夏樹は、舌打ちをして銃を下ろした。

人影は足を引きずりながらも夏樹と反対側に走り出し、数メートル先の建物の隙間に吸い込まれた。狭い通路を抜けてA・アーナイズ・アベニューの人混みに紛れるつもりだろう。

銃をズボンに差し込んだ夏樹は、葬儀場に戻った。玄関前に置かれていたパトカーの姿はない。銃撃戦が始まって、エミリオは慌てて逃げ出したようだ。所詮賄賂《しょせんわいろ》をねだる警察官は、そんなものだろう。

「大丈夫だ。出てこい」

夏樹が声を掛けると、銃を持ったファリードが玄関から恐る恐る出てきた。

黒いバンが近付いてくる。

「待たせたな」

急停車したバンの後部座席のドアが開き、梁羽が顔を見せた。

「急げ」

夏樹はファリードを先に乗せ、後部座席に乗り込んだ。

「とりあえず、ここを出ましょう。警官隊が間もなく来ます」

座席に深く腰をかけた夏樹は、息を吐いた。銃撃戦が始まってから数分経っている。繁華街の近くだけに通報されているだろう。

「うむ」

頷いた梁羽はなぜか車を降りると、自分のスマートフォンを出し、葬儀場のエントランス近くに転がっている死体の写真を撮り、さらに電柱にぶつかっている車のところまで走って行き、運転席の死体を撮影した。

運転している潘は、首を捻《ひね》りながらも車で後を追っている。

「面白い」

夏樹はその様子を見て、苦笑いを浮かべた。梁羽は転んでもただでは起きない男である。よからぬことを考えているのだろう。

「車を出せ！」

現場の撮影を終えた梁羽は、助手席に乗り込んで急《せ》かした。

死の商人

1

ミンダナオ島の最西端にあるサンボアンガは、スペイン植民地時代の香りを色濃く残す古い街である。

サンボアンガは、イスラム教徒ミンダナオ自治地域に属するスールー諸島を含む二十八の小島が管轄下にあり、かつては「ミンダナオ島の誇り」とまで言われた大都市であったが、二〇〇二年のアブサヤフによる西洋人誘拐事件以来、イスラム過激派によるテロが多発する街になった。

午後六時二十分、夏樹は、エアポートタクシーの後部座席のウィンドウから夕暮れ迫る街並みを見つめている。無精髭《ぶしょうひげ》を生やし、少々くたびれた白いTシャツにジーパン、肌の色は浅黒くメイキングしているため、フィリピン人と言ってもおかしくはない。

その隣りには、特殊メイクで五十過ぎの中年男に変身したファリードが座っていた。前日にしていたメイクよりもさらに老けさせているので、本人ですら鏡を見ても自分だとは分からないほどの別人になっている。

二人はマニラ・ニノイ・アキノ国際空港十四時二十五分発のフィリピン航空で、サンボアンガにやって来た。

昨夜夏樹は、張の死亡を知ってその行方を追い、葬儀場まで探しに行って敵の待ち伏せにあった。敵は張の死体を仲間が確認しに来ることを予測していたのだ。

実は夏樹もそれを期待していた。待ち伏せしている敵を捕まえて自白させ、情報を得るつもりだったのだ。騙《だま》された振りをして、相手を陥れる。諜報《ちょうほう》戦とはそういうものだ。捕えることはできなかったが、少なくとも四人の敵を殺害したので、戦力を削《そ》ぐことはできたはずだ。

もっとも梁羽も張を失い、ますますチームは人員不足に陥っている。そのため、夏樹はサンボアンガでの情報収集を、ファリードと二人だけで行うことにしたのだ。さすがに梁羽も今度は、監視役に誰かつけるとは言わなかった。

空港は街のはずれにあるため、空港のゲートを出るとすぐにヤシの木が生い茂る街中を走ることになる。ミンダナオ島では比較的大きな街ではあるが、平屋か二階建ての建物が多く、錆《さ》び付いたトタン屋根の民家が目につく。経済状態が悪いということは一目で分かる。アブサヤフによる爆弾テロや誘拐事件が頻発するため、外資はおろか国内の企業の誘致も進まないからだ。

道が比較的空《す》いている。自家用車が少ないせいだろう。バイクにジープニーやバス仕様に改造したバンやトラック、それに東南アジアではどこでも見かける三輪タクシーであるトライシクルが市民の足となっている。

やがてタクシーは街の中心部グアルディア・ナシオナル通りに入り、オーケーデパート前の交差点で停まった。渋滞というほどではないが、トラック同士が接触事故を起こして一車線をふさいでいるため、抜けるのに時間がかかっているのだ。

この街に信号機はほとんどないため、人も車も交差点では隙があれば走るという独自のルールで渡るしかない。

「やっぱり、混んでいる」

運転手はバックミラーで夏樹をちらりと見て、溜息《ためいき》をついた。彼は海岸道路を通りたいと言ったが、初めての街なのであえて街中を走るように指示してあったのだ。諜報活動をするには、街の状況を知ることが大事だからである。

日曜日ということで人通りも多い。イスラム教徒が多い街のため、女性の多くがブルカを被《かぶ》っている。

五分ほどかかったがグアルディア・ナシオナル通りを抜け、N・S・バルデローザ・アネックス通りに左折した。このあたりは、古いスペイン風の建物が多く残っている街の中心部である。

サンボアンガはかつてスペインの植民都市として栄え、〝美しいサンボアンガ〟と呼ばれるほど、スペイン文化が色濃く残っている。街にはゴミがほとんど落ちてはおらず、古い街並みは美しい。街を歩く人々には笑顔があり、治安が悪いとは思えない。誰しも日常の生活を普通に送っているように見える。

タクシーは間もなくN・S・バルデローザ・アネックス通り沿いのランタカホテルのエントランス前で停まった。こぢんまりとした古いホテルである。もっと観光客に人気の高級ホテルもあったが、目立たぬように中堅クラスを選んだのだ。

ホテルの裏側は港に面しており、レストランのオープンテラスから海が見渡せ、天気が良い日は美しい夕景が望める。またスールー諸島やマレーシアのサンダカン行きのフェリー乗り場に近いため、フェリーや高速船を利用するスールー諸島のフィリピン人やカリマンタン島のマレーシア人もホテルを利用するらしい。

部屋に荷物を置いた夏樹がロビーに降りると、フロント前のソファーに中年男に扮《ふん》したファリードが座っていた。彼の前を宿泊客が通り過ぎるが、誰も気にとめることはない。特殊メイクがうまくできていることもあるが、彼の仕草が自然になってきたこともあるのだろう。

「食事に行きましょう」

夏樹に気付いたファリードが、ゆっくりと立ち上がりサンボアンガで使われているチャバカノ語で話しかけてきた。地方でフィリピン人同士が英語で話し合うのも変だと、彼にはなるべくチャバカノ語を話すように言っておいたのだ。

フィリピンでは百種類以上の小規模な言語グループがあると言われ、彼は、英語の他にフィリピンの公用語であるタガログ語、ミンダナオ島で普及しているセブアノ語、チャバカノ語、ルソン島北部やスールー州で使われるイカロスノ語を話すことができる。

だが、それは会話に限ってのことで、文字を読むことは苦手らしい。そのため、学校で勉強したいと思っているようだ。向学心もあるが、多言語国家だけに言語能力に優れているらしい。

「ああ、そうしよう」

夏樹もチャバカノ語で答えた。チャバカノ語は、スペイン語を基本としているためリスニングはなんとなくできる。会話はほとんどできないが、ファリードがチャバカノ語で話し、夏樹が簡単な返事をするだけで端から見て会話しているように見えるのだ。

夏樹の父親はプラントの高度な技術者だったため海外で過ごすことが多く、幼少期に韓国、少年時代を中国で過ごし、同時に英会話もできるように教育を受けた。父親は夏樹が将来海外で働けるようにと願ったのだろう。三カ国語を中心に多言語教育を受けたため、ラテン語から派生している言語に関しては、馴染《なじ》みがあるのだ。

「また、ジョリビーか？」

半ば冗談でファリードに囁《ささや》くように英語で言ってみた。彼とはこれまで三回食事をしているが、いずれもジョリビーだった。さすがに続けて行くことはないだろう。

そうかと言ってゆっくり夕食をするつもりはない。食後に市内の武器商に行くことになっているからだ。

「もちろんです」

ファリードは嬉《うれ》しそうに答え、エントランスから出た。

「たまには、贅沢《ぜいたく》してもいいんじゃないか」

ホテルのテラスで食べろとは言わないが、ちゃんとしたレストランで食べたいものだ。この街は魚介類がうまく、新鮮な刺身を出すホテルのレストランもあると聞いている。

「ジョリビーは、贅沢ですよ」

ファリードは肩を竦《すく》めてみせた。真剣な顔をしている。毎食のようにジョリビーに行くことは、彼にとっては贅沢だったらしい。

相手が美人ならここは譲らないが、所詮《しょせん》中年になった男との食事である、海の幸に未練はあるが、おしゃれな店に行っても仕方がないと諦《あきら》めた方がいいようだ。

「そうだな」

夏樹は渋々頷《うなず》いた。

2

グアルディア・ナシオナル通りの交差点にあるジョリビーで食事をした夏樹とファリードは、二百メートルほど離れた場所にあるラブアン・リムパパ・バスターミナルに行った。

バスターミナルと言っても広場に中型のバスが二、三台停まっているだけで、ジープニーやバンを改造した小型バスの方が数は多い。

時刻は午後七時半、家路を急ぐ客でターミナルはごった返している。また、乗客目当てに道端にシートを広げて果物や野菜を売る露店が道を占拠し、客を横取りしようとするバイクタクシーが、人混みをかき分けるように走っていた。サンボアンガではタクシーは空港専用のため、タクシーと流しが専門のトライシクルを除いてすべての交通手段がターミナルに揃っているようだ。

また別の通りには、改良小型バス専用のバス停もあるため、よほど地元に精通していないと、これらの交通機関を使いこなすのは難しい。

「こっちです」

ファリードが人混みをかき分け、ジープニーに乗り込んだ。

夏樹は乗り遅れまいと、走り出したジープニーに飛び乗る。

「このジープニーは、タロン・タロン・ロードで西に向かって、タロン・タロン・ループで戻ってくるんです」

ジープニーの最後尾に乗った夏樹にファリードは説明する。タロン・タロン・ロードはサンボアンガの中心部から街の東に抜ける道路で、タロン・タロン・ループは中心部から三キロほど東で南北を通り、北側を走るダグブンガン・ロードに通じている。乗り込んだジープニーは、街の東側を巡回しているということだ。

　十五分ほど走ったところで、夏樹はファリードに従いタロン・タロン・ループとの交差点でジープニーを降りた。道の左側にはトタン屋根の間口の狭い家が肩を寄せ合うようにして建っている。壁はコンクリートブロック製なので、この街では中流家庭の住宅街なのかもしれない。

　道路には数は少ないが街灯があるので、照明を点《つ》けずに歩くことはできる。

　ファリードは無言で二百メートルほど歩き、道の右側に現れたブロック塀に沿って小道に右折した。標識や看板があるわけでもなく、幅が三メートルもない薄暗い道を二十メートルほど進むと、鉄製の門に突き当たった。

「止まれ！」

　門の二メートル手前で、呼び止められた。

　声の方角に顔を上げると、門柱の後ろに立つ男がM16の銃口を夏樹らに向けている。見張り台があるのだろう、暗闇に紛れているため気が付かなかった。

「俺たちは、果物を買いに来た」

　ファリードが両手を上げながら顔色も変えずに答えた。これは武器商と取引するための合言葉らしい。

　目の前の鉄の門が開かれた。

　武器商のアジトである。数メートル先に大きな倉庫がある。

　門の後ろにある見張り台に迷彩服を着た二人の男が、M16を構えて立っていた。男たちは現役の兵士か、あるいは退役した元兵士のようだ。

ここの武器商はサンボアンガにある陸軍基地から横流しされた武器を扱っている。経営者はミスター・ジェネラルと呼ばれる退役軍人らしいが、現役の将校や兵士も関わっているとの噂があるようだ。

一人の男が夏樹らに銃を向け、もう一人が身体検査をする。手際がいいので、彼らは間違いなく軍経験者だろう。

「今日はハンドガンを購入したい。ミスター・ジェネラルはいるかね」

ファリードは二人の男を交互に見て尋ねた。

銃を向けていた男が手招きをするので、夏樹とファリードは倉庫に入る。

「ついて来い」

「…………！」

夏樹は右眉《まゆ》を吊《つ》り上げた。

武器や軍が支給する装備品の入った木箱が二メートル近く積み上げられ、それが何列もあるのだ。地方都市の武器商なので馬鹿にしていたが、革命でも起こせそうなとんでもない量の武器の在庫を持っているらしい。武器の横流しは長年に亘《わた》って行われているに違いない。

「誰の紹介でここに来た？」

木箱の陰から迷彩服を着た中年の男が現れ、フィリピン訛《なま》りだが英語で尋ねてきた。

歳は五十代後半か。右頰にかなり大きな傷痕がある。

ファリードが夏樹に小さく頷いてみせた。この男が、ミスター・ジェネラルらしい。凄《すご》みのある顔から、武器商のボスとしての貫禄《かんろく》はあるが、ニックネームのジェネラル(大将)としては少々力量不足かもしれない。

「私の名は、サイード・オワイランだ。アブサヤフのファリードから紹介してもらった」

夏樹もフィリピン訛りの英語で適当に名乗った。

「ファリード？　あの爆弾マニアか。だが、何週間も前に捕まったと聞いたぞ」

ジェネラルは訝《いぶか》しげな目を向けている。

「俺の部下のナーセルが、刑務所で一緒だった。ファリードを脱獄させて、マニラで事件を起こすつもりだったが、護送車で連れ去られた。おそらく闇で処刑されたのだろう」

夏樹はファリードを指差して首を横に振った。

「そうか。爆弾作りでは腕がいいと聞いていたが、最後は殺されたか。惜しい男を亡くしたな。だが、そんなもんだろう人生は。今日は何が欲しいんだ？」

納得したのか、つまらなそうに言うと、ジェネラルは足を引きずりながら近くの木箱に腰をかけた。足が悪いようだ。

相手の素性はそれほど気にしないらしい。宗教や思想に関係なく武器を売っているということだ。もっともそれが武器商の基本であり、彼らは敵味方関係なく武器を売ることで利益を得る。買う側も気にしないのが、暗黙の了解なのだ。

「グロックが二丁と、弾丸は通常弾丸とホローポイントの二種類。それに情報だ」

ホローポイント弾は、先がすり鉢のように凹《へこ》んでいる。人体に命中した際に弾頭が変形するため通常弾丸より、大きなダメージを与えることができる。

「グロックは17Cなら、在庫はある。弾丸も二種類用意しよう。情報は何が欲しい？」

ジェネラルは部下に銃を用意するように命じた。

「ファリードに頼むつもりだったが、腕のいい爆弾作りを探している。作戦に絶対失敗したくないから、一流に限る。紹介してくれないか？　イスラム武装勢力にも顔が利くんだろう？」

夏樹は眉間《みけん》に皺《しわ》を寄せ、悪人面になって尋ねた。武器商を相手にするのに善人面では見くびられてしまう。

「爆弾作りでファリードクラスともなれば、そうはいない。私の知る限り、イスラム武装組織も含めて三人だろう。ファリードを除いて二人だが、そのうちの一人のマウテの幹部だったナワフが、半年前政府軍に殺された。残る一人はまだ生きているが、一足遅かったようだな」

ジェネラルは肩を竦《すく》めた。

「どういうことだ？」

「タイパンを知っているか？」

「タイパン！」

ジェネラルの返事にファリードが鋭く反応した。両眼を見開き、口を半ば開けている。知っているどころではなさそうだ。

「知っているようだな。そのタイパンが、今日のお昼近くに来て、爆弾の材料を買っていったよ。何も聞かなかったが、あの男がうちから材料を買うのは、いつも仕事が入った時だ。当分は他の仕事は受けられなくなるはずだ」

ジェネラルは残念そうに答えた。武器商は人の紹介をした場合は、マージンをとる。儲《もう》けそこなったと悔やんでいるらしい。

「それは残念だったなあ」

夏樹は大きな溜息《ためいき》を漏らした。

3

夏樹はサンミゲルを飲みながら、階下に見えるバンドの演奏を浮かない顔で聴き入っていた。

サンボアンガの中心部を通るリサル・ストリート沿いにあるレストラン・バー〝バー

コード〞で、ランタカホテルからは歩いて三分ほど、二百メートルほどの距離である。

吹き抜けのホールを中心に客席が沢山あり、夜はバンドの生演奏も楽しめ、肉や魚介類のグリル料理の他にドリンクも充実していて、人気の店だ。

街のはずれにある武器商でグロック17Cを手に入れた夏樹とファリードは、武器商のオーナーであるジェネラルが用意していたトライシクルに乗り、街の繁華街で降りた。

尾行がなくてもホテル前で降りれば、トライシクルの運転手に居場所が分かってしまう。あえて人通りが多い道で降りて店に立ち寄ったのだ。諜報《ちょうほう》活動をしているときは、常に尾行されないように寄り道をすることである。

武器商で銃を買ったのは情報を得るきっかけを作るためだ。タイパンというあだ名を持つテロリストの話は聞き出せたが、果たしてタイパンが黄色五星と関わりがあるのかまでは分かっていない。

「タイパンのことを詳しく教えてくれ」

夏樹はシーフードの盛り合わせをつまみながら向かいの席のファリードに聞いた。ボイルしたエビやカニや貝が盛られている。生でないのは残念だが、新鮮なため生臭さはなく、クリームソースとの相性がいい。

ジョリビーで夕食をとったが、続けてファーストフードを食べる気になれなかった夏樹は、ポテトだけ食べてとりあえずすきっ腹を誤魔化し、尾行を警戒するついでにちゃんとしたレストランでまた食事をするつもりだった。帰りのトライシクルの運転手からお薦めを三軒ほど聞き出している。サンボアンガ湾が見える高級シーフードレストランもあったが、あえて生演奏がある地元住民に人気の店にした。

吹き抜けを囲むように二階にバルコニーがあり、手すりに沿って二人席が並んでいた。隣りの席との間隔もあり、バンドの演奏や周囲の話し声がうるさいので密談には適している。

「……タイパンとは、ハマド・ファラータのニックネームであり、彼がボスであるアブサヤフ傘下の武装組織の名前にもなっていました。構成員は、数人から十数人いました。バシラン島を拠点に誘拐や強盗で資金を集め、爆弾テロ事件を起こしていました」

戸惑いを見せるように一拍置いてファリードは話し始めた。間が空いたのは、慣れない手つきでフォークとナイフを使って、リブロースステーキを食べているせいかもしれない。

ファリードはステーキどころか牛肉を食べるのも生まれて初めてのようだ。店ではハラールの食材しか使っていないので、イスラム教徒でも安心して食べられる。チキンと違った深みのある牛肉の味に、かなりの衝撃を覚えたようだ。

夏樹はあえてファリードに、経験したことがないことをさせるようにしている。そうすることでこれまでの価値観を破壊してやるのだ。情報屋として夏樹が使っている者は、いずれも社会のはみ出し者ばかりである。狭い社会に生きて悪に走る者に対し、その価値観を変えることで軌道修正し、悪を憎むように仕向けるのだ。それが偽善とは知りつつも、夏樹は自分の手足になる人間を作り出してきた。

「アブサヤフの組織か。ひょっとしてタイパンもISに忠誠を誓っているのか?」

インドネシアで事件を起こしたテロ組織もファリードが率いていたレッドバンブーもISに忠誠を誓っていた。黄色五星はテロを計画して、ISに忠誠を誓った組織に仕事を依頼する。最終的に任務を失敗した場合、ISに犯行声明を出させて、計画を偽装するためだろう。

「そうです。だけど、俺は軍や警察がターゲットだったけど、タイパンは繁華街や公園で無差別にテロを起こしている。本当にあだ名のように無慈悲な男です。しかも半年前、手下の女を寝取って、怒った手下を顔が崩れるほど殴りつけて殺しました。あまりの残酷さに手下が恐れて逃げ出し、今は一人で行動しています」

ファリードは吐き捨てるように言った。タイパンは、マムシの八百倍もの強さの毒を持つ内陸性の蛇のことである。

「タイパンね。会ったことはあるのか?」

夏樹は鼻先で笑った。

タイパンは確かに猛毒を持っている恐るべき毒蛇かもしれないが臆病《おくびょう》で、追い詰められない限り、攻撃してこない。無差別爆弾テロを起こすハマド・ファラータ自身も臆病者なのではないかと連想し、笑えたのだ。

「一度、宗教指導者の演説があった時に、会場で見かけました。歳は三十六歳、身長は一八〇センチ前後、カリの名手で体は鍛えているそうです」

カリとは、フィリピンの武術でエスクリマとも呼ばれ、国技として認められている。

「カリの名手か。所在は分からないのか？」

武術家でもある夏樹は、カリと聞いて右眉《まゆ》をピクリとさせた。だが、情報は確かめなければ、噂と変わらない。本人を捕捉《ほそく》するのがベストだが、動向を知る手がかりがなければ、危険を冒してサンボアンガまで来た価値はない。

「タイパンは用心深い。アブサヤフの内部でも顔を知らない者が多いんですよ」

ファリードはフォークとナイフを持ったまま頭を左右に振った。

「それじゃ、タイパンの元の手下はどうだ？　今どうしているか、知らないか」

夏樹はボイルしたエビを口に放り込んだ。歯ごたえがあって、エビの風味が口の中に広がる。

「手下を殺した時は、八人いました。そのうちの二人を知っていますが、何年も会っていませんね」

ファリードとの会話はそこで途切れた。アブサヤフの武装組織でも拠点としている島が違っていれば、付き合いもほとんどないらしい。

夏樹は食事をしながらサンミゲルを三本ほど飲み、店を出た。時刻は午後八時五十分になっている。

「……待てよ、アブドゥ・オワイランなら、多分、分かりますよ」

後ろから付いてきたファリードは、手を叩《たた》いた。会計をしている際に、何か考え事をしていたと思ったら、一生懸命思い出していたらしい。

「アブドゥ？　タイパンの元手下か？」

「幹部だったんです。タイパンの仕掛けた爆弾の巻き添えになり片足を失っています。今は、細々と暮らしていると聞きました。アブドゥは、タイパンをかなり恨んでいるはずです」

ファリードは人差し指を振ってみせた。

「どこに住んでいる？」

「親戚《しんせき》を頼ってサンボアンガで働いていると聞きました」

「場所は分かるか？」

「公設市場の場外の果物売り場と聞いたことがあります」

ファリードは苦笑した。場外とは、権利が取れないため市場の中に店が出せないのだろう。アブドゥが生活に苦労していることは、それだけで分かりそうである。

「……今から行くぞ」

夏樹は急ぎ足になった。時刻はまだ午後九時前である。

4

リサル・ストリートの突き当たりにあるフィリピン独立の英雄ホセ・リサルの像があ

るリサル・パークを左に折れ、正面に見えるのは、スペイン統治時代から残るシティーホールである。

夏樹とファリードはシティーホール前のグアルディア・ナシオナル通りを右に曲がり、百五十メートルほど歩いた。右手に警察署の赤い塀があり、その前に小さな店が無数に並ぶ幅十八メートル、奥行きは六十メートル近い巨大な建物があった。サンボアンガのマゲィ公設市場で、同じような大きな建物が四つ並んでいる。

時刻は午後八時五十五分になっており、時間が遅いせいかさほど混んではいない。市場は午後九時までの営業なので、閉店準備をしている店もある。地方の市場は人が集まるだけに物騒な連中も寄ってくるものだが、警察署がすぐ近くにあるため、安心して買い物ができるらしい。

ファリードは手前の市場の場外にある露天商を小走りに見た後、一番目から三番目までの建物はつながっているため、三番目と四番目の市場の間にある場外に向かった。買い物客を縫うようにファリードは駆け回っているが、アブドゥはいないらしい。営業を終えて片づけられた店もあるので、帰った可能性もある。

夏樹は彼を目で追いながら、露天商で煙草とライターを買った。自分で吸うつもりはないが、東南アジアでインドネシアに次いで喫煙率が高いこの国では何かと重宝する。ただ、ドゥテルテ大統領は、麻薬の次に煙草を目の敵にしており、実際、フィリピンでは二〇一六年の十月からフィリピン全土の公共の場と車内での喫煙は禁じられた。

「いません」

額に汗をかいたファリードは、振り返って申し訳なさそうに首を振った。夏樹に対して成果を出したい、という気持ちになっているらしい。それだけ情報屋としては、使える存在になってきたということだ。

立ち止まることなくファリードは四番目の市場の脇道に折れると、角の薬屋の隣りにある果物の露天商の前でふと立ち止まった。

「アブドゥ」

ファリードは、台に置かれた果物をかごに入れている男に声をかけた。店仕舞いをしているようだ。

「…………？」

男は名前を呼ばれてファリードの顔をじっと見つめているが、首を捻《ひね》った。特殊メイクを施したファリードが分からなくて当然だ。

「俺はファリード・スライマニーの叔父《おじ》のムハンマドだ。あんたとは初対面だが、以前ファリードからここで働いていると聞かされていたんだ」

ファリードはアブドゥにチャバカノ語で話した。ストーリーは、夏樹が考えて教えてある。

「ファリードは、今どうしている？　何週間か前に、政府軍に捕まったと聞いたぞ。あの男とは何度か会っている。気のいいやつだったから心配だ」

アブドゥは近くに置いてあった丸椅子に足を引きずりながら腰をかけた。左足は膝《ひざ》から下が義足になっているらしい。

「マラウィの刑務所に入れられていたが、警察に連れて行かれて行方不明になっている」

ファリードは大きな溜息《ためいき》を漏らした。

「行方不明か……」

アブドゥは、難しい顔で頭を左右に振った。行方不明と聞いたら、誰しも死んだと思うはずだ。

「こっちは、ホセ・ゴンザレス、私の従兄弟《いとこ》の知り合いだ。パガディアンに住んでいる。ある男を追って、俺のところに来たからあんたを訪ねてきたんだ」

ファリードは、アブドゥが自分に気が付かないことに安心したらしく、本題に入った。

「ホセだ。煙草、吸うかい？」

紹介された夏樹は、先ほど買ったマルボロのパッケージを破って、片言のチャバカノ語で男に煙草を勧めた。

「ありがとう。聞きたいことってなんだ？」

笑顔になったアブドゥは煙草を二本取ると、一本を耳に挟み、もう一本を口にくわえた。ちゃっかりした男である。

「先月パガディアンで爆弾テロがあって、私の家族が巻き添えになった。タイパンの犯行らしいが、警察は動いてくれない。だから、私は復讐《ふくしゅう》のために探し回っている。情報をくれれば、金も出す。協力してくれないか？」

夏樹はアブドゥの煙草に火を点《つ》けながら英語で尋ね、ファリードがチャバカノ語に翻訳した。

「それで、俺を探し出したのか。俺もハマドには恨みがある。だが、一緒に行動していたのは、二年も前のことだ。あの男は、俺に怪我をさせといて何もしてくれなかった。知っていれば、俺が奴を殺す」

タイパンの本名を言ってアブドゥは右拳《こぶし》を握りしめ、歯ぎしりをしている。演技ではなく、本当に憎んでいるようだ。

「それは残念だったな。実は武器商のジェネラルに会いに行ったら、今日の午前中にタイパンは、爆弾の材料を買いに来ていたらしい。武器商以外に立ち寄る場所が分かればなあ」

夏樹はわざとらしく溜息を漏らした。ファリードが同じ調子で、溜息まじりにチャバカノ語で言った。

「本当か！」

アブドゥは急に立ち上がり、バランスを崩してよろめいた。義足が足に合っていないのだろう。

「どうした？」

夏樹は倒れないようにアブドゥの肩を押さえた。

「俺は、ハマドの情婦の家を知っているんだ」

アブドゥは興奮した様子で答えた。

5

マカティのダイヤモンドレジデンシス・ホテルのデラックス・スイートルーム、午後九時半。

梁羽はカーテンの隙間からグリーンベルトの背後にそびえ立つ高層ビル群の夜景を見つめながら、衛星携帯を耳に当て険しい表情をしている。

昨日泊まった部屋とは違う階に変えていた。長年の経験から任務中の宿泊先は一泊か長くて二泊で変更するようにしている。

「本当にそれでいいのですか。我が国は汚名を着せられる可能性があるのですよ」

梁羽は中国語で電話の相手と話している。

「……分かりました。命令は受けます。だが、連絡もつけられないところで、活動をしている私の部下もいます。すぐに任務を停止することは難しいでしょう」

電話を切った梁羽が、衛星携帯を床に投げ捨てると、カバーが外れ、中から電池が派手に飛び出した。

「どっ、どうされたのですか？」

床に落ちた衛星携帯を慌てて拾った潘楠は、両眼を見開いて尋ねた。広い部屋にいるのは、二人だけである。

「上層部は、我々に動くなと、命令してきた。しかも、補充要員も勝手にストップさせたらしい」

梁羽は苦々しい表情で、ソファーを蹴《け》った。相当頭に来ているらしい。

「どういうことですか！」

今度は潘が眉間《みけん》に皺《しわ》を寄せて、立ち上がった。

「米国の大統領選挙で、ロシアの情報部が動いていることが分かったらしい。ロシアはヒラリーのネガティブな情報を集めて、マスコミに流す作戦を実行しているようだ。大統領選でもトランプが勝つように選挙管理人に対して工作活動をする可能性もあるらしい。我が国はそれに対抗すべしと、党の幹部から連合参謀部の上層部にお達しがあったそうだ」

「黄色五星は我が国を陥れて、政治の素人であるトランプではなく、プロのヒラリーに大統領選挙で勝たせようとしているのですよ。ロシアに対抗するのは分かりますが、黄色五星にテロを起こされて、我が国に世界中から非難が上がったらどうするんですか？」

潘が梁羽に詰め寄った。

「興奮するな。トランプの目的は、これまでの政治家が作ってきた枠組みを壊して、国内の敵と戦うためならロシアとも手を組むつもりらしい。だが、あの男は、断じて我が国とは友好関係を築こうとは思っていない。米国は我が国を恐れているからだ。その点ロシアは今や落ちぶれている。手を組んだところで脅威にはならない。トランプは、我が国を二流国家にし、米国を揺るぎない存在にするという野望を持っている。一方、ヒラリーは、我が国の経済力を利用するためにさほどうるさくは言わないだろう。上層部はテロを起こさせて、それをロシアの偽装工作だと誤魔化し、扱いやすいヒラリーを勝たせたいのだ」

梁羽は話し疲れたのか、冷蔵庫からウイスキーのボトルを出すと、グラスに注いだ。

「なるほど、ロシアのせいにするのですね。しかし、我々にマカティで遊んでいろとでも言うのですか。上層部は一体何を考えているんですか。それに、ミンダナオ島で活動している楊豹は、どうされるつもりですか？　彼は見事にアブサヤフの幹部の一人を手下にして、動いていますよ」

潘は腕を組むと、ソファーに座り、梁羽の衛星携帯を直し始めた。

「あの男には、衛星携帯が壊れて連絡が付かない。だから、自由に動いてもらう。仕方がないだろう。上層部の命令を伝えられないんだ」

梁羽は潘の持っている衛星携帯を顎《あご》で示すと、肩を竦《すく》めて見せた。床に投げ捨てて壊したのは、わざとだったらしい。

「なっ、なるほど。恐れ入りました」

潘は大きく頷《うなず》くと、衛星携帯の電池が外れた状態で、テーブルの上に置いた。

「それとだ。地元の情報員はそのまま動かしておくのだ。インドネシアの時もそうだが、政府の要人のスケジュールを、テロリストが知り得るはずがない。政府内にCIAの犬がいたのだ。ドゥテルテ大統領を暗殺するのなら、必ず大統領の側近に近いところにモグラがいるはずだ。必ず洗い出すように発破《はっぱ》をかけるのだ」

梁羽はグラスのウイスキーを一口飲んで命じた。

「彼らの活動も停止させないのですか？」

潘は梁羽の顔色を窺《うかが》うように聞き返してきた。

「上層部に見つかっても構わん。大統領の側近か、政府中枢にいるモグラは、CIAの犬だからだ。敵国の諜報《ちょうほう》員を暴く仕事は、我々にとっては平常業務だ。それすら止めろというのなら、敵国である米国に利する行為とみなし、逆に反逆罪で訴えてやると言ってやればいいのだ」

梁羽はグラスに残ったウイスキーを飲み干した。

「私はじっとしているのが我慢できません。なんとか、張の仇《かたき》をとってやりたいのですが、それすら許されないのでしょうか」

潘は恨めしそうな顔をしている。張の死体は夏樹の予測した通り、ベロニカ葬儀場に安置されていた。死体は火葬にして引き取っている。

「今日は、ゆっくり休むことだ。そのうち忙しくなる可能性もある。それも楊豹の活躍次第だろう。あいつが期待通りの男なら、きっとうまくいく」

「ずいぶん、楊豹を褒めますね。優秀な諜報員ということは認めますが、どうして私は知らなかったのでしょうか？」

　潘は首を傾げて見せた。

「日本での活動は、地味と言うよりも極秘だったからな。私は付き合いが長いからよく知っているのだ。あの男は恐ろしいほど頭が切れる。冷的狂犬に対抗できるとしたら、楊豹しかいないと思っている。もっとも、もし楊豹の活動が上層部から咎《とが》められれば、悪いがあの男には死んでもらう。この世界はシビアだからな」

　梁羽は腹の底から響く声で笑った。

「仲間でも殺すのですか……」

　絶句した潘は、苦笑して見せた。

6

　午後九時四十分、夏樹とファリード、それにアブドゥ・オワイランの三人は、サンボアンガの中心部から三キロほど北のタマーガ・ロードとディオーニオ・ドライブとの交差点を右折し、カバト・ロードでジープニーを降りた。

交差点にはガソリンスタンドや小さなスーパーマーケット、少し離れたところにジョリビーもあったが、すべて閉店している。降りたところは住宅街で人気《ひとけ》はないが、港に近い下町と違って危険な感じはしない。

「ここで待っていてくれ」

松葉杖《まつばづえ》をついたアブドゥが運転手にチャバカノ語で告げた。この街では夜間の移動手段がほとんどなくなるため、ジープニーを営む彼の親戚《しんせき》に無理を言って頼んだのだ。普段は午後七時までには仕事を終えるというので、夏樹が街までの往復を五百ペソという高額でチャーターした。

「こっちだ」

アブドゥは、松葉杖に慣れた様子で歩き始める。少し距離を置いてファリード、その後ろに夏樹が続く。

「あの男は本当に英語が話せないのか？」

夏樹はファリードに近付き、英語で囁《ささや》くように尋ねた。ファリードとの会話を聞かれたくないので、念のために尋ねたのだ。

「チャバカノ語とイカロスノ語だけで、英語はまったく話せない」

ファリードは英語で答え、首を傾げた。

「足が悪いのに街はずれの住宅街に情婦が住んでいることが、どうして分かったんだ？」

単純な疑問だが、引っかかりを覚える。そもそもタイパンの情婦の住処《すみか》がわかっているのなら、これまでも復讐《ふくしゅう》する機会はあったはずだ。

「なんだ。そんなことですか。直接聞いてみますよ」

苦笑したファリードは、アブドゥにチャバカノ語で尋ねた。

「タイパンの情婦は、三人いる。そのうちの二人はバシラン島に住んでいるが、もう一人はサキーナと言って六年前からここに住んでいるんだ。まだ俺の両足が揃っていた頃から知っている。タイパンがミンダナオ島で活動するときの寝ぐらにすることもあった」

アブドゥは面倒臭そうに答えた。ファリードが訳してくれたが、聞かなくてもニュアンスは分かった。

十メートルほど先のT字路を右折すると、生垣やコンクリート塀に囲まれた住宅地になった。敷地はどの家も百坪を超え、しかも平屋ではなく二階建ての家が多い。どうやらサンボアンガの高級住宅街らしい。

「この路地の突き当たりにアメリカンスタイルの家がある。そこがサキーナの家だ」

アブドゥは松葉杖で六、七十メートル先の暗がりを示した。街灯はあるが、突き当たりは家のシルエットがわずかに見える程度である。

「テロリストは、儲《もう》かるらしいな」

夏樹は鼻先で笑うと、ズボンに差し込んでいたグロック17Cを抜いた。

「なっ、なんだ。いきなり」

アブドゥが後ずさりをした。

「サキーナの家に行って、挨拶《あいさつ》してきてくれ。タイパンがいるかどうかは、それで分かるはずだ。俺たちが一緒じゃ、怪しまれる」

夏樹がわざと銃をアブドゥの眼の前でちらつかせると、ファリードがチャバカノ語に訳した。

「こっ、ここまで案内したんだ。もういいだろう」

アブドゥは、苦笑を浮かべた。

「おまえは、タイパンを自分の手で殺してやりたいと言っていたな。もし、タイパンがいたら、おまえに殺すチャンスをやる。それともあれは、嘘だったというつもりか」

夏樹が英語で言うと、ファリードが夏樹の意を汲《く》んでアブドゥの胸ぐらを摑《つか》んでチャバカノ語ですごんで見せた。

「嘘じゃない。本当だ。こんな時間に会いに行って本当にタイパンがいたら、殺されてしまう。あいつは、冷酷な男なんだ。あんたは知らないから、そんなことを言うんだ」

アブドゥは首を左右に激しく振った。本気で恐れているらしい。嘘をついていないか確かめたのだ。

「分かった。この男を見張っていてくれ」

ファリードに、アブドゥが逃げないように見張らせると、夏樹は道の右側の高い塀の陰に沿って突き当たりの家の前まで進んだ。

アブドゥが言った通り、百五十センチほどのコンクリートの壁の上に三十センチほどの高さがある槍《やり》のように尖《とが》った柵《さく》がある塀に囲まれたアメリカンスタイルの家だ。まだ午後十時と時間は早い。家の照明は消えているが、玄関横の窓が点滅している。照明を消してテレビを見ているに違いない。

アメリカンスタイルの家なら、玄関を入ってすぐにリビングになっているはずだ。タイパンがいるのなら、情婦のサキーナと一緒にテレビを見ているか、セックスしているかのどちらかだろう。

夏樹は塀の近くに立っている電柱によじ登って、塀を飛び越えた。

グロックを構えて暗闇の前庭を横切り、白板張りの家の壁に身を寄せて様子を窺《うかが》った。家の照明は消えたままだ。

ベルトからいつも隠し持っている先の曲がった金属の棒を出し、ドアの鍵穴《かぎあな》に差し込んだ。これは公安調査庁の特別調査官だった頃から愛用している小道具である。

開錠したドアを音もなく開けた。玄関口はソファーの陰になっているために足元は暗い。やはりリビングになっている。玄関に背を向けるように配置されたソファーに人の頭が僅《わず》かに覗《のぞ》いていた。テレビの歌番組に夢中になっているのか身動きひとつしない。

銃を構えた夏樹は足を踏み入れた。

パキッ。

足元で音がした。

「しまった」

夏樹はソファーまで一気に走り寄り、銃を構えた。

ソファーには人型の黒いクッションが置かれている。

「むっ！」

背後に気配を感じた夏樹は床に伏せた。

リビング奥のドアの隙間から頭上を銃撃される。

夏樹はすかさずソファー越しにグロックを撃ち返した。

足音が遠のく。

起き上がった夏樹はリビング奥のドアを開けて、敵の存在を確認した。廊下の先に階段がある。

「ぎゃー」

二階から短い悲鳴が聞こえた。

夏樹は階段を駆け上がり、悲鳴が聞こえた部屋のドア口で銃を構える。ドアは僅かに開いていた。誘い込んでいるのかもしれない。

外からバイクのエンジン音が響く。

「しまった」

夏樹はドアを蹴《け》って部屋に踏み込み、開け放たれた窓から身を乗り出した。

前庭でバイクに跨《また》る男が、銃を向けてきた。

頭を引くと、窓枠に銃弾が当たった。

バイクのエンジン音が急速に遠ざかる。

窓から顔をのぞかせると、門が閉まっているにもかかわらずバイクの姿はない。

「くそっ！」

舌打ちをした夏樹は、振り返って眉《まゆ》を吊《つ》り上げた。

ベッドに首を切られた裸の女が横たわっている。タイパンの情婦サキーナに違いない。頸動脈《けいどうみゃく》を鋭利な刃物で切断されている。彼女の首から噴水のように血が噴き出し、ベッドシーツは真っ赤に染まっていた。助けることはもはやできない。

「確かに残酷だ」

夏樹はアブドゥの恐れを理解した。

毒蛇タイパン

1

午後十時四十分、夏樹はパトカーの後部座席に座っている。

「ホセ警部、あの突き当たりの家ですか？」

助手席に座っている中年の制服警官が、バックミラー越しに尋ねてきた。

「そうだ。タイパンが潜伏しているという情報があった情婦の家だ。タイパンはいなくても情婦から何か聞き出せるだろう」

後部座席の夏樹は気怠《けだる》そうに答えた。隣りにはファリードが、緊張した面持ちで座っている。さすがに特殊メイクをしても、パトカーに慣れるものではないのだろう。

一時間前、タイパンの情婦の家を急襲したが、銃撃戦の末タイパンは情婦を殺害し、バイクで逃走している。バイクに乗ったタイパンは家の脇にある通路を通り、裏道に出た。そこからタマーガ・ロードに抜けたことは分かっている。

バイクのエンジン音は低音が利いたツインエンジン（2気筒）特有のサウンドだった。

しかも小気味いい切れがあったことから、400CCクラスのバイクだったと思われる。足回りがよく、馬力があって燃費もいいので、フィリピンでは車よりも有効である。しかも襲撃を予測して、バイクでの脱出口まで確保していたようだ。

詳しく家を調べたかったが、夏樹はすぐさまその場を離れ、ファリードとアブドゥを連れて街に戻っていた。住宅街のため、銃声を住民に聞かれて警察に通報されている可能性があったからだ。首を切られたサキーナには一切手を触れることはなかった。頸動脈を切断されていたため、救急車を呼んだところで助けられないからだ。

街のはずれでアブドゥと別れた夏樹は、サンボアンガ警察署に赴き、宿直のマレク警部にマニラから指名手配になっているタイパンを追っていると、ポリスバッジとIDを見せて協力を要請した。だが、宿直の警察官が足りないために翌日にしてくれと、マレクはなかなか腰を上げようとしなかった。余分な仕事を引き受けたくなかったのだろう。

何か事件でも抱えているのかと、それとなく聞いてみたが、通報もないという。近隣の住民は銃声を聞いても報復を恐れて通報しなかったのだろう。

仕方なく夏樹は明日の朝の飛行機で帰らなければならないと言って、無理やりマレクを引きずり出したのだ。

パトカーから降りた夏樹は、門の鍵《かぎ》を手に隠し持っていた道具で素早く開け、マレクについてくるように手招きをした。フィリピンでは捜索令状など必要ないため、マレクも気にする様子はない。

タイパンの顔を知っている証人と言う名目で帯同させているファリードは、運転をしてきたハディという名の警察官とパトカーに残した。ホテルに一人で残すのは危険ということもあるが、情婦の死体を見せるためあえて連れてきたのだ。

ファリードの態度が気になっており、まだ情報を隠している気がする。まだアブサヤフの仲間に対して庇《かば》う気持ちがあるのかもしれない。情婦の惨殺死体を見せて、罪悪感を植えつけてやるのだ。

「油断するな」

玄関前でポケットからLEDライトを出し、同時に銃を抜いた夏樹は、険しい表情で言った。初めて家に踏み込むという演出をしなければならない。

「はっ、はい」

マレクは生唾《なまつば》を飲み込んだ。凶悪犯がいるかもしれないと思っているのだろう。見ていてかわいそうなくらい緊張している。

夏樹はマレクにドアを開けさせ、左手に持ったライトを床下に向けた。玄関ドアの内側の床に無数のピスタチオが落ちている。一時間前に夏樹が家に踏み込んだ際音が立ったのは、ピスタチオを踏み潰《つぶ》したのだ。

「うん？」

ドアの後ろにベビーモニターと呼ばれる小さなカメラ付き無線機が置いてある。一時間前にこの家を出るときは、気が付かなかった。日本ではあまり馴染《なじ》みがないが、欧米では乳児の頃から一人で寝かせるためによく使われる。中にはモーションセンサーが付いており、赤ん坊が動いた時や泣き声に反応して動作する優れものもあるほどだ。

玄関から侵入すると足元が暗いためにピスタチオを踏んでしまう。その音をベビーモニターが拾い、寝室の親機でリビングの様子を窺《うかが》うことができる。簡易ではあるが、これほど有効な警報装置もない。

侵入者は音を立てたことに焦り、慌ててリビングのソファーに載せてある人型のクッションに向かって進む。タイパンはその隙に逃げるか、侵入者を射殺するという仕掛けだ。夏樹はソファーのクッションを確認した瞬間に襲われたので、タイパンはたまたま廊下にいたのかもしれない。

「なるほど」

頷《うなず》いた夏樹はピスタチオを踏まないようにリビングに入って、室内を一応調べた振りをしてから奥のドアを開け、キッチンも確認した。裏口にもピスタチオとベビーモニターが設置してある。タイパンは恐ろしく用心深く、頭も切れるようだ。

一階を一通り見ると、二階の寝室に入った。

「くそっ！　なんてことだ！」

夏樹は寝室の情婦の死体を見て、わざと舌打ちをし、壁を叩《たた》いて見せた。

「……この女が、タイパンの情婦なのですか？」

死体をしばらく呆然《ぼうぜん》と見ていたマレクが、重い口を開いた。

「サキーナと言うタイパンの三番目の情婦だろう。あとで連れてきた証人に見覚えがあるか聞いてみる。女が殺されているということは、ここには戻らない。タイパンに逃げられたということだ」

夏樹は首を振ると銃を仕舞った。タイパンは夏樹に急襲されて焦ったのだろう。一人で逃げるために女の口を封じたに違いない。

タイパンが出て行った窓は開けっ放しで、窓枠に血痕《けっこん》が残っている。殺害されたサキーナの首から血の跡が点々と続いていた。彼女の首を切り裂いたナイフを持っていたのだろう。

「手がかりを探そう」

夏樹はラテックスの手袋をはめると、ベッドの周りを調べ始めた。

マレクはキョトンとして、夏樹の作業を見ている。

フィリピンでは殺人事件があってもめったに鑑識が入ることはないので、驚いているようだ。ドゥテルテ大統領の麻薬撲滅戦争宣言以来、首都マニラでさえ殺人現場で鑑識作業はおろか現場保存もされていない。いわんや地方の田舎警察で、殺人現場に鑑識が入ることはまずないのだろう。警察機構がちゃんと働いていないという意味では、現在のフィリピンはまさに戦争状態と同じである。

「綺麗《きれい》なものだ」

寝室を一通り調べた夏樹は、溜息《ためいき》を漏らした。警察でいうガサ入れを予期したかのように手がかりとなるものは何も残していないようだ。

一緒に調べているマレクも額に汗を浮かべ、首を横に振ってみせた。

「待てよ」

ふと腕を組んだ夏樹は、振り返って先ほど調べたウォークインクローゼットを見た。

情婦の家だから当然なのだが、女性の洋服や靴しか収納されていなかった。本来ならクローゼットは一番怪しむべきだが、女性物しかないため興味が削《そ》がれたのだ。タイパンが単なるテロリストならそれでいい。だが、奴はどこか自分と同じ匂いがするのだ。

夏樹はウォークインクローゼットの壁や天井を叩いた。

「むっ」

天井の一部を叩くと、他の場所とは違う軽い音がする。

クローゼット上部の桟を手前に引くと、カチッと何かが外れる音がして天井板が落ちてきた。

「ほお」

天井裏を覗《のぞ》くと、スポーツバッグが隠してある。

手を伸ばしてスポーツバッグを取り出し、床に置いた。サイズは幅が六十センチ、高さが三十センチ、奥行きは二十五センチ、五キロほどの重さはあるだろう。

外見は一見プーマに見えるがシンボルマークのピューマの下に PUNK と印刷されている。どうせ中国製のバッタ物だろう。

夏樹は笑いを殺してバッグのファスナーを引くと、途中でファスナーがわずかに引っかかった。

「しまった！　逃げろ！」

突然立ち上がった夏樹は、マレクの背中を押して部屋から出ると、階段を駆け下りた。

「どうしたんだ！　なんで逃げる！」

マレクは訳も分からず、喚《わめ》いている。

「いいから家の外に出ろ！」

怒声を浴びせてマレクを玄関から突き飛ばし、夏樹も飛び出した。

轟音《ごうおん》。

炎と瓦礫《がれき》が襲ってくる。

マレクと夏樹は、爆風で前庭に叩きつけられた。

2

サンボアンガの中心部を南北に通るヴェテランズ・アベニューとタロン・タロン・ロードの交差点角にグリーンとライトグリーンの二色に塗られた柵《さく》とコンクリート塀に囲まれた一角がある。

二ヶ所あるゲートは、拳銃《けんじゅう》を持った警備員に二十四時間体制で守られていた。軍か警察の施設かと思えるほど厳重に警備されているが、メディカルセンターである。

タイパンの情婦の家を捜索していた夏樹は、ウォークインクローゼットに隠されていたスポーツバッグのファスナーに仕掛けてあった起爆装置を作動させてしまった。バッグは爆発し、家屋は半壊した。

間一髪で家を飛び出した夏樹とマレクだったが、爆風で押し倒され、飛んできた瓦礫で二人とも負傷している。外で待機していた警察官ハディが救急車と消防車を手配し、二人はメディカルセンターに搬送されたのだ。

夏樹は病棟の三階にある個室のベッドに、点滴を打たれて横になっていた。背中に金属片が当たり、六針縫う怪我を負ったが、その他は頭部と膝《ひざ》を擦りむいた程度である。だが先に前庭に出たマレクは、頭部や背中に合わせて二十縫う怪我をしていた。

それでも爆弾が二階で爆発したために被害は少なかったようだ。二人とも命に関わるような怪我ではなかった。

「…………」

目を閉じていた夏樹は、枕の下からグロック17Cを抜いて、毛布の下に隠した。

ドアが開き、警備員が入ってきた。

「おまえか」

夏樹はグロックを枕の下に戻した。

紙袋を小脇に抱えたファリードである。彼は一緒に待機していたハディとパトカーで、警察署に戻っていたのだ。

「どこで衣装を揃えた？」

あまりにも違和感がないので、思わず尋ねた。顔はまだ特殊メイクをしたままである。夏樹も経験があるが、メイクをして他人になると、大胆な行動ができるものだ。

「夜中に一般人は入れませんから、人目につかない場所から塀をよじ登ったんです。制服は警備員室で調達しました。それよりも大丈夫ですか？」

ファリードはことも無げに言った。

病院の正門があるタロン・タロン・ロード沿いの柵の高さは二メートルもないが、ヴェテランズ・アベニュー沿いのコンクリート塀は四メートル近くもある。タロン・タロン・ロード側から侵入したのだろう。時刻は零時二十五分、近隣は繁華街でないため通りに通行人はいなかったかもしれないが、車は走っている。警備員の目もあったはずだ。

「大したことはない。少し休んだら抜け出すつもりだ」

背中の傷は深くはなかった。ただ、休みたかったので、治療を終えて医師の指示に素直に従い、病院に留《とど》まっている。

「そうだと思いました。何か手伝えることはないかと思って、侵入したんです」

ファリードは、持っていた紙袋から冷えたサンミゲルを出して栓を開けた。フィリピンで売られている清涼飲料水の大半は、水道水を蒸留したものだ。それなら、サンミゲルを飲んだ方が、よほどましである。

「気が利くな」

夏樹は点滴のチューブを抜き取ると、サンミゲルを受け取り半分ほど一気に飲んだ。口当たりのいいこのビールは、フィリピンの気候に実によく合っている。喉《のど》を潤したおかげで、頭が冴《さ》えてきた。

「タイパンのことで、まだ俺に報告していないことがあるよな」

夏樹はビール瓶をベッド脇のサイドテーブルに置くと、ファリードを睨《にら》みつけた。タイパンに関してのファリードの態度が気に入らなかった。

「……実は、……タイパンは、アブサヤフの戦術顧問なんです」

しばらく黙っていたファリードは、重い口を開いた。

「それで？」

頷《うなず》いた夏樹は、話を促した。

タイパンの行動を直《じか》に見た夏樹は、彼が只者《ただもの》でないことを分かっている。少なくともバシラン島しか知らない田舎者ではない。

「彼は爆弾作りから、誘拐の方法、身代金の要求の仕方など、様々なノウハウをアブサヤフに教えてくれました。特に俺は、爆弾作りを一から学んでいます。尊敬もしていたけど、彼の冷酷で無慈悲なテロ活動には、正直言ってついていけなかった。だから、彼の弟子だったことを知られたくなかったんです」

ファリードは伏し目がちに話した。彼はアブサヤフに所属している時から、テロ活動に嫌気がさしていたようだ。

「あいつは、国軍の陸軍にでも所属していたのか？」

「正直言って、誰も知らないのです。ただ、俺が学んだ爆弾技術は、かなり高度なことは確かです」

ファリードは下唇を出して首を振った。

「そうだろうな。タイパンは、そもそもフィリピン人なのか？」

夏樹は意味ありげに尋ねた。フリピンの国技カリの名手らしいが、カリは格闘技として米国の警察や軍隊でも採用されている。カリの名人だからといってフィリピン人とは限らないのだ。

「………」

ファリードは首を傾げて見せた。本当に知らないのだろう。

「これを見てみろ」

夏樹はベッドから降りると、ハンガーにかけてあったジャケットのポケットから二種類のパスポートをファリードに渡した。

「こっ、これは！」

パスポートを開いたファリードは、声を上げた。

「サキーナの寝室のクローゼットから見つけたバッグの中にあった。ファスナーを開けると、十数秒後にバッグの底に仕掛けてある爆弾が爆発するようになっていたらしい。俺が見たのはリード線だけだったが、直感的に爆発すると思って逃げたんだ。とっさにバッグから抜き取ったのが、その二冊のパスポートだ。他にも色々入っていたが、考える暇はなかった。なんせ数秒逃げ遅れたら死んでいたからな」

バッグのどこかに起爆装置を無効にするスイッチがあったに違いない。タイパンは、貴重品を時限爆弾付きバッグに保管していたようだ。十数秒の余裕があるのは、ファスナーを開けて解除できるようにしてあったからだろう。

「二冊とも写真はタイパンです。一つはマレーシア、もう一つはインドネシアですが、名前も違います。どちらかが、本物ということですか？」

ファリードは眉間《みけん》に皺《しわ》を寄せた。証明写真は一枚がスキンヘッド、一枚は黒髪だが、どちらも元の顔はほとんど同じである。黒髪の写真はかつらかもしれない。

「アブサヤフが拠点としている地域は、マレーシアにもインドネシアにも船で行くことは簡単だ。どっちのパスポートも偽造だろうが、いつでもフィリピンに出入国できる」

「しかもパスポートを持つ外国人であれば、マニラでも怪しまれない。以前からあの男は得体が知れないと思っていましたが、恐ろしい奴ですね」

ファリードが相槌《あいづち》を打った。

「ネガティブに考えるな。敵として不足はないと思えばいいんだ」

夏樹は口角を僅《わず》かにあげて笑った。

3

午後十一時、マカティのデュシタニ・マニラホテルの一室。

ジェーン・バレッタはノートパソコンの画面を険しい表情で見つめている。

画面にはCIAの機密文書が表示されており、その内容が彼女にとって問題ではあったが、左足が痛むため眉間に皺を寄せてしまうのだ。

昨日、ジェーンは同僚のエリックと組んでパサイ市のベロニカ葬儀場で、梁羽の手下が来ると予測し、待機していた。現場にはチームリーダーであるベックマンの依頼を受けたフィリピン駐在の三人のCIA要員が派遣されており、彼らの待ち伏せ攻撃を監督するというのがジェーンとエリックの任務であった。

待ち伏せ攻撃をするために、中国の諜報員《ちょうほう》である張をまず車で轢《ひ》き殺している。張が目障りであったこともあるが、彼の死体で敵を誘《おび》き寄せる必要があったからだ。実行したのは、同僚のネッドとエリックであった。

基本的にベックマンの命令で任務は遂行される。チームは、ダーク・フォーと呼ばれ、CIAの中でも汚れ仕事を担当し、特に暗殺は様々な方法で実行してきた。

各要員を葬儀場と周辺に配置して待機していると、ジェーンらの目の前にパトカーが現れる。車から降りて来たのは、見知らぬ中年のフィリピン人とホセ・ゴンザレスであった。

現場のCIA要員は張の死体を引取りに来た者を、その場で撃ち殺すように命じられていた。葬儀場の近くに停めた車の中から見張っていたジェーンとエリックは、パトカーから降りたホセの行動を固唾《かたず》をのんで見守った。

ホセが葬儀場の受付で張の死体の特徴でも言おうものなら、仲間がゴーサインを出す予定だった。だが、予想に反してホセは受付にいた仲間をてらいもなく殺し、狙撃手《そげきしゅ》を務めていた二人も返り討ちにした。完璧《かんぺき》と思われた作戦は、いとも簡単に見破られたのだ。しかも、車で轢き殺そうとしたエリックは、ホセに銃撃されて死亡し、乗っていた車は電柱に激突した。

助手席に乗っていたジェーンは、なんとか脱出したものの、左足を七針も縫う怪我を負っている。そのまま病院に駆け込み、車に撥《は》ねられたと嘘を言って治療を受けた。

ホセが中国側のエージェントだと当初考えていたが、フィリピン警察のパトカーで来たことで、ジェーンは混乱した。

なぜなら彼はジェーンの正体を知っていたからで、フィリピンの警察官である可能性は絶対あり得ないからだ。また、フィリピンにCIAの極秘情報を得られるような諜報組織はないことから、フィリピン人ではないと、ジェーンは確信している。

ホセは現在のジェーンの所属を知らなかった。極秘の任務を受けるベックマンのチームに入ったのは二年前で、CIA内部でも彼女の所在をつかむことはできない。そのためホセとはそれ以前に、会った可能性がある。というのも彼にどこか見覚えがあるからだ。

ＣＩＡに入局してからというのなら候補は色々あったが、ジェーンは、ファーストインプレッションを頼りにし、十九年前の学生時代にＣＩＡのアカデミーで会ったことのある日本人に絞っていた。

アカデミーでも優秀だったジェーンは、限られた局員のみが許された変装という講義を受けることになった。だが、複数回ある講義でも後半の参加となり、彼女は出遅れた。自ら特殊メイクをして講義に参加するというもので、ジェーンは自分なりに考え、単純なメイクだけで白人に変装したところ、意外にも指導官から合格をもらっている。合格をもらえるのは、優秀な生徒の中でもほんの一握りであった。

驚くべきことに、いつも最高得点で合格していたのは、正規のアカデミーの生徒ではなく、日本からＣＩＡに出向してきた諜報員の見習いともいうべき男性であった。毎回、素顔がまったく分からない老人に変装してくるのだ。

ジェーンは、彼の素顔が見たくて二度ほどデートに誘ったが、素っ気なく断られている。自分の容姿に自信があるだけに彼女にとって、苦い思い出となった。

フィリピンでホセには二度も直接声をかけられている。彼もジェーンに気付いていたからだろう。そこで二度目の彼からのアプローチに乗った。アカデミーを卒業し、二年間の内勤を得て、ＣＩＡの諜報員として十七年のキャリアを持つだけに、ホセを籠絡《ろうらく》する自信がジェーンにはあったからだ。

だが、彼からグッチのネックレスをさりげなくプレゼントされ、ジェーンは我を忘れた。宝石をプレゼントするという古典的な手法に、危うく陥落しそうになったのだ。なんとかイニシアチブを取ろうと焦ったジェーンはホセをバーに誘ったが、部屋でシャンペンを飲もうと逆に誘われ、セックスに溺《おぼ》れた。

ジェーンは諜報員として完敗したのだ。そのため、ホセと接触したこともベックマンに報告していない。報告するならホセの正体を暴くか、あるいは彼を殺した時だと思っている。

ジェーンは、CIAのデータベースから十九年前のアカデミーの講義参加者ファイルをピックアップし、該当する日本人のデータをダウンロードした。添付資料が古いので、情報処理センターに請求して、アナログデータからデジタル化してもらい、さらにデータベースにアップロードしてもらうのに丸一日かかった。局外で閲覧するには、様々なセキュリティがかけられるので、これでも早い方である。

「影山夏樹、一九七二年生まれ、日本人、一九九五年外務省に入省、一九九六年外務省から公安調査庁に転属、同時にCIAに出向し、一年間の訓練を受ける。一九九七年帰国後特別調査官になる」

ジェーンは資料を読み上げ、添付されていたCIAのアカデミーと現場での実地訓練の成績表にも目を通した。成績表は、情報分析、格闘技、語学、射撃訓練、変装技術、ダイビングなど多岐にわたっている。

「驚いた。こんなの見たことがない」

ジェーンは成績表を見て口笛を吹いた。

グレードはAからEまでの五段階で評価されるのだが、すべてAが付いていたのだ。またその隣りの欄にはグレードをさらに細かく分けるクオリティ・ポイントが、1から10までの十段階で記載されるのだが、すべて9か10の最高の評価を受けており、変装技術と格闘技においては、12というありえない数字が載っていた。評価するそれぞれの教官が、自分の技術すら上回っていると判断したに違いない。

「中国、北朝鮮による数々の謀略を阻止し、同時に両国の工作員や諜報員を闇に葬っている。殺害方法や拷問など、その非情な手口から〝冷たい狂犬〟と呼ばれ、敵性国家の情報機関から恐れられていた」

ファイルには、夏樹が関わったとされる任務や事件についてのリストが記載されていた。その中ですべてではないという注釈付きで、彼が暗殺した中国や北朝鮮の工作員や諜報員の名前もリストアップされている。

「なっ、何、これ……」

リストを見たジェーンは、思わず声を上げた。敵対する工作員の顔面が潰《つぶ》れるほど殴打したり、爪の間に釘《くぎ》を打ち込んだりするなど、殺害方法や拷問の仕方が異常なのだ。CIAの局員でもこれほど残忍な者はいない。〝冷たい狂犬〟と敵側が恐れるのも頷《うなず》ける。同盟国の諜報員だったことが幸いというほかない。

だが、二〇一〇年に公安調査庁を退職し、その後行方不明になっていると、プロフィール欄には記載があった。

「生死は、不明……」

ジェーンは最後の一文を読み、大きな溜息《ためいき》を漏らした。

4

午後十一時三十分、一台の救急車がメディカルセンターの正門から出た。

ゲートの警備員も、運転席と助手席の男をちらりと見ただけで、正門を開けて救急車が出て行くのを見送っている。彼らの仕事は、病院に不審者の侵入を防ぐことであり、出て行く者は無条件で許しているらしい。

ハンドルを握る夏樹は、バックミラーやサイドミラーで尾行がないかを確かめながら運転をしている。助手席に座っているのはファリードである。

病院で朝まで休んでいることもできたが、気がかりなことがあるため一時間ほど休憩して脱出することに決めていた。

「この車、病院から出ると目立ちますね」

ファリードが苦笑いをしている。

「分かっている」

　表情もなく答えた夏樹は、タロン・タロン・ロードを西に向かっていた。

　十分後、タロン・タロン・ループとの交差点を過ぎて、二百メートル先の脇道を右に折れ、突き当たりで停まった。武器商ジェネラルの武器倉庫である。

「また武器を買うんですか？」

　ファリードはのん気なことを言っている。

　車を降りた夏樹は、グロックを抜いた。

　鉄製の門が開いているのだ。見張りもいないらしい。

　驚いたファリードも隠し持っていたグロックを手にした。

　夏樹は用心深く門の隙間から、敷地内に滑り込むように入る。ファリードも足音を立てずに付いて来た。ゲリラとはいえ、軍事訓練を受けただけのことはある。

　門柱の後ろにある見張り台の下にＭ１６を持った二人の男が、胸を撃たれて倒れていた。ジェネラルの手下である。心臓を二発ずつ正確に打たれており、即死だっただろう。

　銃を構えながら倉庫に近付いた夏樹は、ファリードに左手を上げて出入口で待機するように命じた。倉庫の中は照明が落ちており、鼻先も見えない状態になっている。暗闇で同士討ちになる危険性があるからだ。

　開いているドアから夏樹は身をかがめ、ゆっくりと壁際を進む。不用意にライトを点《つ》ければ、標的になる。前回来た時の記憶を頼りに暗闇を進むほかない。

「…………？」

微《かす》かに呻《うめ》き声が聞こえる。

夏樹はハンドライトを声が聞こえる方向に向けて床に置き、スイッチを入れると横に飛んで銃を構えた。

ハンドライトの光で床に倒れているジェネラルが、浮かび上がった。

「撃つな！」

ぐったりとしていたジェネラルが、光を浴びた途端倒れた姿勢のまま両手を挙げた。

「心配するな。撃たれたのか？」

夏樹は出入口まで戻り、天井のライトのスイッチを押すと、様子を窺《うかが》っていたファリードを手招きして中に入れた。

「……確か、サイードと言う名前だったな。タイパンの野郎。三発も撃ちやがった」

ジェネラルは半身を起こして木箱にもたれると、シャツのボタンを外した。外で撃たれた二人の部下と違い、ボディアーマーを着ていたのだ。

「いつ襲われたんだ？」

「一時間ほど前だ」

ジェネラルはめり込んだ弾頭を抜き取って、床に投げ捨てた。

タイパンは夏樹に襲われてすぐにここに来たらしい。

「暑いのに用意がいいな。手下と違って」

鼻先で笑った夏樹は、グロックをズボンに差し込んだ。

「仕事柄用心深いのは、当然だろう。だが、手下たちは暑いからと着るのを嫌がった。いい勉強になっただろう。死んじまったがな」

よろけながらも立ち上がったジェネラルは、大儀そうに木箱に腰をかけた。

「なんでタイパンに襲われた。爆弾の材料でも盗まれたのか？」

夏樹はジェネラルの正面に立って尋ねた。

情婦の家で見つけたスポーツバッグに爆弾は仕掛けてあったが、あれは多分いつも用意していたもので、ジェネラルから昨日買い付けたものとは違うはずだ。だが、情婦の家に買ったばかりの爆弾の材料を隠していた可能性はある。家が爆発炎上してしまい、使えなくなったのではないのか。

病院のベッドで夏樹はタイパンの行動を分析し、救急車を盗み出すと、迷うことなくジェネラルの許《もと》に来たのだ。

「調べないと分からないが、木箱をあさっていたから多分そうだろう。だが、なぜか、酷《ひど》く怒っていた。誰かに彼のことを話したかと、喚《わめ》き散らしながら、私を銃撃してきたのだ」

ジェネラルは、夏樹をちらりと見た。疑うのも当然である。夏樹にタイパンのことを教えたのは、彼だからだ。

「俺はファリードに匹敵する爆弾作りの名手を探している、と尋ねただけだ。タイパンのことを聞いたわけじゃない。変な勘ぐりは止めてくれ」

夏樹はジェネラルを睨《にら》み返した。

「よく分からないが、警察が来たとか言っていた」

「それなら、なおさら俺とは関係ないだろう。あんたは、俺にタイパンの住所を教えたか？」

夏樹は苦笑を浮かべて言った。

「そっ、そうだった。あんたには、名前を言っただけだ。あの男がどこに住んでいるかなんて、私も知らない。ということは、タイパンに何かあったとしても、私にも関係ないということか。あの野郎、わざと怒ったふりをしていたのかもしれないな。俺の手下を殺して、その上泥棒するなんて、とんでもない奴だ。軍に通報してやる」

ジェネラルは軍とかなり太いパイプを持っているらしい。それだけ、軍が腐敗しているということだ。

「盗まれた物が、何か、至急調べて欲しい。盗んだ物を仲間に転売する可能性もある。知らずに買って、共犯にされちゃかなわないからな」

タイパンが盗んだ武器や装備が分かれば、今後のテロ活動を占うことができるかもしれない。特に爆弾や起爆装置の種類を知ることは大事である。

「分かった。待っていてくれ」

ジェネラルは大きく頷き、腰を上げた。

5

零時を過ぎようとしている。

梁羽はシティガーデン・グランドホテルの自室で、八卦掌《はっけしょう》の型を一時間ほど前から行っていた。昨日までグリーンベルトに近いダイヤモンドレジデンシス・ホテルに宿泊していたが、張が殺害されたために移動していたのだ。

部屋は七十一・五平米あるジュニア・スイートルームである。任務中は会議やブリーフィングに必要なため広い部屋を借りるのだが、それよりも一人で八卦掌の稽古《けいこ》をするスペースがあることが本当の理由であった。

稽古している部屋は、奥行きがあるリビングで、テーブルを壁際に寄せてスペースを作っていた。

「はーあー」

息を長く吐き出した梁羽は、素早く息を吸い込んで突き蹴《け》りの連続技をコマのように回転しながら繰り出し、最後に空中高く飛び蹴りをして元の姿勢になると、構えを解いた。激しい動作にもかかわらず、息一つ乱していない。

梁羽は連合参謀部の記録では一九五三年生まれの六十三歳となっているが、それは自らデータベースのファイルを改ざんしたためで、本当は一九六〇年生まれ、五十六歳である。年齢が少しでも上の方が情報部内で優位に立てることもあるが、個人情報が敵側情報機関に漏れた場合、年寄りだと見くびられることをあえて狙っているからだ。

「うん？」

リビングのチェストに置いてある衛星携帯が、呼び出し音を発した。本部と通じている衛星携帯は、未《いま》だに電池が外れた状態で放ってある。だが、彼は本部にも番号を知られていない、別の衛星携帯を使っていた。

おもむろに衛星携帯を摑《つか》んで画面を見た梁羽は、ニヤリとする。

「私だ。……なるほど。……分かった。調べておく」

電話を切った梁羽は、メールのチェックをし、新規に着信したメールを開けた。メールに文章はなく、数枚の画像が添付されている。

メールは夏樹が送ったもので、タイパンが隠し持っていた偽造パスポートを撮影した写真が添付されていた。夏樹は簡単にこれまでの経緯を電話で説明し、偽造パスポートの顔写真や出入国の記録から、タイパンの行方を追う情報を探り出すよう梁羽に要求したのだ。

「ほお」

画像を見て感心した梁羽は、すぐさまインターネットと接続されているとあるサーバーに画像をアップロードすると、衛星携帯で電話をかけた。

――隈（もしもし）？

くれ」

中国語で相手は出た。

「李英《りえい》か。今日もマニラは暑いぞ。丹丹《たんたん》にいくつか土産を送った。だが、住所をうろ覚えでな、番地は２６４８だったかな。受け取ったかどうか。いつでもいいので確認してくれ」

──ありがとうございます。

電話の相手は短く答えた。

「これでよし」

電話を切った梁羽は、衛星携帯から画像を削除した。

梁羽が電話をしたのは、連合参謀部第二部の情報担当技師である。あらかじめ連合参謀部が所有する丹丹と言う女性名のコードネームを持つインターネットサーバーに梁羽は、画像をアップロードした。高度なセキュリティを施されたサーバーだが、情報担当技師が画像をダウンロードする際に、梁羽が決めたパスワードが必要となる。

梁羽の言った番地は、情報担当技師が持っている暗号表の二番目、六番目、四番目、それに八番目の数字を意味していた。そのため、電話が盗聴されても元の暗号表を持っていないとパスワードは分からないという仕組みになっていたのだ。

連合参謀部は受け取ったパスポートの顔写真を元に、膨大なデータベースからタイパンの割り出しを行う。また、偽造パスポートが使われた国のデータを調べ、タイパンの行動パターンも分析されるはずだ。

「さて、そろそろか」

梁羽が腕時計を見ると、部屋のドアがノックされた。時刻は零時三分になっている。

「三分の遅れか。南国フィリピンでは上出来だな」

ドアを開けると、ホテルのボーイが立っている。

「ルームサービスです」

ボーイが料理を載せたワゴンを押して、部屋に入ってきた。

「待っていたぞ。まずは腹ごしらえだ」

笑顔を浮かべた梁羽が、両手を擦り合わせた。


夏樹は梁羽に電話とメールをし、衛星携帯をポケットに仕舞うと、大きく息を吐き出して首を回した。さすがに疲れを覚えたのだ。

昨夜、張が殺害されてから休みなく動き、マニラからサンボアンガまでの飛行機の中で仮眠をとったのが、この二日間での唯一の休息であった。

「少し休んでから出ますか？」

心配顔のファリードが、尋ねてきた。自身も疲れているはずだが、夏樹の疲れた様子を見て気を遣ったらしい。他人に疲れを見せるようでは、諜報員《ちょうほう》としては失格である。

「大丈夫だ」

苦笑した夏樹は、救急車に荷物を放り込んだ。とりあえず市の中心部まで行き、乗り捨てるつもりだ。無傷で返せば、警察はわざわざ犯人探しはしないだろう。

時刻はまだ零時十分である。ホテルに帰って休むのもいいが、寝る前にどこか静かなバーでうまいスコッチかカクテルを飲んだ方が疲れは取れる。それに疲れている時こそ、油断をせずに尾行の有無を確認するのだ。ホテルに直行するのは、まずい。

「俺が運転しますよ」

ファリードが運転席に乗り込んだ。

「頼んだ」

小さく頷《うなず》いた夏樹は、助手席のシートに収まった。

6

グラファイトブラックのホンダCBR400Rが、切れのある排気サウンドを響かせ、深夜のパン・フィリピン・ハイウェイ、AH26を疾走している。

二〇一六年型、水冷4ストロークDOHC4バルブ、直列2気筒、400CC。操作性が良く、安定した走りはツーリングに適したバイクだ。

フィリピンでは日本のように50CCの原付バイクは少なく、150から250CCのバイクが主流である。市民の足となっているトライシクルも、150CCにサイドカーを付けて改造しものだ。そのため400CCのバイクで新車となれば贅沢《ぜいたく》と言える。

ライダーは黒いフルフェイスのヘルメットを被《かぶ》り、上下黒のライディングウェアを着ていた。その上、黒いバックパックを背負っている。全身黒ずくめのため黒塗りのバイクと一体化し、ライトを消したら一瞬で闇に紛れてしまうだろう。

パン・フィリピン・ハイウェイは、アジア三十二カ国を縦断する全長十四・一万キロに及ぶ高速道路の一部で、AH26の番号を割り当てられ、途中で海に隔てられてはいるがルソン島のラオアグからミンダナオ島のサンボアンガを結ぶ幹線である。

ハイウェイと言ってもマニラ近郊を除いて片道一車線のただの舗装道路で、田舎に行けば沿線の村人が売店に客を寄せるために勝手に路上に看板を置いて通行を妨害するなど、諸外国の高速道路のイメージとはかけ離れている。

また、ミンダナオ島の西部、特にサンボアンガ近郊では、軍による検問が要所にあった。だが、夜中は売店の看板や検問所のバリケードもないため、ある意味、高速道路のようにスピードを出せる。

午前一時二十分、CBR400Rは周囲の風景が、ジャングルから街に変わったところでスピードを落とした。

サンボアンガから百三十七キロ東にあるイピルと言うキリスト教徒の多い街である。

CBR400Rは街の中心部にあるラウンドアバウトを右に曲がると、次の角で左に曲がった。この辺りは、小学校や大学がある静かな住宅街であるが、トタン屋根の木造の家が多い。

二百メートルほど走り、エンジンを切ったバイクは惰性で十メートルほど進み、コンクリートブロックで出来た家の前で泊まった。平屋だが作りがしっかりしているために、周囲の家が粗末に見える。

フルフェイスのヘルメットを被った男は、バイクを押してコンクリートブロックの家の鉄柵《てっさく》の門を開けて家の脇に停め、壁に立てかけてあった板でバイクの周りを囲んで隠した。

家の窓に明かりが灯《とも》り、玄関のドアが薄く開けられた。ドアの隙間から若い女が覗《のぞ》いている。

男は玄関を開けた女に迎え入れられて家に入った。

女は怯《おび》えた顔で、ドア口に立っている。ヘルメットを脱いだ男に抱きつこうとしたが、肩を乱暴に押されたからだ。

男はスキンヘッドで、眼光が鋭い。バックパックを床に下ろすと、ライダージャケットを脱いで女に放り投げた。Tシャツ姿になった男の左の肩口が、血で真っ赤に染まっている。夏樹の弾丸が当たって負傷したのだ。男はタイパンである。

「ちくしょう！」

肩口に右手を当てたタイパンは、鋭く舌打ちをした。

夏樹は床に伏せる一瞬残像を目に焼き付け、奥のドアの隙間の向こうにいたタイパンをソファー越しに三発撃ち、その一発が命中していたのだ。心臓からは十数センチずれていた。

タイパンは負傷したことを夏樹に悟られないように、逃げる際にサキーナの首をナイフで切り裂いた。彼女の口封じをすると同時に、自分の血痕《けっこん》が気付かれないように偽装するためだ。敵に弱みを決して見せないということなのだろう。

「どっ、どうしたの！」

血を見た女が声を上げた。

「クリステン、タオルとお湯をはったタライを持って来い！」

タイパンは、Tシャツを脱いで上半身裸になった。筋肉で盛り上がった上半身は、見事な逆三角形をしている。

ソファーの後ろにある棚を探り、迷彩柄のポーチを取り出し、タイパンはソファーに座った。ポーチは米軍のファーストエイドキットである。

「持ってきたわよ」

女はタライをテーブルの上に置き、お湯に浸したタオルを絞って渡してきた。

無言で受け取ったタイパンは、傷口の周りの血を拭《ふ》き取った。さらにファーストエイドキットから出した止血剤の染み込ませてあるコンバットガーゼを傷口に貼り、包帯をその上から巻いて女に医療用テープで留めさせた。

「誰にやられたの？」

女はタライとタオルを片付けながら尋ねた。彼女もタイパンの情婦の一人で、元手下だったアブドゥも知らない四番目の女ということになる。

「パトカーに乗っていた。だが、奴はポリスじゃない」

ソファーから立ち上がったタイパンは、彼女に答えるでもなく呟《つぶや》き、部屋の片隅に置いてある冷蔵庫からフィリピンのビール〝レッドホース〟の瓶を出して、栓を抜いた。

夏樹が推測したようにタイパンは逃げたと見せかけ、どこからか情婦の家を監視していたらしい。

「私服の刑事だったの？」

「爆弾に気が付いて逃げ出した。ポリスなら確実に爆死だ。あのスポーツバッグの仕掛けは、完璧《かんぺき》だった」

〝レッドホース〟で喉《のど》を潤したタイパンはソファーに座り、足を組んだ。

「それじゃ、国軍の特殊部隊じゃないの？　でもパトカーに乗ることはないわね」

女はタイパンの右横に座り、甘えた声で言った。

「分からない。だが、俺の計画を邪魔する奴は殺す」

タイパンは女が着ていたＴシャツを右手で脱がして裸にすると、胸を鷲掴《わしづか》みにした。

「ぎゃあ」

女は苦痛に顔を歪《ゆが》めた。

「ふん」

鼻で笑ったタイパンは、顔色一つ変えずに掴んだ胸が潰《つぶ》れるほど右手に力を入れた。

黒い政治

1

深夜のロハス・ブールバードを北のリサル・パーク方面から走ってきた黒のベンツがゆっくりと右折し、鉄製の頑丈な門の前で停まった。フィリピンの米国大使館である。

右側にあるボックスから、警備員が急ぐ様子もなく出てくると、運転席の脇で立ち止まった。

「ご用件を伺います」

警備員は事務的に尋ねた。時刻は午前二時半になっている。

「エルネスト・クシ大統領府次官です。デニス・シャンツ参事官と約束があります」

ウインドウを下げた後部座席に座る初老のスーツ姿の男が答えた。

「失礼しました。伺っております。どうぞ、お入りください」

警備員は手持ちのボードの書類を確認し、ボックスの同僚に合図を送った。

鉄製の門が左右にスライドする。

ベンツは数十メートル直進し、大使館玄関前に横付けされた。

「駐車場で待っていてくれ」

後部座席の男は運転手に告げた。髪を黒く染め、肌を小麦色にメイクし、メガネを掛けてエルネスト・クシ大統領府次官になりすました梁羽である。運転手は部下の潘である。

次官クラスだと、あまり顔の露出がないため、米国側にバレる恐れはないということもあったが、梁羽はクシの特徴をよく捉《とら》えた変装をしていた。電話で参事官の秘書に緊急だと言って面会を申し入れてある。あえて非常識とも言える真夜中に訪ねたのは、それだけ緊急事態と思わせるためと、大使館側が官邸に確かめようがない時間を狙ってのことだ。

「よくいらっしゃいました。デニス・シャンツです」

玄関前で待ち受けていた背の高い男が、車から降りた梁羽に握手を求めてきた。

「深夜に突然お邪魔をして本当に申し訳ありません。大統領より、米国が昼のうちに打ち合せをしてくるようにと命じられまして、あなたに無理を言いました。対応していただけたことに感謝いたします」

左手に革のアタッシェケースを提げた梁羽は、苦笑を浮かべながら握手に応じた。マニラとワシントンでは十二時間の時差がある。夜が明けてからでは、米国は日が暮れてしまうという意味である。

「大丈夫ですよ。私も宿直で、米国と同じ時間帯で仕事をしていました。先ほど、ランチを食べたばかりです」

シャンツ参事官は、なかなかウィットが利いた人間らしい。この男が宿直として対応することは、事前に調べてあった。

「実を言うと、私も先ほどブランチをしたばかりです」

梁羽も話を合わせたのだが、実際、出かける前にルームサービスで分厚いステーキを食べている。

「あなたのジョークは、場を和ませる。いいお話ができそうですね」

シャンツ参事官は笑いながら、先に建物の中に入り、振り返った。入口に金属探知機が設置してある。その反応を見ているのだろう。

「もし、よろしければ、あなたの執務室で内々にお話ができますか？　そのために私は一人で来ました」

すました顔で金属探知機のアーチを抜けた梁羽は、わざと周囲を気にするそぶりをして見せた。

「かなり、急を要するお話のようですね」

真顔で答えたシャンツは通路の奥へと進み、ポケットからセキュリティカードを出し、中ほどの部屋のセキュリティボックスにかざしてドアを開けた。

「さすがに先進国の執務室は、厳重ですな」

目を丸くして見せた梁羽は、シャンツ参事官の執務室に入る。

四十平米ほどの広さの部屋の奥に大きな木製のデスクがあり、その前に革張りのソフアーセットが置かれていた。壁に飾られた現代アートが、シンプルで実に映えている。

「お掛けください」

シャンツは梁羽にソファーを勧め、対面に座った。

「まずは、このレポートをご覧ください」

ゆったりと座った梁羽は、アタッシェケースからA4サイズの書類を出して渡した。

「黄色五星？」

メガネをかけて書類に目を通したシャンツは、上目遣いで梁羽を見た。

「黄色五星はインドネシアでテロ事件を起こし、今度はフィリピンでもテロ事件を起こそうとしています」

梁羽が渡した書類には、これまで黄色五星が関わった事件が記載されていたのだ。

「黄色五星というと、中国を意味するテロ組織ですか。まあ、バックには、人民解放軍が関わっているのでしょう。だから、我が国は、貴国に対して中国には警戒するように再三ご忠告申し上げているのですよ。今のところ、無視されているようですが」

皮肉を言ったシャンツは、肩を竦《すく》めてみせた。

ドゥテルテ大統領は、就任前からオバマ大統領を批判している。また、中国の習近平主席に対しては対話を望んでいた。そのことを言っているのだろう。

「我が国の情報局を見くびっていませんか？」

梁羽はジャケットのポケットから数枚の写真を取り出し、テーブル越しにシャンツに渡した。

「これは？」

写真を見て頬をピクリと痙攣《けいれん》させたシャンツは、首を捻《ひね》って見せた。ベロニカ葬儀場で夏樹に殺されたCIA局員の死体の写真を梁羽から渡されたのである。

咳払《せきばら》いをしたシャンツは、なぜか立ち上がって執務机の上に置いてあるペン立ての位置を変え、またソファーに座った。

「一昨日《おととい》の夜、パサイ市のベロニカ葬儀場で銃撃戦があり、四人のCIA局員が、射殺されています。銃撃事件があったのに、把握していないと思ったのですか？　それにあなたが、この国に派遣されたCIA局員の責任者だということも分かっています」

梁羽は連合参謀部のデータバンクに蓄えられたフィリピンで活動する米国の情報機関のデータをすべて閲覧していた。

ちなみに負傷して逃走したジェーンの通報でフィリピン在住のCIA局員が急行し、夏樹が殺害した四人のCIA局員の死体を片付け、現場も洗浄している。そのため、地元警察では事件を把握していない。

「私がCIA局員の責任者だなんて、言いがかりもいいところだ。そもそも、どこで撮影されたのか知りませんが、白人の射殺死体がすべてCIA局員というのは、テレビや映画の見過ぎでしょう」

額にうっすらと汗を浮かべたシャンツは、首を振りながら死体の写真を梁羽に返した。

「仕方がありませんな。そこまでしらを切られるのでは」

舌打ちをした梁羽は、アタッシェケースから封筒を出してシャンツの前に置くと、中を確かめるようにジェスチャーで示し、わざとらしく肩を竦めてみせた。

「なっ、なっ……」

訝《いぶか》しげな顔で封筒から数枚の写真を出したシャンツの手が、震えだした。

写真はシャンツと若い女とのセックスを隠し撮りしたものである。梁羽はこの数日、米国大使館に勤務する数名の幹部職員に、街で雇った娼婦《しょうふ》を自宅や職場に巧みに送り込んで麻薬を服用させた上でセックスをさせ、密《ひそ》かに撮影していたのだ。

「写真だけじゃなく、ビデオもありますよ。なんなら、ご覧になりますか？」

梁羽はにこやかな表情で尋ねた。

「なっ……」

目を泳がせたシャンツの顔から、見る見るうちに血の気が引いた。

「黄色五星はＣＩＡの特殊なユニットが騙《かた》っていると、我々は見ています」

梁羽は射るような強い視線でシャンツを見て言った。

「馬鹿な、そんな話は……」

途中まで言いかけたシャンツは、慌てて口に手を当てた。知らないと言いたかったのだろうが、自らＣＩＡ局員だと自白したようなものである。

「我が国に駐在するあなたのような支局長クラスでは、黄色五星の正体など知らないことは、百も承知です。あなたはＣＩＡ本部でかなりの立場にある人物から命令を受けて、三人の部下を貸しただけですよね。あなたは、写真を見て分かったはずだ。私との会話や映像を記録されないように、先ほど天井に仕掛けてある監視カメラと盗聴システムの動作を停止させたじゃないですか。それが何よりの証拠ですよ」

梁羽は執務室の天井の角を指差した。フィリピンの米国大使館のセキュリティシステムは、中国側に筒抜けになっていたのだ。シャンツの執務机のペン立ては、監視カメラと盗聴器の動作スイッチになっているらしい。

「…………」

シャンツは口を閉ざしたまま微動だにしない。感情を読まれないようにしているらしいが、すでに梁羽の術中にはまっている。すべて肯定しているようなものだ。

「取引しませんか。もし応じていただけるなら、写真もビデオも私の責任で完全に消去しましょう。聞き入れてくれないようでしたら、写真を米国大統領宛《あて》に送り、ビデオはユーチューブに流します。道徳的に不適切なビデオですからすぐに削除されると思いますが、ハードな内容だけに、コピーされてすぐに拡散されるでしょう。そうなれば、米国のメンツは丸つぶれでしょうな。あなたもどうなることやら」

梁羽は笑いながら首を左右に振った。

「……何が目的だ」

シャンツがようやく口を聞いた。

「地方の局長クラスが、黄色五星の活動停止命令ができないことは知っています。あなたには部下である現地のCIA局員が一切協力しないようにしていただければ、それで結構です。黄色五星と名乗る輩《やから》は、我々フィリピンの情報局が手をわずらわせなくても、中国側の諜報《ちょうほう》員が抹殺するでしょう。つまり、彼らの邪魔をしないようにしていただきたい」

梁羽は黄色五星に対して活動するなという本国からの命令をギリギリ守りながら、現地のCIAの活動を停止させることで、黄色五星を孤立させようとしているのだ。

「…………」

シャンツは、無言で僅《わず》かに顎《あご》を引いてみせた。脅されても屈服しないと強情を張っているのではなく、頭が機能停止状態なのだろう。

「それでは、私は失礼しますよ。写真は差し上げます。それから、よからぬことは考えないことです。私の暗殺はもちろん、あなたが自らの命を絶ったところで、事態は収まりません。なぜなら、あなた以外の大使館職員の淫《みだ》らな映像も、我々は握っておりますなんなら、全員にお確かめください」

「…………！」

両眼を見開いたシャンツの口が開いている。今度こそ、声も発せられないらしい。

「それでは」

笑みを浮かべた梁羽は、静かに席を立った。

2

午前八時半、サンボアンガ、ランタカホテル一階の海に面したデッキサイド。湾に向かって右手にフェリー乗り場、正面手前にはグランドサンタクルーズ島、その背後のやや左側に国立公園があるバシラン島が霞《かす》んで見える。天気は今日も快晴、気温は二十四度、海風が優しく頬を撫《な》でる。

「気持ちがいい」

デッキサイドのテーブル席に座る夏樹は思わず、両手を伸ばした。深夜に救急車で市内に戻った夏樹とファリードは、繁華街のバーで一時間ほど酒を飲んでからホテルに帰り、四時間ほどだが久しぶりに熟睡している。

午前六時に起きて、日本にいる時と同じように数キロのジョギングをした。汗をシャワーで流し、洗いざらしの白いシャツに膝丈《ひざたけ》のズボンを穿《は》いている。しかもレストランでブレンドでないうまいコーヒーが飲みたいと希望したところ、食後にシェフが特別にアラミド・コーヒーを淹《い》れてくれた。

アラミド・コーヒーは、ジャコウネコにコーヒーの実を食べさせ、その糞《ふん》から取り出した豆を使う。ジャコウネコが食べることで外皮が消化され、腸内細菌によって発酵した未消化の豆は、独特の風味と豊かな香りを持つのだ。これほど希少価値がある豆もない。爽快《そうかい》な気分になるのは、あたりまえである。

「こんなにゆっくりしていて、大丈夫ですか？」

隣りの席で、ファリードが首を傾げている。

「昼過ぎの便でマニラに戻る。それまでゆっくりすることだ」

夏樹はコーヒーカップを持ち、アラミド・コーヒーの香りを楽しむと、口に含むように飲んだ。貴重なコーヒーだけにゆっくり味わうべきなのだ。

「それにいつ襲われるか分かりませんよ。ウルポングは執念深いし、残酷ですから」

ファリードは声を潜めて言った。隣りは空席だが、二つ向こうのテーブル席ではマレーシア人らしい若い夫婦が食事をしている。ウルポングとは、タガログ語で毒蛇を意味し、タイパンのことを言い換えているのだ。

「奴はC４を八キロと数種の起爆装置の部品をジェネラルの倉庫から盗み出した。C４を一度に八キロも使えば、相当強力な爆弾が作れる。あるいは、何回かに分けて使うこともできるだろう。だが、いずれにせよ、使う場所はこの田舎町じゃない。大統領はマニラにいるからな。テロを行うのなら、マニラだ」

ジェネラルに、タイパンが武器倉庫から盗み出したものをリストアップしてもらった。爆薬と数種の起爆装置の部品、それに９ミリパラベラム弾が一ケース無くなっていることが分かっている。

黄色五星のフィリピンでの目的は、ドゥテルテ大統領の暗殺である。地方都市で爆弾テロ事件を起こしても意味はない。

「そうかもしれませんが、あいつが近くにいるんじゃないかと落ち着いて食事をする気にもなれないのです」

ファリードは、タイパンの情婦の家が爆発したところを間近で見ている。家が半壊し、サキーナの死体は跡形も無くなった。改めてタイパンの残虐性を知ってかなりショックを受けたらしい。

「あいつは、数日は動かないはずだ」

夏樹は手を挙げてボーイを呼ぶと、コーヒーのお代わりを頼んだ。

「何か、根拠はあるんですか？」

ファリードは、コーヒーは一杯でいいらしい。夏樹がカップを指さすと首を振った。

「怪我をしているはずだ。重傷ではないかもしれないが、俺が撃った銃の弾丸が当たったらしい」

「怪我しているところを見たんですか？」

ファリードはコーヒーをしかめっ面で飲みながら尋ねた。コーヒーを飲みなれていないと、アラミド・コーヒーの苦味だけ感じてその深みと香りを楽しめないかもしれない。

「サキーナの喉《のど》を切って殺している。あたりは血の海になっていた」

ベッドに横たわり、意識を失ったサキーナの首から血が噴き出していた。あたりは文字通り血の海と化していたのだ。

「それがどうしたんですか？」

ファリードは小首を傾げている。分からないのも、無理はない。

「あの男は残酷だ。それは事実だろう。だが、脱出するのに口封じをするにしても、わざわざサキーナの首を切る必要はなかった。銃があったんだ。銃で撃てば、もっと簡単に殺せたはずだ。しかも、心臓ではなく、頸動脈《けいどうみゃく》を切断する必要があったのか。それは自分の血で汚れた現場を、サキーナの血で誤魔化したかったからだろう」

現場には、ベッドを中心に至るところに血痕《けっこん》があった。夏樹もあの時は、タイパンの残虐性を見ただけで、真意を見抜けなかったのだ。

「怪我をしていることを隠したのは、すぐには動けないことを悟られたくなかったからですか？」

ファリードは大きく首を縦に振ってみせた。ようやく気が付いたらしい。

「銃で撃たれても、二、三時間はアドレナリンのせいで動ける。ジェネラルの倉庫を襲って爆薬を盗んだのも、多分俺たちが倉庫に行くことを予測していたからだろう。怒りに任せてジェネラルの部下を二人も殺したように見せかけたんだ。つまり怪我の影響はまったくないと見せたかったのだろう。その後奴は、バイクでサンボアンガを離れ、遠くまで逃げたはずだ。無理をした分、何日かは動けないだろう」

タイパンはどこかの街か村の隠れ家で横になり、傷が癒《い》えるまでひたすらじっとしているだろう。冷酷な性格であることは事実だろうが、計算した上で行動しているに違いない。怒りに任せて、残虐な行動をしているわけではなさそうだ。

「あなたは、本当に素晴らしい。いつも冷静に敵を分析している」

　ファリードは夏樹を見て、目を輝かせている。初めて会った時は、野獣のような鋭い目つきをしていた。他人を信じない攻撃的で、猜疑心《さいぎしん》に満ちた心をそのまま映し出していたのだが、今は穏やかで思いやりのある目付きをしている。人はたった数日でも変わることができるようだ。

「俺は自己分析しているだけだ」

　タイパンを単なる凶悪なテロリストだと、今は思っていない。なぜなら同じ匂いを感じるからだ。軍隊経験もあるだろうが、諜報活動をこなす能力も持っている。かなり厳しい専門の訓練に耐えたに違いない。自分と似ているだけに、夏樹はタイパンになりきることで、相手の動きを読もうとしているのだ。

「自己分析？」

　ファリードが首を傾げた。

「なんでもない」

　夏樹は鼻で笑うと、ボーイからお代わりのコーヒーをもらった。

3

夏樹はマニラのレイディアル・ロード9沿いにあるサンタ・クルーズ教会の前でタクシーを降りた。

月曜日ということもあり、さほど人通りはないようだ。

時刻は、午後六時四十分になっていた。午後のセブパシフィック航空でサンボアンガからマニラに戻り、午後四時過ぎにラッフルズ・マカティ・ホテルにチェックインしている。

交差点の信号機のない横断歩道を次々と走り抜けるジープニーやバイクの隙間を縫って、夏樹は道を渡った。渋谷《しぶや》のスクランブル交差点で、通行人とぶつからずに横断歩道を渡るようなものである。

教会前のカリエド噴水を右手に見ながら歩道を歩いた夏樹は、左に現れた〝親善門〟、英語で〝ARCH OF GOODWILL〟と書かれた中華門を潜り、フィリピンの独立に貢献した中国人王彬の名を取ったオングピン・ストリートに曲がった。

門を境にスペインの余韻を残す街角は、道路の真上に赤提灯《あかちょうちん》が連なり、漢字の看板がやたらと目につく異空間、チャイナタウンになったのだ。

宝飾店街を抜け、さりげなく中華食材店に入り、尾行の有無を確かめた。何度か寄り道をした夏樹はサラザー・ストリートに右折し、次の交差点でまた右に曲がり、ベナビデス・ストリートに入った。一方通行の狭い道にもかかわらず左側に車が駐車されており、右端の路上にはパラソルを出した露天商が道を占領している。

障害物で狭くなった道路を交差点から数十メートル進み、右手にある蘭州拉麵《らんしゅうラーメン》という赤い看板の店に夏樹は入った。間口が狭く古い店だが、奥行きがありテーブル席もそこそこある。話し声が飛び交い、満席状態で繁盛していた。

夏樹は厨房《ちゅうぼう》前の奥の席に座り、油染みでまだらになったメニューを手に取った。時刻は七時ちょうどになっている。

「時間に正確だな」

隣りの席に座っている老人がお茶を啜《すす》りながら、中国の普通語で話しかけてきた。白髪頭で七十過ぎに見えるが、梁羽である。

「猥雑《わいざつ》な街だけに尾行が気になって、時間がかかりましたよ。それにしても、気を遣っているのか、無神経なのか分かりませんが」

夏樹もつぶやくように普通語で答えた。客の多いチャイナタウンの店で、中国語でも北京語音を標準音とする普通語で会話するのだ、無神経と言える。

梁羽と午後七時という約束で、待合せをしていた。夏樹もマカティに入ったが、梁羽らは本部から活動を停止するように命じられているということで、ホテルも変えて別行動している。

打ち合せもあるが、梁羽の紹介でまたチャイナタウンで武器を扱っている準工作員を紹介してもらうことになっていた。チームの予備の銃もまだあるはずだが、今後のこともあるので、直接手に入れるように言われたのだ。

ちなみにサンボアンガで手に入れた銃は、不要になったためジェネラルに返却し、払い戻しを受けていた。

「この街で中国語を話すのは、年寄りだけだ。しかも福建《ふっけん》語だけで、普通語はあまり通じない。若い者は皆フィリピン化しており、英語を話す。タガログ語も苦手な連中が多い。とりあえず、ここで飯を食うがいい。話はその後でする。私は牛肉拉麵を頼んだ。この店は刀削麵《とうしょうめん》が一番人気だが、エッグチャーハンもうまいぞ。ところで、小僧はどうした?」

小僧とはファリードのことだろう。

「あの男は、完全に手下にしました。監視の必要はありません。自由にさせてあります」

夏樹はメニューを見ながら答えた。ラーメンの看板が出ているだけに、麵類のメニューが圧倒的に多いので迷っている。値段はどれも百五十ペソから二百ペソとリーズナブルだ。

ファリードは、夏樹が連絡すればすぐに動けるように待機させているが、基本は自由にさせている。真面目な男で、読み書きができるように本を買ってきてホテルで読書をしているらしい。また、夏樹が作った顔面のパーツを自分で貼ってそれなりにメイクができるように練習しているようだ。

「狂犬が、野良犬を手なずけたか。これは、面白い」

梁羽は一人で冗談を言って笑っている。

「乾拌刀削面」

赤いTシャツを着た中国系の若い店の女に普通語でオーダーすると、梁羽が言った通り首を捻《ひね》られてしまった。

「Knife Mien」と英語で言い直すと笑顔が返ってきた。なるほど普通語は通じないらしいが、夏樹も福建語は苦手である。

十分ほど待つと、梁羽の頼んだ牛肉拉麵と夏樹が頼んだ刀削麵が、同時に出来上がってきた。

「うまい」

麵は歯ごたえがあり、よく煮込まれた牛肉も味わい深い。小葱《こねぎ》が載せてあるが、パクチーでも合いそうだ。

「私は、先に出る。食べ終わったら、トイレに行くがいい」

梁羽はさっさと、店を出て行った。

勘定を済ませてトイレに行くと、先ほど店を出て行った梁羽が立っている。裏口があるようだ。

「こっちだ」

梁羽はトイレの横のドアを開けて、細い廊下を抜けた。通りには先ほどの中華レストランのような小さな店が並んでいるが、リバティ・ホールという巨大なマンションの一階が路面店になっているらしい。梁羽は廊下の途中にある非常階段を三階まで上がり、一番奥の部屋のドアの鍵《かぎ》を開けて入った。

ビルの外見はみすぼらしいが、部屋は五十平米ほど、毛足のいいカーペットが敷かれ、豪華なソファーセットが部屋の中央に置かれている。エアコンが効いた部屋の片隅には、パソコンが置かれたワークスペースがあり、反対側にはバーカウンターがあった。

「ここは、フィリピンの私の隠れ家だ。この国では、どこよりも落ち着ける。おまえも一流の諜報《ちようほう》員として活躍したいのなら、組織にも知られていない居場所を海外に作ることだ」

梁羽はバーカウンターの棚からシングル・モルト・ウイスキー、グレンフィディックの瓶を取り出し、二つのグラスになみなみと注いだ。

「隠れ家ですか」

苦笑した夏樹はグレンフィディックのグラスを受け取り、香りを嗅《か》いだ。二十一年ものである。フローラルのような華やかな香りが、鼻孔を心地よく抜けていく。

現役の特別調査官だった頃は公安調査庁が保有していた隠れ家が、中国と韓国にあり、使用したことがある。だが、個人の隠れ家を持ったことはない。現在住んでいる中村橋の店舗兼住宅には、襲撃された場合も想定し、秘密の脱出口を作ってある。自宅ではあるが、隠れ家のようなものだ。

「我々のように闇に生きる者は、気を許せる場所が必要だ。違うか？」

梁羽はグラスを夏樹に掲げて一口飲むと、カウンターの下にある引き出しからB5サイズの木箱を出してカウンターの上に置いた。

「気を許せる場所を他人に教えていいのですか？」

夏樹はグラスの酒を口に含むと、舌の上で転がした。スモーキーだが、暴れるような癖はない。なめらかで複雑な味わいがやがて甘い香りを口の中に広げていく。

「この部屋に他人を入れたのは、初めてだ。私が言うのもなんだが、中国人は信用できないからな」

梁羽は笑いながら、カウンターの上の木箱を夏樹の前に押した。

「……？」

箱の蓋《ふた》を開けた夏樹は、首を捻った。グロック26と予備のマガジンが納められていたのだ。

「マニラのチャイナタウンにも中国の工作員や諜報員専用の武器商はある。だが、マニラの場合は、セキュリティが厳しい。武器を渡した者の記録が残るのだ。おまえは書類上では、すでに連合参謀部第二部の諜報員として登録してある。だが、顔はおまえに似ている別人の写真を入れてあるのだ」

武器を手に入れた際、顔写真や指紋を記録として残すに違いない。今はよくても、今後の活動により、弊害が出てくるということだろう。

「なるほど」

グラスをカウンターに置いた夏樹は、グロック26を箱から出して残弾がないか調べ、マガジンをセットした。多少硬さが残るので、未使用の銃らしい。

「今回の仕事は、そのまま自由に続けてくれ。それから大統領のこの一週間のスケジュールが分かった」

梁羽は折り畳まれた紙を差し出してきた。

「必要ありません。意味がありませんから」

グラスを持ったまま夏樹は受け取らない。

「どうしてだ？」

「タイパンは、数日は動きません。彼は完璧《かんぺき》主義者だ。怪我の治療に専念するでしょう。それに、彼は大統領のスケジュールに合わせるようなことはしない」

夏樹にはタイパンの行動パターンを分析すれば、分かることだ。

「自信ありげだな。頼もしい限りだ。それからこれも使ってくれ」

梁羽はクレジットカードをカウンターの上に置き、指先で弾《はじ》いた。

「これは、報酬にインクルーズされるのですか？　あるいは後で天引きですか？」

カウンターを滑ってきたカードは、受け取った。中国の銀聯《ぎんれん》カードで、名義は梁羽が夏樹に用意したパスポートの楊豹と同じである。

「必要経費を現金で渡すのが面倒だ。そのカードを使ってくれ。今回の任務が終われば、カードは自動的に失効する。一度の支払い限度額は十万元。今のレートなら日本円で百六十五万円ほどだ」

梁羽はこともなげに言った。

「さすがに中国は裕福だ。ただ、このカードを使えば、私の位置がすぐに分かる仕組みですよね」

「当然だ。気になる場合は、現金を使ってくれ。電話で話した通り、私は動けなくなった。こうやって会うのも、お互い時間の無駄だろう。おまえへの依頼は、このまま実行してくれ」

グラスに二杯目のグレンフィディックを注いだ梁羽は、ソファーに座った。

「私が本部の意図に反し、黄色五星を壊滅させたら立場が悪くなりませんか？　それにあまりにも、親切過ぎます。私はまた敵になるかもしれませんよ」

グロック26をポケットに入れた夏樹も空になったグラスにグレンフィディックを満たし、梁羽の前に座った。親切にされると、その分裏がある。諜報の世界では常識だ。

「私は、三十年前の事件が未《いま》だに心の中に棘《とげ》として残っている。理由はそれかもしれない。いや、それしかない」

梁羽は遠くを見るような目つきで答えた。

夏樹の両親が、梁羽の同僚である諜報員に惨殺されたことを言っているのだろう。彼は少年時代の夏樹の八卦掌《はっけしょう》の師であると同時に、父親の友人でもあった。梁羽は両親が仲間の諜報員に危害を加えられることを知って、夏樹を普段より長時間の稽古《けいこ》をすることで拘束し、殺害されないようにしたのだ。

「私はあなたに借りはありません」

夏樹は苦笑を漏らした。

主に中国、北朝鮮に対して諜報活動をし、両親への想いゆえに中国の諜報員には無慈悲に対処したことも多々ある。だが、ある時復讐《ふくしゅう》が無意味であることが分かった。それが公安調査庁を辞めるきっかけとなった。梁羽が事件にかかわりがあるからといって、貸し借りがあるとは思っていない。

「おまえの両親に代わって、おまえを私の敵として不足のない一流の諜報員にする義務があると思っている。まあ、今となっては、それほど教えることはないがな」

梁羽は夏樹を見て、低い声で笑った。どこまで信じていいのか分からない。この期に及んでも利用されている気がするのだ。

「なるほど……」

グラスのウイスキーを呷《あお》った夏樹は、曖昧《あいまい》に頷《うなず》いた。

4

マニラ、米国大使館、午後八時十五分。

「人を夜間にわざわざ呼び出しておいて、何様のつもりだ。仕事で、これからマカティに、至急戻らなければならない。私のビジネスビザに不備があったとしても、それを問題にするのは、フィリピンであって、米国ではない。どうして、窓口で処理できないんだ。米国市民として、抗議する」

参事官執務室に通されたベックマンは、腕時計を見て苛立《いらだ》ちを露《あら》わにした。彼のビジネスビザに問題があるとして、大使の名で呼び出されていたのだ。

彼を案内してきた参事官のデニス・シャンツが執務机のペン立ての位置を直して振り返ると、ベックマンの後から入ってきた黒っぽいスーツを着た体格のいい二人の男が、後ろに手を組んで出入口に立った。警備担当のCIA職員らしい。

「失礼を承知でお呼びしました。先ほど、この部屋の監視カメラと盗聴器は停止させました。意味は、お分かりですよね。ミスター・ブレストン・ベックマン。あるいは、ドクター・ベックマンとお呼びした方が、よろしいですか」

シャンツは執務机のペン立てを動かし、室内のセキュリティシステムを停止させていたのだ。

「極秘任務中に、まさか辺境の支局長に呼び出されるとは思わなかった。まさか殺された三人の間抜けな諜報員のことで、私を逆恨みしているんじゃないだろうな」

ベックマンは苦笑いを浮かべると、ソファーに座り足を組んだ。

「少なくとも、私はこの国で三十人の局員の頂点に立っています。あなたに馬鹿にされる覚えはない」

シャンツはこめかみに血管を浮かび上がらせ、ベックマンを睨《にら》みつけた。

「事実を言われて腹を立てたのか。私はドイツの支局長として百五十人の部下を持っていたこともある。今は特殊な任務に就き、各国の支局長に命令できる立場にいるんだぞ。身分をわきまえろ」

ベックマンは鼻先で笑った。

CIAの職員の総数は三万人ほどで、そのうち海外に派遣されて諜報員《ちようほう》として働くのは二千人と言われている。彼がたった四人のチームで行動できた理由は、本部を通さずに各国の支局長を通じて、海外駐在の千人以上の実戦能力に優れた職員を使うことができるからだろう。

「それは、過去のことじゃないですか。あなたのことを私はありとあらゆるルートを使って調べました」

シャンツは上目遣いで言った。怒りを堪《こら》えている目である。

「馬鹿な。おまえのようなセキュリティレベルが低い役職の人間に、私のことを調べられるはずがない」

眉《まゆ》をピクリと吊《つ》り上げたベックマンは、首を振った。

「確かに私のセキュリティレベルでは無理でしたが、本部のとある人物にお願いしました。すると、あなたはチームを率いて黄色五星という偽の組織を騙《かた》り、テロを行っているそうですね。しかも、目的はヒラリー・クリントンの選挙戦を有利にするためと聞きました。間接的とはいえ、CIA長官の命令もなしに、国内の政治に介入をしていますよね」

シャンツは上司に黄色五星がCIAによる陰謀だと非公式にフィリピン政府から抗議があったことを伝え、フィリピンでの活動には協力できないと訴えた。彼の上司は局内でもセキュリティレベルが高かったが、それでも黄色五星のことは把握していなかった。

「極秘命令の出所を長官に聞いたとでも言うのか。馬鹿馬鹿しい」

ベックマンはポケットからパイプのようなものを出し、短い煙草を差し込んだ。電子煙草である。

「その馬鹿馬鹿しいことをこの半日でやってのけましたよ」

シャンツはニヤリとし、調査したあらましを説明した。

彼の上司は長官の側近に事情を質《ただ》した。ところが、その側近どころか長官すら事情を把握しておらず、トップレベルで局内の調査が行われた。すると十時間後に驚くべきことが判明する。黄色五星に命令を出したのは、ホワイトハウスの常任顧問をしているCIA職員、ビング・ウォルバーグで、彼がベックマンに直接命令を出していたのであった。ホワイトハウスの高官が関わっていたのだ。

「よくやったと言いたいが、それがどうした。命令は現政権から出ている。ＣＩＡは米国政府の守護者だ。何の問題もない」

ベックマンは煙の出ない煙草を美味《うま》そうに吸った。火も点《つ》いていない煙草を吸う姿は、ただ気取っているようで実に奇妙である。

「長官は現段階で選挙戦への介入はしないと局内で宣言されました」

「なんて、馬鹿なことを。トランプが大統領になったら、米国は石器時代に逆戻りするんだぞ」

ベックマンは組んでいた足を戻し、声を荒げた。

「国民は、馬鹿じゃありませんよ。ヒラリーが勝ちます。長官は国民の自由意思に任せるべきだとお考えです。ベックマン、あなたを国家反逆罪で逮捕します」

シャンツは勝ち誇ったように笑った。ベックマンを逮捕することで、陰謀を未然に防いだ英雄になり、同時に梁羽の持っている盗撮ビデオや写真も揉《も》み消すことができる。一石二鳥とはこのことだ。

「私を拘束することはできない。やれるものならやってみろ」

ベックマンは立ち上がり、ソファーから離れた。

「往生際の悪い人だ。そこを動くな」

シャンツがスーツの下からグロックを抜いた。

「おいおい、本気か？」

ベックマンは苦笑いを浮かべ、口に電子煙草をくわえる。

電子煙草のパイプから弾《はじ》ける音がした。

「うっ！」

叫び声を上げたシャンツが、顔面を左手で押さえて崩れる。

倒れる寸前のシャンツからグロックを奪ったベックマンは、振り向きざまにドア際に立っていた二人の男の額を撃ち抜いた。

「これだから現場経験のない坊ちゃん育ちはダメなんだ。今度は相手が口に何かをくわえたら、武器だと思うことだな。ちなみに目に刺さっている針には、フグの毒と同じテトロドトキシンが塗ってある。さぞかし痛いだろうなあ。だが、致死量は塗っていない、安心しろ」

薄笑いを浮かべたベックマンは、床に倒れて苦しんでいるシャンツの後頭部に二発撃ち込んだ。

5

マカティ、デュシタニ・マニラホテル、ロビー。

吹き抜けの天井を支えるいく本もの金箔《きんぱく》が貼られた豪華な柱が、ロビーの黒光りする床に、夜の水辺を思わせるがごとく映り込んでいる。

午後八時三十分、フロント前を一人の白人女性が通り過ぎる。歳は三十二、三歳、金髪、品のいいブルーのドレスに白のカーディガンがよく似合う。床に映り込む彼女の柔らかな金髪が海を泳ぐ魚のように、歩くたびに華麗に躍る。

女はエントランスを出て立ち止まり、ベルボーイに微笑んだ。

大きく頷《うなず》いたベルボーイが右手を上げると、玄関脇に停まっていたタクシーがゆっくりと動き出し、彼女の前で停止した。五つ星ホテルの玄関先で待機できるのは、契約しているタクシーだけである。荒っぽい運転はしない。

タクシーに女が乗り込むと、口髭《くちひげ》を伸ばした男が英字新聞を小脇に挟んで玄関に現れ、ベルボーイが手を上げる前に指笛を吹いて自らタクシーを呼んで乗り込んだ。

男はフロント前の金の柱の陰に、英字新聞を読みながら立っていた。浅黒い肌をし、彫りが深く眼が落ち窪《くぼ》んでいるのでパキスタンやインドなどのアーリア系に見える。

「マニラ市警察だ。今、出て行ったタクシーを追ってくれ」

男はポリスバッジを運転手に見せた。特殊メイクをした夏樹である。

女を乗せたタクシーは、ホテル玄関側のシアタードライブに出てAH26・ハイウェイに入って南西に進み、エピフォニア・デロ・サントス通りを経由して港に出ると、今度は湾岸を通るロハス・ブールバード通りに右折して北に向かった。

昼間はヤシの木の街路樹が海風に揺れる片側四車線の気持ちのいい道路だが、この時間帯は交通量も減り、寂しい通りになる。

「むっ」

サイドミラーで後方を確認していた夏樹は、猛然と接近してくる車に気が付いた。黒塗りのバンが追い越していく。ホテルを出る際、視界の片隅にあった車だ。黒いバンは女の乗ったタクシーとの間に割り込んできた。

「今割り込んできたバンと距離を取って、走ってくれ」

夏樹は慌てることもなく指示した。

「さっきのタクシーを追わなくていいんですか？」

運転手が英語で尋ねてきた。ホテルと契約しているタクシー運転手は、生真面目な男が多い。夏樹がポリスバッジを見せたので、犯罪者が前のタクシーに乗っていると思い込んでいるのだろう。

「いいんだ。捜査は慌てると失敗する」

夏樹はニコリと笑った。

やがてブエンディア・アベニューに左折したタクシーは、マニラフィルムセンターの前で右折し、四百メートルほど先にあるソフィテル・フィリピン・プラザマニラ・ホテルの入口専用道路に入った。

「ライトを消して停めてくれ」

夏樹はタクシーを入口専用道路の八十メートル手前で停めさせた。前を走っていた黒いバンも七十メートル先で停まっている。

専用道路に入ると、数メートル先にあるゲートで車は停められる。警備員が宿泊客か、レストランの客なのか、事前に調べるのだ。すぐ後ろに車を付ければ尾行がバレる。前のバンの運転手も専用道路に入らずに停車しているのは、尾行しているということだ。

二十秒後、黒いバンは専用道路に曲がった。女が乗ったタクシーがゲートを通ったのだろう。

「前に進めますか?」

タクシーの運転手がバックミラー越しに見ている。

「いや……。Uターンして、反対車線に付けてくれ」

一瞬考えた夏樹は、車をUターンさせた。

二分後、空のタクシーがホテルの入口から五十メートル手前にある出口専用道路から出てきたが、黒いバンは出てこない。白人女を追ってホテルに入ったということだ。

さらに五分後、別のタクシーが出口専用道路から出てくると、右折し、夏樹の乗っているタクシーの脇を通り過ぎて行った。後部座席にダークブラウンの髪の女がちらりと見える。先ほどの金髪の白人女性だ。カツラを変えたらしい。ホテルに宿泊すると見せかけ、尾行してきた黒いバンをまいたようだ。

「やはりそうか。あのタクシーを追ってくれ」

シートに深く腰をかけて隠れていた夏樹は言った。ダークブラウンの髪の女は、特殊メイクをしたジェーン・バレッタだと確信している。

夏樹はグリーンベルトで彼女にグッチのネックレスをプレゼントした。その際ネックレスのケースに位置発信機を仕込んでおいたのだ。

彼女はネックレスを今も使っているかどうかは分からないが、位置発信機の信号はデュシタニ・マニラホテルまで移動したまま動かなくなっていた。発信機の電波は、数時間前から途絶えている。彼女に気付かれて破壊されたか、故障したかのどちらかだろう。

前を行くタクシーがロハス・ブールバードに入り南に向かったところで、夏樹はスマートフォンを出してニノイ・アキノ国際空港の出発便のスケジュールを検索した。マカティに行くなら分かるが、マニラの中心部ならロハス・ブールバードは使わない。あえて空港と反対側で追手を撒《ま》いたのは、空港に向かうためと判断したのだ。

「絞りきれないなあ」

頭を振った夏樹は、スマートフォンの画面を消した。

時刻は午後九時四十分になっている。国内線もまだ数便残っていた。近隣の東南アジア向けの出発便はすでにないが、ヨーロッパ向けの便がかなり残っているのだ。だが、逃亡を図るのにフィリピン国内という可能性は低い。なぜなら地方に行けば交通手段も少なくなり、逃亡したところで発見される確率が高まるからだ。

「待てよ。これか」

再びスマートフォンの航空チケットの予約サイトを開いた夏樹は、特殊メイクのフォームラテックスで作った額の出っ張りを剝《は》がした。運転手に見られないように携帯していたウェットティッシュで顔を拭《ふ》いて素顔に戻し、サングラスをかける。

ロハス・ブールバードからF・B・ハリソン・ストリートを抜けた女の乗ったタクシーは、午後十時四分、予測通りニノイ・アキノ国際空港に到着した。

タクシーを降りた夏樹は、車から降りた白人女性を追った。女はデュシタニ・マニラホテルを出るときは手ぶらだったが、いつの間にかスーツケースを持っている。立ち寄ったホテルにあらかじめ荷物を預けていたに違いない。

女はエアアジア・ゼストのカウンターまで走って行った。エアアジア・ゼストは、まだ最終便である二十三時五分発台北行きが残っている。急いでいるのは、チェックインの締め切り一時間前になっているからだろう。

ニヤリとした夏樹は、ターミナル3の四階まで上がり、売店で一番小さいスーツケースとバスタオルを購入し、トイレに駆け込んだ。個室に入り、隠し持っていたグロック26をバスタオルに巻き、スーツケースにしまった。個室を出て手洗い場の鏡で特殊メイクの残りがないかチェックし、トイレを後にした。

一階の到着ロビーまで降りてバーガーキングの裏側にある荷物預かり場にスーツケースを預けると、三階の出発ロビーで予約しておいたチケットを手に入れ、搭乗手続きをした。

「間もなく、搭乗ゲートが開きます。お急ぎください」

カウンターの女性職員が笑顔でチェックインの手続きをした。午後十時三十七分になっている。手荷物がないため、搭乗手続きの締め切りは三十分前で大丈夫だが、それでも二分遅刻した。もっとも十分ほど離陸予定時刻が遅れている。

夏樹は中国人楊豹のパスポートを見せて出国審査を受けた。フィリピンには諜報《ちょうほう》活動をするため、梁羽が用意したパスポートを使って入国したからだ。

手荷物がないため、金属探知機でボディチェックだけ受け、搭乗ゲートに向かう。すでにゲートは開いており、乗客の列も残り少なくなっている。最後尾に並んだ夏樹は、ビジネスシートに案内された。どの航空会社もそうだが、ビジネスシートなら優先的に処理してくれる。少々遅れても問題ないのだ。

離陸すると夏樹は、ビジネスシート後方のカーテンの隙間からエコノミーの客席を覗《のぞ》き、尾行していたダークブラウンの髪の白人女性が間違いなく乗っていることを再度確認した。これで台北まで、二時間五分の休憩が取れる。

自席に戻った夏樹は、両手を組むとリクライニングシートを倒した。

6

夏樹は台湾桃園国際空港からタクシーに乗っていた。行き先は分からない。

三十メートル先を走っている、ジェーン・バレッタが扮《ふん》した白人女の乗るタクシーを追っているからだ。

ポケットの衛星携帯が振動した。腕時計を見た夏樹は画面を確認して通話ボタンを押した。時刻は午前一時三十六分になっている。

「随分と宵っ張りですね」

電話に出た夏樹は、あえて韓国語で話した。

台湾のタクシーの運転手で、英語ができる者はあまりいない。だが、たまに英語に堪《たん》能《のう》な優秀な運転手もいる。梁羽は中国語、英語、ロシア語、韓国語など数ヵ国語が話せるらしい。そのため極秘の会話をするために比較的安全なのは、韓国語と判断したのだ。

——どこにいる？　何度も電話したんだぞ。

梁羽である。流暢《りゅうちょう》な韓国語で答えてきた。

「野暮用で、台湾に着いたところです。何かあったんですか？」

夏樹がジェーンを追っていることは、梁羽に報告していない。昨年六年ぶりに諜報の世界に戻ったが、組織に属さずに活動することで自由度が増し、最良の結果を残せることが分かった。情報を自分でコントロールすることで、行動に制限をかけないためだろう。それに自分の意思で動くという楽しみも覚えた。

——台湾！　国外に行くのなら報告してくれ。まあいい。米国側にちょいと小細工したら、状況が激変した。

「どうせ、あなたのことだから米国側にリークしたんでしょう。想像はつきますよ」

夏樹は鼻で笑った。梁羽は厳しい声を発しているが、衛星携帯の向こうで笑っているに違いない。

――まあ、そんなところだ。例のチームは、同僚に狙われている。どうも大ボスの許可なく行動していたらしい。極秘任務がバレたことで、チームのボスが、大使館の同僚を三人も殺害して逃走したようだ。

チームとは黄色五星を騙《かた》るCIAの特殊なユニットのことだろう。当然大ボスはCIA長官のことで、ユニットのリーダーが、大使館で駐在CIA局員を三名殺害して逃亡中らしい。

そのためチームはCIAから追われているということだ。CIAが中国の情報部にダブルエージェントを送り込んでいるように、その逆もある。梁羽はCIAに潜入している中国の諜報員から情報を得たに違いない。

夏樹はタイパンを見失ったため、彼に仕事を依頼したユニットを探すことにした。そのため、デュシタニ・マニラホテルを見張っていたのだ。

辛抱強く待っていると、白人に扮したジェーンを発見した。彼女はいつも控え目な化粧をしているが、今日は明るい金髪にブルーのコンタクトを入れて誰しも振り返るような白人の美人になっていたのだ。

目立たせているのはわざと目を引くためだろう。案の定、追っ手を引きつけ、別のホテルで振り切った後で、髪の色をダークブラウンに変えていた。メイクを変えてアジア系にする手もあったが、あえて髪の色だけ変えたのは、出国に使うパスポートに合わせるためだったに違いない。

　ＣＩＡの諜報員が海外に出る際に数種の名前とパスポートが渡されるという。そのうちの一つが、白人なのだろう。いずれにせよ、彼女がＣＩＡから追われる身になったことは確かだ。

「毒蛇は、この先動かないということですか？」

　依頼者であるチームが壊滅したというのなら、タイパンはテロを行わない可能性も出てくる。

　──私は、敵のチームを炙《あぶ》り出すために彼らのフィリピンでの活動に制約をつけるつもりでリークしたのだが、事態を複雑化させたらしい。チームのボスが逃走したことにより、テロが実行される確率がかえって高くなった。というのも、毒蛇とチームボスが直接手を組んで仕事をする可能性があるからだ。チームボスは仕事が成功すれば、新たな政権に認められると思っているようだ。というよりそれしか生き延びる道はない。そのために仲間を殺害して逃げたのだろう。

「なるほど」

　黄色五星の陰謀は、ヒラリーを支持する現政権、つまりホワイトハウスからの指示という可能性が高い。逃げているチームリーダーは任務が成功し、ヒラリーが政権をとれば、報酬が与えられるのだろう。逆に現在のＣＩＡ幹部は、即座にチームボスを抹殺するか、彼を許して任務を成功に導くかの選択を迫られているに違いない。

「我々の任務は、まだ終わっていないのですね」

――そういうことだ。だが、まずいことに私はますます動きづらくなってしまった。テロを起こさせ、ヒラリーを勝たせるという我が党の方針が変わらないからだ。私は墓穴を掘ったらしい。おまえが一人で奮闘することになった。とりあえず、今追っている女から情報を得てくれ。

「なんのことですか？」

夏樹は眉《まゆ》を吊《つ》り上げた。

ジェーンのことは秘密にしていたが、梁羽は把握していたらしい。

――おまえが、葬儀場でわざと逃がした女だ。おまえのことだ。あの場で殺さずに逃がしたのは、女に位置発信機を取り付けて、いつでも追うことができたからだろう。女に惚《ほ》れたわけじゃないはずだ。

「馬鹿な……」

夏樹は言葉を失った。あの場にいたのは、夏樹とファリードだけだ。彼が梁羽に報告したとは思えない。

――私が知らないとでも思ったのか。葬儀場に監視カメラがあったのだ。私は部下に命じてＣＩＡの死体処理班が来る前に映像データを破壊しておいた。敵の死体は残っていても構わないが、映像が残っているのはまずいからな。安心しろ、おまえの顔は判別できるほど鮮明に映っていなかった。

「さすがですね」

夏樹は首を左右に振って、苦笑を浮かべた。

梁羽は監視カメラシステムの映像を盗んだ上に、装置の映像を消去したようだ。夏樹を守るというのではなく、単純に現場の状況を知りたかったのだろう。ここまでくるとさすがというほかない。

――それから、台湾で入り用なものがあれば、地元の人間を頼ってくれ。メールで連絡先を送っておく。

地元の人間とは、フィリピンのダバオにいた準工作員のような華僑《かきょう》のことだろう。

「……了解しました」

溜息《ためいき》混じりに夏樹は、電話を切った。

「交差点を曲がって停まってくれ」

前のタクシーが小道に入って停まり、白人に扮したジェーンが車から降りたのだ。夏樹は気付かれないように、彼女のタクシーを追い越し、すぐ次の交差点を曲がったところでタクシーを停めた。

彼女のタクシーは、安和路一段沿いにあるシャングリ・ラ・ファーイースタン・プラザホテル・台北のロータリーに入ったのだ。五つ星の豪華なホテルである。逃亡するのに贅沢《ぜいたく》とも言えるが、セキュリティの厳重なホテルに泊まる方が、安全なのだ。

タクシーを降りた夏樹は、ゆっくりとホテルエントランスに向かった。この時間、フロントが混み合うことはない。連れが先にチェックインしていると言って、情報をフロントマンから聞き出し、彼女のチェックインした近くに部屋を取ればいい。

夏樹は玄関の自動ドアからロビーに入り、右手にあるフロントに向かう。

「遅いわよ。何をしていたの？」

正面の階段の上にあるラウンジから、ダークブラウンの髪をした白人が声をかけてきた。ラウンジは舞台のように玄関口よりも一メートル近く高くなっており、彼女が柱の陰になっているソファーに座っていたため気付かなかったようだ。

女の顔を正面から見るまでもなく、声でジェーンと分かった。しかも首元には夏樹が買ったグッチのネックレスがかけられている。

「待たせたね」

夏樹は動じることなく、笑顔で答えた。

「どこに行っていたの？　本当に」

階段を降りてきたジェーンは、夏樹の左腕に両腕を絡ませて寄り添ってきた。フロントの係も二人を笑顔で見ている。彼女は連れが後で来るとでも言ったのかもしれない。

「タクシーが道を間違えたんだ」

夏樹は彼女をエスコートし、フロントの前に立った。

ダブルエージェント

1

上半身裸の夏樹は、ダブルベッドから下りると、窓のシェードカーテンを開けた。

窓の右手、北東の方角、直線距離で一・六キロほど先にある地上百一階建ての台北101が、霞《かす》んで見える。

時刻は午前六時二十分、雲が多いためまだ薄暗い。

夏樹はシャングリ・ラ・ファーイースタン・プラザホテル・台北の三十九階に泊まっている。天気はあまり良くないが、周囲に遮る建物のない風景は実に気持ちが良い。海外に限らず、ホテルに宿泊したら窓のカーテンは閉めるようにしている。狙撃《そげき》される恐れがあるからだが、その点、このホテルなら心配することはなさそうだ。

「いつも、こんなに早いの？」

眠っていたジェーンを起こしてしまったらしい。

「毎朝、ジョギングをしている」

夏樹は振り返らずに答えると、ベッドの下を通り、リビングスペースのガラステーブルの上に置いてあるウェルカムフルーツからりんごを取った。

「朝は機嫌が悪いの？」

全裸のジェーンは、毛布で胸を隠しながら体を起こした。

深夜チェックインした二人はシャワーを浴びると、そのままベッドに直行した。彼女とは、セックスの相性がいいのだろう。二時間ほど起きていたが、疲れてしまったので言葉を交わすこともなく眠ってしまった。

「これが素の俺だ。無口で無愛想な方が楽だろう」

聞きたいことは山ほどあるが、いきなり本題に入るのは、あまりにも無粋である。夏樹はりんごにかじり付くと、ガラステーブルの前のカウチソファーに腰を下ろした。

「やはり、あなたは夏樹・影山ね。二十年前のあなたも無口で、クラスではクールだって評判だったわ。私がデートに二度も誘ったのに、断ったことを覚えている？」

メイクを落とした彼女は、小麦色の肌と黒髪にもどっていた。素顔の彼女は、ラテン系だ。普段のメイクは落ち着いて見えるが、派手に見えないようにしているせいか、アジア系の顔立ちになるから不思議である。

「あの頃の君は、若いだけで今と違って魅力はなかった。それに婚約者がいたんだ」

食べかけのりんごをテーブルの上に置いた夏樹は、立ち上がってソファーの近くにあるミニバーの下の冷蔵庫を開け、ミネラルウォーターのペットボトルを二本だし、一本を彼女に渡した。

「あら、そうだったの。今は？」

ペットボトルを受け取ったジェーンは、胸元の毛布を左手で押さえながらうまそうに水を飲んだ。

「結婚したが、一年で離婚した。我々の商売は、身持ちが悪いことを知っているだろう。君は結婚したことはあるのか？」

「一度もないわ。仕事はスリルがあって、楽しかった。これまではね」

ジェーンは溜息を漏らした。世間話はこの辺でいいだろう。

「このホテルはいつ予約したんだ？」

ショッピングモールを併設していることもあり、人気があるホテルだ。それに101ビューの部屋は希望者が多いので、早めの予約が必要になる。

「ホテルの会員なの。昨日の夕方にメールで予約を取っておいたわ」

チェックイン時に彼女の提出したパスポートは、ラクエル・レイマンドという名前になっていた。

「君が今使っているパスポートは、組織が用意したものなのか？」

ＣＩＡから提供を受けているパスポートなら、すぐに居場所は特定されてしまう。

「あなたと一緒で、私はこの道に長くいる。組織からは常に五種類の名前とパスポートを渡されるけど、それとは別に組織にも知られていない二つのパスポートを持っているの。分かるでしょう。属している組織からいつ裏切られるか分からないのが、この世界の常識だから」

ジェーンはなかなか優秀な諜報員《ちょうほう》のようだ。もっとも夏樹もそうだが、諜報の世界に長くいれば、偽造パスポートを手に入れるルートがいくらでもあることを知る。

「今回のように組織に追われる身になることを、いつも考慮していたというわけか。分かるけどどな。とりあえず、経緯を聞こうか」

笑えない話だが、諜報員はベテランになれば誰しも裏切られることを考えるものだ。

「その前に質問をさせて、あなたは今どこの国に所属しているの？」

ジェーンは真剣な眼差《まなざ》しになった。

「俺の国籍は日本だ。変わりはない。だが、フリーの諜報員でね。困っている友人を今は助けている。前にも言っただろう、俺はテロを許さないって。これは信条の問題で、命令を受けたからではないんだ」

もっとも金は貰《もら》っている。

「中国の情報部と手を組んでいるわけではないと、言いたいの？」

ジェーンは首を傾げながら尋ねてきた。

「あえて言うなら、利用している。もし、俺の素性がバレたら殺されるからな」

夏樹がどこに属そうが、今の彼女には関係ないはずだ。

「そうよね。あなたは、冷たい狂犬。中国や北朝鮮に目の敵にされているそうね」

「そんなことより、君が俺をこのホテルに誘《おび》き寄せた理由を聞かせてくれ」

「こっちに来て」

ジェーンは手招きをした。この部屋の盗撮盗聴器のチェックは、夜のうちに済ませてあるが、さすがに込み入ったことは、すぐそばで話したいのだろう。

「あなたはもう、私のチームの目的は知っているわね」

ジェーンの横に潜り込むと、彼女は夏樹の胸の上に頭を乗せて話し始めた。

「ヒラリーを勝たせたいんだろう」

「私たちの極秘任務が、なぜかフィリピンの情報部に漏れていたらしいの。おそらく中国の情報部がリークしたのね。それを聞いたフィリピンの米国大使館に常駐する支局長が、本部に問合せたところ、長官も知らないことが発覚したの。私も驚いたわ。ホワイトハウスの高官とＣＩＡの常駐顧問、それにチームリーダーの三人が、組織も通さずに今回の作戦を計画し、実行していたということ。私はすぐに長官に弁明のメールを送ったけど、私に差し向けられたのは、組織の殺し屋だったわ」

「君のボスが現地の駐在員を三人も殺したんだ。当然だろう」

「えっ、本当なの？」

ジェーンはびくりと頭をもたげた。

「信頼が置ける情報だ」

「チームが長官の許可もなしに行動していたと、元の上司がメールで警告してくれたけど、それ以降、組織の関係者からは何も連絡を受けていないし、私がメールを送っても無視よ。そういうわけがあったのね」

ジェーンは納得したらしい。

「君の元の上司は、君から真意を聞いて救いたかったのだろう。だが、今の上司が同僚を殺害してすべてをぶち壊したんだ」

「いくら何でも、弁明も聞き入れられずに暗殺チームを送り込まれるのは、おかしいと思ったわ」

ジェーンは夏樹を誘き寄せて、情報を得たかったのだろう。

「どうするつもりだ？」

「いずれ顔の整形はしなければならないけど、あなたの変装技術なら、当分の間、別人でいられるでしょう。それに、私をどこか安全な国に行けるように助けて、お願い」

彼女は耳元で言うと、両腕を夏樹の首に絡みつけてきた。裸の美人の頼みを聞かないわけにはいかない。彼女の真の目的は、夏樹の諜報員としての腕を利用し、安全に逃亡することだったようだ。

「第三国への出国を助けることは、簡単だ。だが、いずれは見つかる。それに、たとえスノーデンのようにロシアに亡命できたとしても、一生不安とともに生きる不自由な身になるだけだ。それより、いい方法がある」

美人の頼みを素直に聞いて、これまでずいぶんと痛い目に遭ってきた。さすがに四十を超えると、学ぶものだ。

「いい方法?」

夏樹の首にキスをしていたジェーンが動きを止めた。

「逃げるよりは、はるかにいい方法だ」

今度は夏樹がジェーンの上になり、彼女の胸に唇を這《は》わせた。

2

シャングリ・ラ・ファーイースタン・プラザホテル・台北の四十階、午後四時二十分。四十階のカーペットが敷き詰められたエレベーターホールを抜けると、ルーフトップのプールに出られる。

気温は二十六度、湿度は八十三パーセント、小雨が二時間前から降っているが、今は霧雨程度になっている。暑くも寒くもなく、顔に降りかかる雨が気持ちいい。それに雨を嫌って他に客がいないため、貸切状態になっている。

夏樹はプールの端から端へと何往復もしていた。朝ジョギングしなかった代わりに泳いでいるのだ。背中の傷は大したことはないが、念の為に防水パッドを貼ってある。

「こんなにくつろいでいていいの?」

扇形をしているプールの一部は区切られており、ジャグジーになっている。サングラスをかけたジェーンが、ジャグジーの縁に頭を載せてくつろいでいた。彼女は足に怪我をしていると言って、泳いでいない。七針も縫う怪我をしているらしく、彼女も防水パッドを足に貼っていた。足を多少引きずってはいるがそこまでの怪我だとは知らなかった。タフな女である。

朝食後、夏樹はジェーンをホテルに残して、市内のあちこちで買い物をしてホテルに戻っていた。

「大丈夫だ。三十分以上お湯に浸《つ》かっているかな？」

夏樹はプールからジャグジーに入り、彼女の横に並んだ。水温は二十七度に設定してあるらしい。低温の温泉と思えば、問題ない。

「正確には、三十六分ね。どこかに鏡はないかしら」

ジェーンは夏樹の腕時計を見て答えた。

「俺の作った特殊メイクはこの程度のことでは崩れない。耐久テストもおしまいだ。ホテルを出よう」

午前中の買い物は、遊んでいたわけではない。フォームラテックスや特殊な顔料を買い出しに行っていたのだ。とりあえず彼女にフォームラテックスで作った目尻《めじり》の皺《しわ》を付けている。他にも彼女の顔に合うパーツをいくつも作ったが、まだ貼り付けていない。あまりにも顔の造形が変わってしまうと、パスポートの写真と違ってしまうからだ。

パーツ作製と彼女への特殊メイクに三時間ほどかかっている。メイクを施した後、彼女が不安な顔を見せたためにプールに誘ったのだ。

二人は部屋に戻り、すぐさまチェックアウトをした。ジェーンは目元を隠すためにサングラスをかけ、ブラウンのカツラを被《かぶ》っている。支払いには夏樹が梁羽から提供された楊豹名義のカードを使った。ジェーンと接触していることは、すでに彼に知られているために堂々とカードを使ったのだ。

午後五時十四分、ホテルの玄関前でタクシーに乗った。

タクシーは台北の中心に位置するラウンドアバウト、仁愛路圓環を通り、高速道路の建国高架道路を経由し、台北市の東西を抜ける中山高速公路に入った。今のところ夕方の渋滞に巻き込まれることなく、順調に走っている。

「ホテルに戻りましょう」

彼女の顔が青ざめていた。夏樹は彼女を説得し、逃亡を断念させるとともに彼女の直属の上司だったベックマンの捜査に協力することを決意させたのだが、まだ気持ちは揺らいでいるらしい。

「君の名誉を回復しない限り、明日はないんだ」

彼女が自分の手で主犯のベックマンを探し出し、タイパンのテロを阻止すれば、CIA本部も彼女の言い分を聞いてくれるはずだ。他に方法はない。

「分かっている。でも安全な台北から出るなんて、やっぱり狂気の沙汰《さた》よ」

当局にも知られていないパスポートを使って、米国が国交を絶っている台湾に来ているために彼女は安全だと思っているようだ。だが、ＣＩＡは局員の裏切りを一番恐れていいる。組織をあげて彼女の位置を割り出すはずだ。

「うん？」

夏樹は右眉《まゆ》を大きく吊《つ》り上げた。

「えっ！」

ジェーンも驚いている。空港に向かう高速道路である機場支線と交わるジャンクションまで行くところをタクシーは、ずいぶん手前で出口に入ったからだ。運転手がうっかり間違えるものではない。

「運転手君、目的地を聞いてもいいか？」

苦笑した夏樹は運転手に中国語と英語で尋ね、ジェーンのナイフを持った右手をさりげなく左手で押さえた。高速で移動している車の運転手を殺すのは危険である。テレビや映画の世界と違って、現実は交通事故で死ぬのがオチだ。

「………」

運転手は右手を上げ、グロックを握っていることを見せつけた。当然の展開だろう。

やがてタクシーは１０３県道を北に向かい台１５線に入り、淡水河沿いを走り出した。

「君は私たちが誰なのか、本当に確認したのか？」

外の景色を見ていた夏樹は、運転手にのんびりとした口調で尋ねた。

「そんなことはどうだっていい」

運転手は英語で答えた。英語といってもクイーンズイングリッシュではない。いわゆる米語である。

「二人とも殺せば問題ないということか。なるほどね。ところで、君の訛《なま》りからすると、出身はカンザス州か、それともオクラホマ州かな」

夏樹も最初の質問を皮切りに運転手を説得するでもなく、ひたすら世間話を続け、おしゃべりな男を演じた。

「頼むから、黙っていてくれ」

うんざりとした顔をした運転手は、バックミラーを見ることもなく運転を続け、脇道に逸《そ》れて川岸に出ると停車した。午後五時四十八分になっている。日の入りは七時過ぎだが、辺りはほの暗い。

車はコンクリートの桟橋の前に停まっており、数隻の漁船が係留してある。桟橋の近くに番小屋のようなプレハブの小さな小屋があり、近くに黒いバンが停まっていた。周囲に人気《ひとけ》はまったくない。夏樹らを殺害して川に捨てるのか、あるいは漁船で他の場所に連れて行くつもりかもしれない。

「降りろ」

運転手はグロックを夏樹らに向けた。

「分かったよ。降りるから、乱暴はしないでくれ」

夏樹が両手を上げて、ジェーンと一緒に車を降りると、プレハブの小屋から三人の男が現れ、夏樹らの顔にハンドライトの光を浴びせた。全員白人である。

「その男は誰だ？」

中央の背の高い男が、運転手に扮《ふん》した男に尋ねた。

「ジェーンと同じ部屋にチェックインしていた男です」

運転手は肩を竦《すく》めて答えた。過去形で話したということは、ロビーで夏樹らがチェックアウトするところを見たのだろう。

「君たちは何の目的で、我々を拉致《らち》しようとしているのか分からないが、人違いだ。というか誤解している。白人の女性から、妻にブロンドのカツラを被って空港まで行くように頼まれただけなんだ。エマ、見せてあげなさい」

両手を上げた夏樹が、震える声でジェーンに言った。

ジェーンがカツラとサングラスを外した。

「何！」

彼女の顔を見た三人の男たちが、揃って声をあげた。

カツラを取って黒髪になったジェーンの額と目元には深い皺が刻まれており、四十代の後半、しかも口元に黒子《ほくろ》のある頬高の別人になっている。彼女は夏樹が車内で運転手に話しかけて気を逸らしている間に、バックミラーに映らないように俯《うつむ》いたまま夏樹の作った特殊メイクのパーツを顔に貼って変装していたのだ。

「シット！　引け」

慌てた男たちは、バンに乗り込むとタクシーを乗り捨ててあっという間に消えた。

「意外にあっさりと引き下がったな」

夏樹は苦笑いを浮かべた。顔を見られたのだから、二人を殺そうとすると思っていたからだ。もっとも彼らの顔は暗くてよく見えなかった。彼らも余計な殺人は、犯したくなかったに違いない。

「私に出し抜かれたと思ったのね。これで空港の見張りは厳重になってしまう。脱出は不可能になったわね」

ジェーンは自嘲《じちょう》気味に笑うと、悲しげな表情になった。パスポートを使うには、また白人の顔に戻る必要があると思っているようだ。だが、そもそも彼女が安全だと思っていたパスポートもＣＩＡは把握していたのだろう。出国できたとしても、フィリピンで捕まってしまう。

「大丈夫だ」

夏樹は残されたタクシーの後部座席のドアを開けて、手招きをした。

「どうやって？」

ジェーンは首を傾げながらも、シートに収まった。

「任せろ。俺は、諦《あきら》めるのが嫌いなんだ」

夏樹は運転席に乗り込んだ。

3

夏樹とジェーンは、二十時二十分発、フィリピンエアライン、マニラ行きの最終便になんとか間に合った。

三時間ほど前、淡水河の川岸からタクシーに乗った二人は、台北の国立博物館に近い重慶南路一段沿いにある中華料理店、陽信麵館という店に直行している。夏樹は、台湾で困ったら頼るようにと店名と合言葉だけ梁羽からメールで教えてもらっていたので、インターネットで住所を調べたのだ。

案の定、台湾に長年住んでいる馬という準工作員が経営している店で、夏樹は変装したジェーンの写真を撮ってもらい、台湾人のパスポートをその場で作成してもらったのだ。雛形《ひながた》がすでにあったため、写真を刷り込んで三十分ほどで作業は完了している。だが、さすがに空港に一時間前に到着する余裕はなかったため、ジェーンの荷物は小さなバッグに移し替え、スーツケースはその場で廃棄した。

桃園国際空港には午後七時半に到着し、二人は機内持ち込みの手荷物のチェックインだけ受け、搭乗している。

午後十時五十二分、夏樹らの乗った飛行機は、ほぼ定刻通りマニラ・ニノイ・アキノ国際空港に到着した。

ターミナル3の到着ロビーにある荷物預かり所から昨夜預けておいたスーツケースを引き取ると、夏樹はジェーンとタクシーに乗った。ここまでは、何の問題もなく、尾行もない。

「ラッフルズ・マカティ・ホテル」

夏樹はマカティのホテルを運転手に告げた。

十五分後、タクシーは、グリーンベルトの東、マカティ・アベニューとパサイロードの交差点に位置するラッフルズ・マカティ・ホテルに到着した。

「何か伝言はありませんか？」

夏樹はフロントに尋ねた。

一昨日《おととい》チェックインしてから連泊すると言って宿泊料金を払い、まだチェックアウトをしていなかったのだ。

「お手紙を預かっています」

フロントの男性から白い封筒を渡された。

「行こうか」

夏樹はジェーンを手招きして歩き出した。荷物は銃を入れた小さなスーツケース一つなので、ベルボーイは断ってある。

エレベーターに乗った夏樹は、客室がある十階のボタンを押した。ジェーンは夏樹の行動を黙って見ている。彼女にはフィリピンに入国後は任せるように言ってあるだけで、詳しい説明はしていない。だが、特に質問は受けなかった。フィリピンへの入国だけでも気が進まないために、聞けば反対したくなるからだろう。

十階で降りた夏樹は、すぐに隣りのエレベーターの呼び出しボタンを押し、スマートフォンで電話をかけた。

「俺だ。そうか」

手短に電話を終えた。ファリードと連絡を取ったのだ。彼にはロビーで、エントランスの見張りをするように頼んであった。今のところ尾行はないらしい。

目の前のエレベーターの扉が開いたので乗り込み、今度は地下のボタンを押した。ジェーンが口元を綻《ほころ》ばせている。夏樹の意図が分かったらしい。

地下駐車場でエレベーターを降りた夏樹は、フロントで渡された封筒から車のスマートキーを出し、ロック解除ボタンを押した。数台先に停めてある白いホンダのアコードが、ハザードランプを点滅させる。梁羽の部下の黒征に頼んで、レンタカーを用意させ、スマートキーをフロントに預けるように頼んでおいたのだ。

「さすがね」

ジェーンは夏樹が助手席のドアを開けるまでもなく、自分で乗り込んだ。

「さて、夜のドライブに行こうか」

エンジンスイッチを押した夏樹は、車を出した。

地下駐車場から出て、マカティ・アベニューに入る。渋滞こそしていないが、交通量はそこそこあった。煌《きらめ》くネオンにヤシの木やガジュマルなどの南国の街路樹がよく映える通りだ。

　ハンドルをいきなり左に切った夏樹は、一方通行のデラ・ロッサストリートに入る。2ブロック先のパセオ・デ・ロハス通りを右折し、数ブロック先で左折、すぐに右折すると、突き当たりをまた右折して、再びマカティ・アベニューに入る。一方通行の狭い道を選んで寄り道をしてみた。

　夏樹はマカティ・アベニューからカラヤンアーン・アベニューを経由し、ロックウェル・ドライブに曲がる。その先のプラザドライブを抜けて、マカティの北の端を流れるパシグ川沿いのレイディアル・ルート4に出ると、すぐ左のパーキング入口に曲がった。専用道路から地下に入り、無料のパーキングに車を停める。交差点の角を曲がる度に後方を確認したが、尾行されている気配はない。

「到着？」

　ジェーンが肩を竦めている。

「終点だ」

　夏樹は車を降りると、助手席のドアを開けた。

「ありがとう」

　ジェーンは気取った仕草で車を降りた。

　彼女をエスコートし、フロントでチェックインをした。アルガ・バイ・ロックウェルホテル、百十四部屋の客室がある五つ星のアパートメント形式のホテルである。

夏樹は四階のツーベッドルームにジェーンを案内した。二つのベッドルームとキッチンが付いたリビングがあり、大きな冷蔵庫に洗濯機など普段の生活ができる道具も揃っている部屋だ。

「あらっ、ベッドルームが二つもあるわ。他にもゲストがいるの？　私たちだけなら、キングサイズのベッドが一つだけあればいいのに」

部屋を見渡したジェーンは、大げさに首を左右に振った。

「節度ある行動が、これからは大事なんだ。約束通り、安全にフィリピンに入国できただろう」

夏樹は入口近くに置いてあったスーツケースと段ボール箱を部屋の中央に運びながら言った。ファリードに頼んで、前のホテルに置いてきた自分の荷物と、必要な買い物をさせてあらかじめ搬入させておいたのだ。

「節度あるというのは、人によって解釈もレベルも違うと思うわ。お話しする前に無事に着けた喜びを分かち合うのはどうお？」

ジェーンは夏樹の正面に立つと、夏樹の頬に右手で触れてきた。彼女とは、フィリピンに無事入国できたらベックマンとタイパンの詳しい情報を教えると約束させてある。

「君の節度は？」

夏樹はあえて尋ねる。それが無意味だと分かっているが。

ジェーンの両腕が夏樹の首に絡みつく。

「分かっているはずよ」

彼女の唇が夏樹の唇に重なった。

4

サンボアンガ・シブガイ州、州都イピル。

ミンダナオ島の西部は、象の鼻が垂れ下がったような形をしており、その鼻の突端であるサンボアンガに陸路で行くには、必ず鼻の中ほどの下側にあるシブギー湾に面したイピルを通過しなければならない。

イピルの中心部に近い住宅街のはずれに、トタン屋根が葺《ふ》かれたコンクリートブロック製の家がある。タイパンの情婦の家であり、隠れ家でもあった。家自体は、この界隈《かいわい》では比較的立派なので目立つが、キリスト教徒が圧倒的に多い街に、イスラム武装勢力の顧問を務めた男が潜んでいるとは誰も思わないだろう。

夏樹に肩を撃たれたタイパンは、ベッドでこの三日間、ひたすら横になっている。弾丸は肩を貫通していたので安静にする他なかったのだ。

「…………」

暗闇の中、タイパンは目覚めた。午前五時になろうとしている。四番目の情婦であるクリステンは、隣りの部屋のハンモックで寝ていた。

タイパンはコンバットガーゼを留めてある医療用テープを剝《は》がして傷口を見た。血は固まっている。銃創にばい菌が入ると厄介だが、傷の具合は極めていい。ここまで回復すれば、コンバットガーゼは不要だ。タイパンは普通の医療用ガーゼに替えてテープで留め、伸縮包帯を巻きつけた。

「これでいい。あの野郎、絶対許さねえ」

傷を見て言った「あの野郎」とは、夏樹のことだろう。左肩をゆっくりと回したタイパンは、ベッド脇のチェストに置かれていた衛星携帯を取った。

〝至急、連絡をしろ。by モール〟

新着のメールを確認したタイパンは、頰をピクリとさせ、衛星携帯をベッドに放り投げた。

モールとは、モグラのことで、差出人の身の安全が脅かされる状態になり、地下に潜ったことを意味するからだ。

「勝手なことをほざきやがって」

鼻で笑ったタイパンは、冷蔵庫からレッドホースの瓶を出して栓を抜いた。

今さっき投げた衛星携帯が鳴る。

タイパンは無視して、レッドホースを飲みながら鳴り止むのを待った。

「うるせえなあ」

飲み干したレッドホースの瓶を床に転がしたタイパンは、冷蔵庫を覗《のぞ》いた。だが、手つかずのドリアンが入っているだけだ。

「くそったれ」

タイパンは渋々鳴り止まぬ衛星携帯の通話ボタンを押した。

――おまえは、クライアントをいつも無視するのかね？

通話の相手は苛立《いらだ》ちを隠そうともせず、いきなりぞんざいな言葉遣いをしてくる。

「相手にもよるがな。何をしでかした。モール」

タイパンは低い声で笑った。

――言っておくが、モールというのは、状態を示すコードで私のネームではない。急激にTの陣営が力をつけてきたらしい。ロシアのせいに違いない。私はトラップに掛かり、追われる身になった。至急Hをサポートする事件が必要だ。

Tというのはトランプで、Hはヒラリーのことだろう。

「間抜けな話だ」

タイパンは鼻息を漏らした。

――他人事《ひとごと》のように言うな。もし、Tが勝ったらおまえは帰るところがなくなるだろう。だが、その前に、ミンダナオ島に派遣されている連隊におまえの情報を流してやる。間違いなく掃討作戦が展開されるぞ。それでもいいのか？

連隊とは米軍の第一特殊部隊連隊のことだろう。ミンダナオ島には米軍のグリーンベレーを中心とした特殊部隊が派遣されており、フィリピン政府軍に対ゲリラ教育、および共同作戦を行って、イスラム武装勢力と対峙《たいじ》している。

「……あの部隊を使うというのか、笑わせる。心配するな、準備に手間取っていただけだ。俺も、ちょいと個人的に始末をしなきゃいけない奴がいる」

――作戦Aは、予定通りおまえがやるんだ。だが、第二段階の作戦Bは、私と部下が参加する。失敗はしたくないからな。

「ほお、とうとうボス猿のお出ましか」

――作戦Aの完了が確認できたら、こちらから連絡をする。

電話は一方的に切られた。

「クソ野郎が」

冷蔵庫の横に、レッドホースの缶のカートンが置いてある。悪態をついたタイパンは、カートンのパッケージを破り、まだ冷えていない缶を摑《つか》んでプルトップを開けた。

生ぬるいビールを一気に腹に流し込んだタイパンは、缶を潰《つぶ》して床に捨て、ベッドの下から爆薬と起爆装置を詰めてあるバッグと空のスポーツバッグを引きずり出した。

「出かけるの？」

隣りの部屋で寝ていた女が、不安げな顔で見ている。

「口をきくな」

タイパンは、女を追い払うと荷造りを始めた。

5

アルガ・バイ・ロックウェルホテルのツーベッドルームのキッチンで、夏樹は台所の作業台の上に設置したウォータードリッパーから コーヒーが溜《た》まったガラスのデカンタを取り外した。

ウォータードリッパーは、ファリードに頼んで購入させ、事前にホテルに届けさせておいたのだ。

午前八時十五分、デカンタのコーヒーをティースプーンで掬《すく》って、啜《すす》ってみる。深い香りが鼻から抜けていき、爽《さわ》やかな酸味が舌の上に残った。ミンダナオ島の小さなコーヒー豆店で購入していたアラミド・コーヒーである。日本に帰るまで我慢できずに昨夜ドリッパーに仕込んでおいた。今回、アパートメントスタイルのホテルに変えたのは、広いスペースで作業がしたかったからだ。

だが、早く飲みたい一心で水を落とすスピードを速めて五時間で落としたため、出来としては満足していない。

「いい香り、ダッチコーヒーね」

ガウンを着たジェーンが、ベッドルームから出てきた。

眠った彼女を起こさないように午前三時にベッドから抜け出し、コーヒー豆をウォータードリッパーにセットしてから四時間ほど眠り、七時過ぎに起きてホテルのジムで一時間汗を流してきた。

「出来は悪いが、その辺の専門店のコーヒーより百倍うまい」

渋い表情をした夏樹は、キッチンの棚から備え付けのカップを出してデカンタからコーヒーを注いだ。

「いただくわ」

ジェーンはキッチン前のテーブル席に座った。

夏樹は彼女にカップを渡すと、対面の席に腰を下ろした。

「まずは、君がボスと呼んでいる黄色五星のリーダーのことを詳しく教えてくれ」

ホテルに到着した直後、彼女とはすぐにベッドに直行したため聞けなかったのだ。改めて質問すると、情事に溺《おぼ》れた自分が間抜けに思える。

「……そうだったわね。……私のボスは、ブレストン・ベックマン、CIA特別作戦遂行ユニットのリーダー、今回の作戦名は〝紅の五星〟と呼ばれている」

ジェーンは戸惑いの表情を見せたが、話し始めた。

特別作戦遂行ユニットとは謀略を専門とする通常は四人ないし六人で構成される少人数のチームで、必要に応じて結成されるようだ。だが、ベックマンは長年特別作戦遂行ユニットの仕事をしているらしい。

「海外に派遣される局員は大勢いるけど、任務中の環境や状況の変化に即応できる人材は意外と少ないの。その点経験豊かなベックマンは、海外の支局長に命じてその国の局員を使う権利さえ有している。だからこそ、彼が指揮する特別作戦遂行ユニットは、少人数でも任務達成率が高かったの。……このコーヒー最高にうまい。あなた、店が開けるわよ」

話に区切りをつけたジェーンは、うまそうにコーヒーを飲んだ。

「それは、光栄だ。逃亡しているベックマンは、テロを実行するつもりなんだろう？」

苦笑した夏樹は足を組んでくつろいだ姿勢で尋ねた。

「私は一昨日《おととい》の夕方から、ベックマンとは別行動をしている。だから、彼がどこに逃げたのか、これから何をするのかも知らないわ。ただ、任務を遂行すれば、新しい大統領に恩を売ることになるはず。今は追われる身でも、来年一月に行われる大統領の就任式には、晴れて自由の身となり、さらに地位も上がるでしょう。それまでの辛抱だと思っているようね」

ジェーンは鼻先で笑うと、ベッドルームから持ってきた小型のポーチを開けて中からカラフルなビーズで飾られたパイプを出した。米国の女性の間で密《ひそ》かに人気があるベイプ（電子煙草）である。少量の香りがついた液体を熱して煙を発生させ、禁煙の道具ではなくファッションという位置付けで流行《はや》っているようだ。

「それはあくまでもヒラリーが大統領になった時の話だろう。トランプになった場合は、最悪の結果になる」

「あのコメディアンみたいな実業家が、大統領になれると思っているの？　たとえそうなったとしても、中国を貶《おとし》める作戦は功を奏するはずよ。世間知らずのトランプに中国は危ないって警告を発することができる。オバマはそれに気付くのに遅れたから、米国は中国になめられるようになったのよ」

ジェーンはいかにも米国の体制側の口ぶりで答え、ベイプにカートリッジを差し込んで吸い出した。煙草のような燻《いぶ》された臭みはなく、甘いミント系の香りがする。

「君ら米国の支配階級は、地を這《は》って生きている米国民の苦しみを知らな過ぎる。それにロシアが、本気でトランプを勝たせようとしている。嘗《な》めない方がいい」

ロシアは徹底したサイバー攻撃や買収工作でトランプを勝利に導くだろう。

「それにしても、どうしてロシアは、そんなにトランプを大統領にしたがるのかしら？」

ジェーンは、空になったコーヒーカップを手に首を傾げた。コーヒーを落とす時間が、短かったためにあっさりと仕上がっているので飲み易いのだろう。

「トランプは、ロシアと手を組むつもりらしいが、プーチンはそんなヤワな男じゃない。しかも彼は、トランプは失政を繰り返すと思っているはずだ。それこそ、ロシアの思う壺《つぼ》だ。それに、トランプの弱みを握っていて、操るつもりなのだろう。あるいは就任後に彼の致命的なゴシップを公開し、米国を地に堕《お》とす手もある。もっともヒラリーが大統領になっても大して変わらないがな」

夏樹はデカンタからジェーンのカップにコーヒーを注いだ。

「まったく、今度の大統領選挙は、本当に最悪の二択ね」

ジェーンは、舌打ちをすると首を左右に振った。

「世間話は、もういい。ベックマンと接触する方法は、あるはずだ。教えてくれ」

コーヒーを飲み干したカップを脇に除《よ》け、夏樹は身を乗り出した。

「…………」

ジェーンは黙ってコーヒーを口にしている。

「ベックマンを拘束しない限り、君は死を待つだけだ。それでもいいのか？」

「わっ、分かったわ。教える。だけど、あの男を拘束するのは、難しい。向こうは近付く者は、必ず殺そうとする。無傷で確保できるとは思えない。最悪、死体でもいいと思うけど、ダメなの？」

ジェーンは顔色も変えずに言った。諜報《ちょうほう》の世界に長くいれば、他人の死に無関心になるものだ。

「死体でもいいが、タイパンを抹殺することが最終目的だ。タイパンの居場所を君は知っているのか？」

ベックマンを拷問してでも、タイパンの居場所を聞き出す必要がある。殺すのは、いつだっていいのだ。

「タイパンを探し出すには、ベックマンを生きたまま捕まえなきゃいけないわね」

ジェーンはようやく、話す気になったらしい。

6

マニラからルソン島の最南端にあるマトノグ港までは、パン・フィリピン・ハイウェイ、AH26で約六百キロある。

陸路でミンダナオ島に行くには、マトノグ港から二十三キロ先にあるサマール島のアレンの港まで、フェリーで移動しなければならない。

桟橋には二隻の中古フェリーが停泊していた。それは一九九九年に廃止された三原《みはら》・今治《いまばり》国道フェリーで使用されていた瀬戸内海汽船の〝くるしま〟と〝さぎしま〟だった。

大きな防波堤の左右にはフェリー用の桟橋が四つあり、対岸のアレン港までは日に何往復も便があるが、街に活気はなく寂れている。

桟橋の百五十メートル手前に白いアーチのついた港のゲートがあった。ゲートの横で客待ちのトライシクルの運転手が暇そうに煙草を吸っている姿は、実によく風景に馴染《なじ》んでいる。

「YOU ARE NOW LEAVING THE ISLAND OF LUZON（あなたは、ルソン島から去ろうとしている）、妙な英語だ」

ベックマンは通りの反対側の交差点に見える港の白いアーチに記されている赤い文字

を読み、鼻息を吐いた。

「ルソン島の最果ての地だと言いたいのでしょう。さすがにここまでは組織の連中は、追ってきませんしね」

中国系の顔立ちをしたベックマンの部下であるネッドが、声を潜めて言った。「組織の連中」とはＣＩＡの暗殺部隊のことだろう。

二人の前を大勢のフィリピン人が歩いている。彼らはフェリーに乗るために長距離バスとジープニーから降りた人々だ。近隣ならジープニーかトライシクル、遠方ならバスでやってくる。フェリーは地元民の足であるが、飛行機で移動することができない貧しい人々が利用する交通機関であるため、乗降客が多くてもマトノグは発展しないのだ。

二人は交差点から数十メートル移動し、エモングス・ベーカリーと看板に書かれたパン屋の前で立ち止まった。店は鉄格子で閉じられているが、閉店しているわけではない。東南アジアやアフリカで見かける、防犯を目的とした鉄格子越しに商売をする店なのだ。パン屋と言っても一種類の小さなパンを一個二ペソで販売するローカルな店である。

「腹が減ったが、ここしかまともな食物は売っていないらしい。ジョリビーもない街が、フィリピンにあるとはな」

ベックマンは格子の隙間から店員に二十ペソを渡し、紙袋に入れられたパンを受け取ると、溜息《ためいき》をついた。

彼らは昼飯を食べるために車を近くの駐車場に停め、歩いて食堂を探したが、手に入れたのは雑貨屋で売っていたサンミゲルと、パンだけである。マニラから十二時間、夜通し運転し、マトノグに到着して一時間になる。時刻は午後二時四十分になっていた。

「本当にマッド・スコーピオンは、来ますか？　約束の時間をもう四十分経過していますよ」

ネッドもパンを購入すると、早速口に入れた。

「マッド・スコーピオンには、貸しがある。フィリピンの裏社会で生きられるようにヤクの売人として儲《もう》けさせ、偽のＩＤを与えて身の安全もはかってやった。あの男は裏切らない。ここはフィリピンだぞ。ラテン系の時間の流れがある」

ベックマンは腹が減っているらしく、パンを次々と口に入れ、生ぬるいサンミゲルで流し込んだ。

二人はパンを食べながら、二十メートルほど先の駐車場に向かっている。長距離バスが停留所代わりに使っている駐車場だ。

二人の脇を二台の白いバンが砂煙を上げながら通り過ぎ、数メートル先で停まった。

「着いたらしいな」

にやりと笑ったベックマンはサンミゲルの瓶とパンが入っていた紙袋を路上に投げ捨て、バンに近づく。

先を走っていたバンの助手席から体格のいい男が降りると、二台のバンは駐車場に入って行った。男はジーパンに迷彩柄のシャツを着ている。身長は一九〇センチ近い。すれ違うフィリピン人が道を譲り、目を合わせないようにしている。誰にでも分かるような危険な匂いを男は発していた。

「ベックマン、久しぶりだな」

男は噛《か》み煙草を噛んでいるらしく、路上に黒いニコチンを含んだ唾《つば》を吐いた。

「おまえにしては、早く来られたな。マッド」

嫌味を言ったベックマンは、男と握手をした。

「あんたの要求を満たすのに時間がかかった。そもそも最果てのクソ田舎の港まで時間がかかったんだ。文句を言われる筋合いはない」

マッドと呼ばれた男は、鼻で笑ってベックマンの言葉を流した。ネッドがマッド・スコーピオンと呼んでいた男である。

「俺の要求がそれほど難しかったのか？　英語が理解できない中国系あるいは中国人で、武器が使える若い男を六人以上と頼んだだけだぞ」

ベックマンは肩を竦《すく》めて笑った。

「それにしても、どうして英語が理解できない中国系だったんだ？」

マッドは噛んでいた噛み煙草を足元に吐き出すと、ポケットからマルボロを出し、オイルライターを出して火を点《つ》けた。相当なニコチン中毒のようだ。

「フィリピンで英語教育はかなり浸透してきた。だが、話せない連中は、家庭が貧しくて教育を受けていないか、ただの馬鹿で社会に馴染めなかったかのどちらかだろう。そういう連中は、たいていギャング組織に入る。その証拠に金で釣って人を殺せと言ったら、簡単に誘いに乗ってきただろう。違うか？」

ベックマンはマッドの煙草の煙に刺激を受けたのか、ポケットから細身の葉巻を出し、吸口を携帯の専用カッターで切ると、火を点けた。ドミニカ産の煙草サイズの葉巻、ロメオｙジュリエッタである。

「あんたの言う通りだ。あいつら馬鹿ばかりだ。一日五十ドルと言ったら、喜んで付いてきたよ」

マッドは、手元の煙草とベックマンの葉巻を見比べた。

「五十ドルか、値切ったたな。百ドルだろうが、結果は同じだったがな」

意味不明なことを呟《つぶや》いたベックマンは、ポケットに入れてあった葉巻を箱ごとマッドに投げ渡し、駐車場に向かって歩き出す。

「相変わらず、気前がいいな」

マッドは葉巻の箱を大事そうに胸ポケットに入れ、ベックマンの前を歩き出した。

駐車場と言っても舗装もされていない広場には長距離バスが一台、それにベックマンの黒いバンとマッドが乗ってきた白いバンが二台だけである。乗客はフェリー乗り場に移動したので人気《ひとけ》はほとんどない。

「フェリーに乗る前に採用面接をする。全員車から降ろすんだ」

ベックマンは自分の黒いバンの裏側に回った。バンは駐車場の奥に置かれており、駐車場の他の場所や道路からは死角になっている。

命じられたマッドは、タガログ語でバンに乗っていた九人の男たちを車から降ろし、ベックマンの前に並ばせた。

「私がおまえたちの傭《やと》い主だ。おまえたちはこれから我々と一緒にダバオに行く。仕事は簡単だ。武器を貸してやるから、それで大統領を殺すんだ。簡単だろう。それが終わったら、報酬としておまえらを一人残らず、中国人のテロリストとして私が殺してやる。もちろん、金などやらない。どうだ、嬉《うれ》しいか？」

満面に笑みを浮かべながらベックマンは英語で話すと、自ら拍手をした。話を聞いていた男たちは、訳も分からず釣られて拍手をしている。英語が理解できないのだ。

「なんてことだ」

マッドが舌打ちをし、吸っていた煙草を握りつぶした。一人だけ不安げな顔をした男がいたのだ。

「おまえの仕事はいつも詰めが甘いんだ。我々の会話を聞かれてはまずいから、英語が理解できないという条件をつけたんだ」

ベックマンは懐からサプレッサーが装着してあるグロック18をおもむろに取り出すと、首を傾げた中国系の男の額を撃ち抜いた。

テロの街ダバオ

1

マカティの南東に隣接し、バエ湖に面したタギッグ市は漁業を生業《なりわい》とした寒村であったが、マカティ市と帰属権を争ったフォート・ボニファシオの開発と、マニラの環状線であるC5が完成したことで急激な発展を遂げている。

だが、今のところそれは市の中心部を通るC5の北側、マカティに近いフォート・ボニファシオとその周辺エリアに限られ、他のエリアは依然として粗末な家が肩を寄せ合うように建っている住宅街が多い。

午後五時過ぎ、夏樹はホンダ・アコードを運転し、タギッグ市のC5からマリア・ロドリゲス・ティンガアベニューに入った。

道の両サイドには、一階がローカルな店舗になっている二階建ての建物が続く。マカティのような近代的な大都会から来ると、いきなり東南アジアの別の国に来たような錯覚を覚えるが、これがフィリピン本来の姿なのだろう。

「そこを左折、1ブロック先を右折してサムパロック通りに入って」

助手席には、スマートフォンの地図アプリで道案内するジェーンが乗っていた。

ベックマンは二十年以上海外で諜報《ちょうほう》活動をしているベテランで、主要国にチームのための隠れ家を用意していたという。CIA当局が把握している場所もあるが、そのほとんどが当局はもちろん仲間にすら極秘で所有していたものらしい。

諜報の世界では組織内部から情報が漏れるケースもあるため、優れた諜報員は身の安全を図るために報告しないこともあるのだ。

食料品店や食堂が門前にある大きな教会の脇を抜け、静かな通りに入った。西日に照らされた寂しい小道である。

「停めて。その先の角の家」

ジェーンは、夏樹の肩を叩《たた》いて知らせた。

夏樹は目的の家の五十メートルほど手前にある、空き家と思われる家のブロック塀の前に車を停めた。

「やけに静かな街だな」

夏樹は首を捻《ひね》った。教会前を過ぎてから急に人気がなくなったのだ。

「この辺りは教会が多いから治安もいいの。それで、ちょっとした住宅の建設ラッシュになっているそうよ。家の建て替えや新築により、家がどんどん建てられている。工事中の家が多いから、今は人がほとんど住んでいないようね。フォート・ボニファシオの発展の余波が、この辺りまで来たということじゃないかしら。ベックマンの隠れ家候補は、1ブロック先の角にある二階建ての家らしいわよ」

マカティから距離的に近いが、土地の価格は非常に安い。その上、治安がいいのなら人気が出るということなのだろう。

彼女が候補とあえて言ったは、特定されていないからである。

「CIAは、嗅《か》ぎつけていないのか？」

「たぶん、大丈夫だと思う。私は資料を直接ベックマンに渡しているし、彼は自分のパソコンにデータを残すような間抜けじゃないから」

「いつのことだ？」

「半年前だったわ」

ジェーンはチームの中でベックマンから一番信頼されていた、と同時に彼の秘書のような仕事もこなしてきたからだ。だから、ベックマンが米国大使館から逃走した直後に彼女も命を狙われることになったらしい。

彼女は任務先の国でベックマンの隠れ家に適した物件を探し、彼に報告していた。物件の契約や入手は、彼が直接行うために実際に隠れ家になっているかどうかまでは知らないようだ。

午後から彼女の記憶を頼りに隠れ家候補を当たっている。これまでマンションや一戸建てなど五軒回ったが、いずれも他人の手に渡っていたか、空き家だった。

「そう願いたいね」

夏樹は五十メートル先の角の家を見つめた。すぐに調べたいが、周囲の状況を見極めてからである。ジェーンもCIAの暗殺部隊が潜んでいる可能性があるため、すぐに動こうとはしない。

十分後、夏樹とジェーンは車を降りてゴーストタウンのような路地を歩いた。彼女の言った通り、建設中の家ばかりだ。

夏樹は家の手前にある工事中のブロックの陰に隠れ、もう一度周囲を見回した。初めて来る場所だけに地形を観察し、侵入経路よりも脱出経路を頭に入れているのだ。

ファリードに別のレンタカーを用意させ、夏樹らの後を追わせている。と言うのもCIAの暗殺部隊が動いている可能性があるため、徒歩で脱出するような場合に備えて足を確保しておいたのだ。

それに夏樹はファリードを一時的な手下としてではなく、菅谷将太のように諜報活動ができる情報屋として育てようと思っていた。菅谷は、夏樹が鍛えて潜入工作もできるほどの諜報員顔負けの技術を有した情報屋に育っている。もっとも今はジャックのおもりをさせているが。

「大丈夫らしいな」

周囲を窺《うかが》った夏樹は、再び歩き出した。

2

サムパロック通りと名もない路地の交差点に面した新築の家は、敷地は百坪ほどで、ブロック塀に囲まれた白塗りの二階建ての家とガレージが通りに面しており、ヤシの木を植えてある中庭がある。建坪が六十坪ほどの建物はL字形をしており、外見は質素で贅沢《ぜいたく》な作りではない。

夏樹は表の門の鍵《かぎ》を開け、次いで玄関の鍵も特殊な工具で開錠した。外装は完成しているが、入口付近には建築資材が積み上げられている。内装工事は途中で中止にしたのかもしれない。

窓は内側から板で閉ざされている。ポケットからハンドライトを出してドアを閉めると、案の定、外からの光は入らず真っ暗になった。照明の光が外に漏れないようにしたのだろう。それに、外から見えなければ、狙撃《そげき》される心配もない。

建築資材が置かれているリビングは、四十平米ほどの広さがある。奥には十八平米ほどのダイニングキッチンがあった。

夏樹とジェーンは互いを援護する形で、部屋や洗面所を見て回っている。

二人はダイニングキッチンの前にある階段を上り、油断なく二階も調べた。大小四つの部屋があり、一階と違って内装まで完成しており、シングルのベッドがそれぞれの部屋に設置されていた。しかも窓を閉じてある板には小さな開閉式の覗《のぞ》き窓がついている。

すべての部屋を確認した二人は、交差点に面した角部屋に入った。十八畳ほどの広さがあり、二階の他の部屋に比べても一番広い。また、この部屋だけベッドの他に椅子とテーブルが置かれていた。

ベッドはドアと反対側に置かれており、その脇には二つのドアがあった。一つは中庭に面した隣りの部屋と通じており、もう一つはクローゼットになっている。

「この家は、隠れ家に間違いないな」

夏樹は表の通りに面した窓の覗き窓で、外を窺いながら言った。すべての窓は内側から板で塞《ふさ》がれているが、二階のどの部屋にも覗き窓がある。二階さえ完成すれば、隠れ家としては、こと足りたのだろう。

「そうらしいわね。工事中の家が隠れ家とは、よく考えてあるわ」

ジェーンも脇道に沿った別の覗き窓を見ている。

「しかもこの部屋は、使われていたようだ」

夏樹は鼻をヒクヒクと動かした。葉巻の匂いがするのだ。

「どうして、分かるの？」

ジェーンは首を傾げている。

「銘柄まで当てられるほど匂いは残っていないが、少なくとも二十四時間以内に何者かが、この部屋で葉巻を吸っている」

小道具として使えるので煙草を持ち歩くこともあるが、十年ほど前から煙草は止めている。また、葉巻の香りを嗜《たしな》むことはあるが、ダッチコーヒーの専門店を経営するようになってからは、葉巻も吸わなくなった。コーヒーのテイストをするのに、嗅覚《きゅうかく》を敏感にさせる必要があるからだ。

「葉巻？　ベックマンよ。彼はドミニカ産の葉巻が好きなの。ホテルでは無理だけど、郊外に出たらよく吸っていたわ」

「どうやら、米国大使館から脱出してここに潜伏していたらしいな」

夏樹は空のクローゼットを覗き込み、内部の壁や天井を軽く叩いた。

「ここに、戻って来るかしら」

入口と反対側に置いてあるベッドの下を覗き込んだジェーンは、マットの下に手を突っ込んでいる。今さら何も出てこないだろう。

「戻るつもりなら、食料や衣類も置いてあるはずだ。というより、この家にはおそらく偽造パスポートや着替えなどがあらかじめ用意されており、ベックマンは脱出の準備を整えて出て行ったと見た方がいいだろう」

夏樹がクローゼットの側面の壁板を外すと、縦横五十センチ、奥行き一メートルの隠し戸棚があった。天井の一部と右側面の壁板は、他の場所と音が違ったのだ。

「ここに脱出用の装備が隠してあったのね」

ジェーンもクローゼットを覗き込んで頷いた。

「しまった」

天井近くの壁を見ていた夏樹は、眉《まゆ》を吊《つ》り上げた。椅子を移動させ、ポケットから小型のナイフを出して、壁を削ると中から小さな機械を取り出した。先端に小さなレンズが付いている。アンテナが付いているので、どこかで映像を受信できる隠しカメラなのだろう。

「隠しカメラ？」

ジェーンが夏樹の取り出した角砂糖ほどの大きさの機械を見て舌打ちした。

「どこかにセンサーがあり、作動させたのだろう。家のあちこちに設置してあるはずだ」

椅子から下りた夏樹は、隠しカメラを踏みつぶした。

「ベックマンは近くにいるということ？」

「近くにいる必要はない。インターネットに通じる装置に映像データを送っているはずだ。天井裏に中継器があるのだろう。スマートフォンで映像は確認できるはずだ」

この程度の装置なら、夏樹でも設置できる。難しいことではない。

「…………！」

夏樹とジェーンが同時に顔を見合わせた。

一階から物音がしたのだ。

玄関のドアとダイニングキッチンのある裏口に、ドアを開けると倒れるように建築資材を立て掛けておいた。何者かが、家に侵入しようとしているらしい。

覗き窓から外を窺うと、脇道に二台の車が停めてある。ベックマンではないようだ。彼ならガレージにすぐに車を隠すだろう。ＣＩＡの暗殺部隊に違いない。

ジェーンがグロックを抜いて、ドアの脇に立った。

夏樹は椅子をドアノブに立て掛けて開かないようにすると、隣りの部屋に通じるドアを開け、隣りの部屋の出入口のドアにも椅子を立て掛けた。これで少しは時間が稼げる。中庭に通じる窓を開けて、角部屋に戻ってくると、ジェーンが肩を竦《すく》めてみせた。

ジェーンにハンドシグナルで付いてくるように合図した夏樹は、クローゼットに入り、今度は天井板を外した。側面の板同様に仕掛けがあることは、確認していたのだ。

ジェーンに手を貸して先に天井裏に上げて、夏樹も上がった直後に部屋のドアが廊下側から蹴破《けやぶ》られた。椅子を立て掛けておいたが、強引に突入してきたらしい。

夏樹はそっと天井板をもとに戻し、近くに置かれていたコンクリートブロックを天井板の上に載せた。これで下から叩《たた》いても軽い音はしないはずだ。ベックマンは老練な諜《ちょう》報《ほう》員らしく、様々な工夫をしていたらしい。

「いないぞ」

「窓が開いている。庭だ。庭を調べろ！」

押し殺した声が飛び交う。

やはりベックマンではなかった。

数人の足音が聞こえたが、やがて遠ざかる。

「そろそろ、いいんじゃない？」

十分ほどしてジェーンは耳元で尋ねてきた。明かりがないため、鼻先も見えない。

「他の場所から出よう」

帰ったと見せかけて、待ち受けている可能性もある。夏樹はライトを点《つ》けて天井裏を探った。二メートル先にステップがある。屋根の上に出られるに違いない。

ステップまで移動して天井を確かめると、八十センチ四方の脱出口が閂《かんぬき》でロックしてあった。閂を外し、扉を開けて屋根の上に出ると、様子を窺った。

表の通り沿いの家とは間隔が離れているが、脇道に沿った裏の家の屋根との間隔は二メートル程度である。家伝いに脱出できそうだ。

ジェーンに先に行くように、肩を叩いた。だが、わずかに首を振って見せた。足の怪我を気にしているのだろう。それに敵は去ったと思っているらしい。だが、敵に遭遇した以上、どこまでも神経質に対処するべきなのだ。

破裂音。

足元の樹脂製の瓦《かわら》が土煙を上げた。中庭から銃撃されたのだ。

ヤシの木の陰に二人。

ジェーンが弾《はじ》かれたように屋根の上を駆け出した。彼女の後を銃弾が追っていく。

夏樹はグロックを抜き、中庭に向けて援護射撃をし、一人に命中させる。ジェーンが隣家の屋根に飛び移ったのを確認すると走った。途端に銃弾が飛んでくる。今度は脇道に置かれた車の陰からだ。

腹ばいになった夏樹は反撃し、二人を倒す。

頭のすぐ近くを銃弾が唸《うな》りを上げて飛んで行った。中庭の男が撃ってきたのだ。

舌打ちをした夏樹は銃撃しながら低い姿勢で走り、屋根の端からジャンプした。

「行くぞ!」

隣家に着地した夏樹は、ジェーンの手を取った。

3

ルソン島の南、タヤバス湾上空。全長十一・四六メートル、全幅十五・八八メートル、フィリピン・メトロ航空のセスナ208Bカーゴマスターが、機体を残照で赤く染めて飛んでいた。

208Bカーゴマスターは、貨物輸送専用のセスナ社製の単発のプロペラ機だ。フィリピン・メトロ航空は、ルソン島とミンダナオ島間の貨物輸送をする小さな航空会社で、夜間の輸送もすることで付加価値を高め、大手航空会社との差別化を図っている。

やがて208Bはタヤバス湾からルソン島南部の海岸線上空に百六十ノット(時速約二百九十六キロ)で進入した。

「ニノイ・アキノ管制塔、こちら、セスナ208B、フィリピン・メトロ201便、バエ湖上空、カバヤオ沖を通過、……着陸許可を請う」

機長席のパイロットは、青ざめた表情で声を震わせ、空港の管制塔に連絡をした。

――こちら管制塔、セスナ208B、ランウェイ24への着陸を許可する。

管制塔からの無線は、抑揚のない事務的な返答である。ランウェイ24とは、第二滑走路の東側からの着陸を意味する。国際空港で無駄口を叩く管制官はいないが、機長に何ら気遣う様子はない。過密なスケジュールをこなすだけに疲れているのだろう。もっともニノイ・アキノ国際空港は、過密空港として世界的に評判が悪い。

208Bはバエ湖上空で右に旋回し、タギッグ市上空からニノイ・アキノ国際空港の24と記された第二滑走路に着陸すると、滑走路から右の誘導路に曲がり空港の東側にあるフィリピン・メトロ航空の物流倉庫に進んだ。

午後六時十七分、208Bは倉庫の前で停止した。

副操縦席に座っていたスキンヘッドのパイロットは、乱暴に計器盤のスイッチを操作してエンジンを切ると、機長の肩を叩いた。

「久しぶりに操縦桿《そうじゅうかん》を握って、楽しかったぜ」

男はタイパンであった。

機長席のパイロットは、頭を銃で撃たれてすでに死んでいる。着陸態勢に入る直前に殺されたのだ。

タイパンはイピルから百三十五キロ離れたパガディアンまでバイクで移動し、パガディアン空港に潜入した。旅客機と違って、物流倉庫の前で離陸準備をしていたフィリピン・メトロの輸送機を襲ったのだ。もっとも乗員は二人だけで、副操縦士を機長の目の前で殺し、乗っ取るのは簡単だった。

副操縦席から立ち上がったタイパンは、通路に転がっている副操縦士の死体を跨《また》ぎ、ドアを開けて降りた。とても今さっき人を殺したとは思えない落ち着きようである。タイパンは、副操縦士の死体のすぐ横に置いてあった自分のバックパックを引っ張り出して担いだ。

タイパンは物流倉庫の裏に停めてあるアウディのSUVとBMWのセダンを見比べ、殺害した機長と副操縦士から盗んだ二つのキーをポケットから取り出す。

「こっちか」

独り言を呟《つぶや》き、BMWのキーを足元に捨てたタイパンはアウディのSUVに乗り込み、空港を後にすると、ロハス・ブールバードを北に向かう。

三十分後、海岸線沿いに出たタイパンはリミディオス・ストリートに右折した。マニラでも特に治安が悪いと言われているエルミタ・マラテ地区である。数ブロック先のマラテ教会前を通り次の交差点で左折し、マビーニ・ストリートに入った。

午後七時を過ぎたばかりだが、通りにはキャバレー、カラオケ、レストラン・バーの色とりどりのネオンが煌《きら》めいている。

女と酒を求めてこの街にやってきた客と彼らを騙《だま》そうと手ぐすねを引くポン引き、そして隙あらば通行人の荷物を盗もうとする怪しげな男たちが、通りを練り歩いている。

ジープニーと自転車タクシーの間を縫って進んだタイパンは、右折して寂しげな路地に入った。表通りは人でごった返しているにもかかわらず、人影はない。タイパンは、有刺鉄線の柵《さく》が上部にあるコンクリートブロックに囲まれた二階建ての家の門前で車を停めた。敷地は優に二百坪はありそうである。

「こら！　ここに車を停めるな」

鉄製の門の前で煙草を吸っていた二人の厳《いか》つい男が、怒鳴った。男たちは門前で警備をしていたようだが、服装は派手なカラーシャツとTシャツである。

「さっさと車を出せ！」

二人は煙草を投げ捨てると運転席の前に立ち、ポケットから抜いたナイフをちらつかせた。とはいえ、この辺りでは別に珍しい光景ではない。繁華街から百メートルほど入ったに過ぎないが、通行人がいないのは地元民でも通らない危険な路地だからだ。

タイパンはウインドウを下げると、グロック17Cを出し、いきなり二人の男の頭を撃ち抜いた。

「馬鹿が」

ハンドルを切って車を回転させたタイパンはシフトをバックに入れると、アクセルを床まで踏んで門を突き破り、玄関に突っ込んだ。

「何だこれは！」

「襲撃だ！」

家の中から怒号が聞こえてきた。二人の男が、家の玄関に食い込んでいるアウディの天井を乗り越えて外に出ようとしている。

タイパンは車を降りると、男たちを撃ち殺した。

「シット！」

アウディのフロントに銃弾が跳ねた。建物の二階の窓から銃撃されたのだ。とっさに車の陰に隠れて反撃したタイパンは、相手が怯《ひる》んだ隙に車の陰から駆け出し、門の外に出てブロック塀の表側に飛び込んだ。

ポケットから小さな箱を摑《つか》むと、先端の赤いボタンを押した。

アウディが轟音《ごうおん》とともに爆発。

車に置いてきたバックパックに仕込んであった爆弾が爆発したのだ。あたり一面粉塵《ふんじん》に包まれた。

霧のような濃厚な煙の中から抜け出たタイパンは、ライダージャケットに付いた埃《ほこり》を手で叩《はた》いて落とし、振り返った。

建物の二階は崩落し、炎に包まれている。

「いい眺めだ」

口元を歪《ゆが》めて笑ったタイパンは、通りの奥へと歩き出した。

4

夏樹とジェーンは、ファリードの運転するアコードの後部座席に座っていた。日も暮れて午後七時十分になっている。

タギッグ市のサムパロック通りにあったベックマンの隠れ家から脱出した二人は、住宅街を徒歩で逃走し、襲ってきたCIAの暗殺部隊と思われる追手を振り切った。生死は分からないが、追手の六人中三人を夏樹は倒している。暗闇のため、相手を確認することはできなかったが、それは敵も同じことで、おそらく夏樹のことを彼らはベックマンと勘違いしていたのだろう。

隠れ家の近くにレンタカーを置いてきたが、車に戻るのは危険と判断し、近くで待機していたファリードを呼び寄せて合流したのだ。それでも宿泊しているホテルに直接向かうのは危険なため、遠回りして帰る途中である。

車に乗って三十分以上が経過していた。地元のラジオ局の番組で放送されている音楽が流れているだけで、会話はない。ジェーンが、初顔合わせとなったファリードを警戒していることもあるだろう。

彼女にファリードのことは、地元の信頼が置ける情報屋だと、車に乗る前に説明してあった。ファリードの特殊メイクに、彼女は気が付かないだろう。もっとも教えたところで、今の彼女は殺し損ねた元テロリストに興味はないはずだ。

「ベックマンは、国外に逃亡したのかしら」

車がマカティに入ったため安心したのか、ジェーンが呟くように言った。彼女にしてみれば、上司に裏切られ、置き去りにされたという虚《むな》しさがあるのだろう。

「それはない。君もそうだが、世界中どこに逃亡しても組織からは逃れられない。それなら任務を遂行して、汚名を濯《そそ》ごうとするはずだ。大統領は関知していないだろうが、作戦はホワイトハウスから出ている。現政権の賞味期限もあと僅《わず》かだ。ベックマンは任務を必ず成し遂げ、政権に報奨を求めるだろう」

夏樹は諜報《ちょうほう》員としてのベックマンの行動パターンを考えていた。隠れ家を見つけたことで、ある程度彼の性格が分かったような気がする。彼は非常に計算高い男で、決して感情に流されず、冷酷に行動ができるはずだ。ある意味、優秀な諜報員だと言える。だとしたら、フィリピンから逃げ出すようなことはしないだろう。

「でも隠れ家で見つけられなかったら、もう捕えることは不可能だわ。それに彼が任務を遂行したところで、ホワイトハウスが知らぬ振りをしたらどうするの？　私はもうお終《しま》いよ」

ドゥテルテ大統領を暗殺して、黄色五星が犯行声明を出しても、国際社会での信用を落とすことを覚悟で中国は無関係と突っぱねるだろう。また、ドゥテルテ大統領の死は、新大統領がヒラリーになろうが、トランプになろうが、米国にとって利益になる。とかげの尻尾《しっぽ》を切るように、ベックマンが見捨てられる可能性は高い。いわんや部下であったジェーンも同じことだ。

「だからこそ、テロを阻止し、ベックマンを拘束する必要があるんだ。俺の勘だが、車で逃走しているのだろう。飛行機で移動すれば、発見されるリスクが増すだけだからな。ひょっとすると、セブ島あたりのリゾートアイランドで、のんびりとバカンスを過ごして沈静化するのを待っているかもしれないぞ」

フィリピンのどこの空港もCIAの監視下にあるはずだ。おそらく他の島に車か船で移動しているはずだ。

もしルソン島にいれば、今日明日中にCIAから所在を突き止められ、闇に葬られる可能性がある。そもそもサムパロック通りの隠れ家も、ベックマンの過去の金の流れや行動を分析して、発見したに違いない。

「……………」

ジェーンは黙っている。眠っているようだ。足を怪我しているのにかなり歩いたので疲れたのだろう。

数分後、夏樹らはアルガ・バイ・ロックウェルホテルに到着した。目を覚ましたジェーンは足を引きずりながら歩いている。傷が悪化したらしい。

ファリードは駐車場に車を置いて徒歩で帰った。明日、夏樹がサムパロック通りに置いてきた車を取りに行くことになっている。車を交換したのだ。

部屋に入ると、まるで見計らっていたように衛星携帯が鳴った。

「はい」

夏樹はそっけなく返事だけした。梁羽からの電話だからだ。

彼が動けない理由は分かっているが、部下ではない。いいように使われるようでは、何のために働いているのか分からなくなる。

――気になる事件が、十分ほど前に起きた。小僧と調べてきてくれないか？

梁羽の話では、エルミタ・マラテ地区で、十六人が死傷する爆弾テロ事件があったらしい。マニラでは最近爆弾テロ事件が起きていなかったこともあるが、テロが行われた現場は、マラテ地区を牛耳《ぎゅうじ》るセルジオ・サンチェスというマフィアのボスの家だったらしい。被害者はセルジオと彼の部下だったようだ。

小僧とはファリードのことである。彼は爆弾作りをタイパンから直接教わっているので、現場を見れば何か手掛かりが掴めるかもしれないと思っているらしい。それにしても、たった十分前に起きた事件のことを知っているという。梁羽か彼の部下が警察無線を傍受している可能性が高い。

「マフィア同士の抗争とかじゃないんですか？」

朝からベックマンを追って空振りだった夏樹は、早くシャワーを浴びて休みたかった。

――サンチェスは、麻薬取引をしていた。だから、覆面警官か自警団の仕業と警察は見ているようだが、これまで麻薬関係者の暗殺で爆弾が使われたことはなかった。マフィア同士の抗争でも同じだ。マニラのクズが一人いなくなったと大統領は大喜びしているらしいが、手口が解せない。何か裏がある気がしてならないのだ。

「なるほど……」

頷《うなず》いた夏樹は、ソファーでぐったりとしているジェーンをちらりと見た。彼女を一人でホテルに残すのは、CIAの暗殺部隊のことがあるので、気がかりである。

――まさか冷酷な人間として知られたおまえが、女に気を遣っているんじゃないだろうな？　本気で惚《ほ》れたなんて、青臭いことは言うなよ。

梁羽のわざとらしい舌打ちが聞こえた。彼から渡された衛星携帯は盗聴の恐れはないらしいが、それでも夏樹のことを梁羽は冷たい狂犬とは呼ばなかった。近くに部下がいるのかもしれない。だが、あえて冷酷という言葉を使ったのは、意図的だろう。梁羽が夏樹の正体をバラせば、中国の情報部に暗殺指令を出したと同じ効果があるからだ。

「馬鹿馬鹿しい。行きますよ」

夏樹はいささか気が抜けた笑いを浮かべた。

5

ドゥテルテ大統領が麻薬撲滅戦争を宣言して以来、麻薬関係者と思われる市民を殺害する処刑人は三パターンあると言われている。

一つ目は、囮《おとり》捜査を行う警察官だ。大抵は目の下に銃弾を撃ち込まれた密売人と思われる死体と彼が使っていたと思われる銃が、現場に転がっているのが特徴である。

二つ目は、ヘルメットやバンダナで顔を隠した〝死の天使〟と呼ばれるバイクに乗った二人組による犯行だ。彼らはタガログ語で「俺は麻薬密売人だ。次はおまえの番だ」というようなセリフを書いた段ボールを死体の傍に置いていく。彼らは自警団と称する連中だが、証拠も不確かなまま、噂や過去の経歴で殺害を繰り返している。

三つ目は、正体不明の処刑人で、死体をミイラのようにガムテープでぐるぐる巻きにして街角や駐車場に放置するのが特徴だ。〝死の天使〟と同じように死体の傍に死人を貶《おとし》める言葉を書き記した段ボールのカードを残していく。いずれの場合も警察が捜査をしないため犯人は検挙されず、実態は摑《つか》めていない。

殺害方法は銃が使用される場合がほとんどである。中にはナイフで首を切られたり、生きたまま頭に釘《くぎ》を打ち込んだりと残虐な殺し方もあるが、爆弾は使わない。それだけにマラテ地区の事件は、梁羽が言うように異質なのだ。

夏樹は警察官の制服を着たファリードの運転するアコードで現場に向かっている。マビーニ・ストリートは、現場に近づくほどに人気《ひとけ》が少なくなってきた。時刻は午後七時四十七分、夜の街はこれからが書き入れ時のはずだが、爆弾事件の影響なのだろう。

通りでは、ポン引きが暇そうに煙草を吸ってたむろしている。夏樹はマビーニ・ストリートから裏路地に入り、〝KEEP OUT!〟と記された黄色いバリケードテープの手前で車を停めた。

車のドアを開けた途端、火災現場のような建材が燃え尽きた後の独特の臭気が、鼻腔《びこう》を刺激する。

夏樹は車を降りると、ポリスバッジが見えるようにベルトに引っ掛けた。

ファリードは着慣れない制服のせいか、どこかぎこちなく歩く。

ホテルを車で出た夏樹は、ファリードを途中で拾ってマカティ署のエミリオ警察官を訪ね、金を渡して新品の制服を手に入れていた。エミリオは何に使うのかと、尋ねることもなかった。金さえ手に入ればどうでもいいのだろう。

ジェーンは、ホテルに置いてきた。彼女にも銃を渡してある。プロの諜報員なら自分の身は守れるだろう。

通りを横切るバリケードテープを二人は潜った。現場に警察官の姿はない。事件が起きてから、まだ一時間も経っていないが、現場検証を簡単に終わらせたのか、あるいはそれすらしていない可能性もあるが、それを見越して来たのだ。

作業服を着た二人の男が、足元をライトで照らしながら担架に乗せた死体をバンに運んでいる。葬儀屋か死体の処理と運搬を専門にする業者だろう。

「何か、忘れ物ですか？」

バリケードテープの中に入った夏樹らを男たちは、ぎょっとした顔で見ている。

「今回は爆弾が使われたから、珍しく鑑識作業をするように言われたんだ。まったくこんな残業をさせられて迷惑な話だ。俺たちは勝手に作業をするから、気にしないでくれ。そいつが最後か」

夏樹は男たちに苦笑して見せると、それとなく担架の死体を調べた。頭を銃で二発撃たれている。犯人の射撃の腕はいいようだ。バンの荷台を覗《のぞ》くと、心臓や眉間《みけん》を撃たれた死体とバケツに入れられた手足が載せられている。犯人は、爆弾を仕掛ける前に何人も殺害したらしい。

「はい、これが最後の死体です。死体を拾い集めるのに苦労しました」

死体をバンに積み込んだ男たちは、大きな溜息《ためいき》を漏らした。爆発で吹き飛んだ死体は肉片と化している。大きなバケツに入れてあるが、多分まだ見落としはあるだろう。

「大変だったな。まあ、あんまり頑張り過ぎるなよ。適当にな」

夏樹が労《ねぎら》うと、

「ありがとうございます」

男たちは笑いながらバンに乗り込んで立ち去った。

「さて、始めるか」

バンを見送った夏樹はファリードを促し、マフィアのボスだったセルジオの屋敷に足を踏み入れた。

正門の鉄製の門扉は、歪《ゆが》んで玄関前に転がっている。玄関の損傷が酷《ひど》く、黒焦げの天井がなくなった車のボディが瓦礫《がれき》に埋もれていた。犯人が車をバックで突入させたことは明らかである。鉄製の門扉を破壊したことから、犯行に使われた車は乗用車ではなく、排気量が大きいピックアップかSUVと考えられる。

二階建てだったコンクリート製の二階の部分は、ぽっかりと穴が空いている。玄関のすぐ上が爆発で吹き飛んで、左右の壁が崩落したに違いない。

「うまいこと考えましたね。車をバックで家に突っ込ませて、爆発させたんですよ」

ファリードが黒焦げの車の残骸《ざんがい》をライトで照らして唸《うな》った。

「日が暮れて間もない大胆な犯行だな。すごい威力だ。C4に間違いなさそうだな」

「C4ですね。それに時限装置じゃなくて、リモコンで起爆装置を作動させたんですよ。そうなると、少々知識がいります。そもそもフィリピンでC4は陸軍でしか扱っていません。それと、俺の知る限り、ジェネラルだけですね」

ファリードは車の残骸の中を覗き込みながら言った。サンボアンガの武器商であるジェネラルには、タイパンに盗まれた物のリストを作らせている。その中に、C4やリモコンのスイッチなどの部品も含まれていたのだ。

「間違いなく、タイパンの犯行だろうな。盗まれたC4はすべて使い切ったのか」

爆弾だけでなく、現場に居合わせたマフィアを手際よく銃で殺害している。タイパン以外の犯人は思い浮かばない。だが、なぜ、一般人を巻き込むテロではなく、マフィアを標的としたのか疑問が残る。

「爆発の規模からして、半分以上は使ったでしょう。でもすべてでは……」

突然ファリードは前に崩れるように車の残骸の上に倒れた。

6

空気の擦《こす》れる音がした。

プルトップのビール缶を開けるような音がした直後、ファリードが倒れ、夏樹は身を伏せた。その瞬間、頭上の空気が唸りを上げた。

サプレッサーを装着した銃で狙撃《そげき》されたのだ。動かなければ、夏樹もファリード同様撃たれていただろう。

ブロック塀の陰に飛び込んだ夏樹は、グロックを抜いた。迂闊《うかつ》だった。犯人は現場に戻るとよく言われるが、タイパンも現場から逃走したと見せかけて戻っていたらしい。だが、彼は普通の犯罪者とは違う。何かわけがあるはずだ。

〈報復……？〉

二文字が脳裏に浮かぶ。

夏樹が撃った弾丸で、タイパンはやはり負傷していたに違いない。奴は夏樹に復讐《ふくしゅう》がしたいのではないか。マニラのマフィアをあえて爆死させたのは、ドゥテルテ大統領を喜ばせるためではなく、夏樹を誘《おび》き寄せるためだったと考えれば合点が行く。

ミンダナオ島で爆弾テロが起こっても、珍しいことではない。梁羽も気にすることはなかったはずだが、首都マニラなら別である。それにテロを行うなら、犠牲者が多くなければ意味がない。だが、繁華街や公共の施設で爆弾を使えば犠牲者は出るが、事件後の現場周辺は厳戒態勢になるため待ち伏せすることもできなくなる。そのため、マフィアを狙ったのだろう。

警察は麻薬取引をしていたマフィアを、彼らに代わって処刑してくれたと考えたのだろう。事件を捜査する気配すらなく、周辺に警察官の姿もない。現場と街に人気がなくなった分、待ち伏せするには好条件となっていた。タイパンはそこまで考えて爆弾を使ったに違いない。

夏樹はポケットから単眼の小型ナイトビジョンを取り出した。梁羽のチームが用意していた装備だ。

現在位置は、マフィアの屋敷を正面から見て左側のブロック塀の裏側である。黒焦げの車の残骸がある玄関は数メートル右後方だ。門の近くには街灯があったのかもしれないが、爆発で破壊されたのだろう。周囲は闇に閉ざされている。

ナイトビジョンで確認する限り、ファリードは背中の右肩甲骨に近い場所を撃たれている。心臓の直撃は免れたらしいが、安心はできない。一刻も早く手当てをしなければ命に関わることに変わりはないだろう。

銃撃された際、屋敷前の道に人影はなかった。というのも路上から銃撃するにはブロック塀が邪魔である。夏樹の視界に入る範囲でなければ狙撃できない。とすれば、屋敷前にある三階建てのアパートの二階か三階の窓から狙ったのだろう。

　夏樹のいる場所から数メートル左の先に隣りの建物のコンクリートの塀がある。だが、隣家の塀を上れば狙い撃ちされてしまう。反対の右側はやはり隣家の壁があるが、壁の手前に屋敷の奥に抜ける狭い通路があった。反撃するか逃げるのか、どちらにせよ屋敷の裏に出て移動するほかなさそうだ。それには門扉がなくなっている正門を走り抜ける必要があった。

　左右の門柱の間隔はおよそ二・五メートル。暗闇の中、銃撃してきたことを考えれば、敵もナイトビジョンを持っている可能性がある。勢いよく走って最後はジャンプすれば、視野が狭いナイトビジョンで捕捉《ほそく》するのは難しいはずだ。

　夏樹は敵の位置を確認するべく、門柱の脇から覗こうとナイトビジョンを僅《わず》かに出した。途端にコンクリートの柱が土煙を上げる。

　直前に二階の窓にマズルフラッシュが見えた。

「おっと」

　相手もナイトビジョンを持ち、向かいのアパートの二階にいることがこれで分かった。距離は十二、三メートル、狙撃銃ではなく、ハンドガンで狙っている。狙撃銃ならコンクリートブロック越しに撃っても、銃弾は貫通するからだ。

「むっ！」

　目の錯覚かと思ったが、前の通りの闇が動いた。

夏樹が銃を斜め前方に向けると、黒装束の三人の男がアパートの玄関に次々と消えた。

「ふーむ」

鼻先で笑った夏樹は、銃を左手に持ち替えてアパートの二階に向かって三発銃撃し、すぐに銃を引っ込めた。

アパート二階から反撃されたが、その直後に二階で激しい銃撃音が轟《とどろ》いた。暗闇で顔は分からなかったが、先ほどアパートに侵入したのは、梁羽の部下だったのだろう。

バイクのエンジン音。

アパートの一階玄関を突き破りバイクが路上に飛び出してきた。

「何!」

ブロック塀から走り出た夏樹は、スキンヘッドのライダーに向かって銃を構えた。

ライダーは夏樹に向かって、小さな黒い固まりを投げつける。

通称〝アップル〟、米軍M67手榴弾《しゅりゅうだん》に違いない。

「くそっ」

舌打ちをした夏樹は、ブロック塀の陰に飛び込んだ。

直後、M67が爆発した。

暗殺

1

午後十一時二十分、夏樹はパドリー・フォーラ・ストリート沿いにあるフィリピン総合病院の玄関ホールを抜け、正面玄関脇にある夜間通用口から外に出た。

マフィアの屋敷で銃撃されたファリードを、夏樹自ら病院に運び込んだ。救急車を呼ぶよりも確実ということもあったが、犯行現場から一・五キロほどと近かったからである。それに、夏樹がポリスバッジを見せて、警察官が銃撃されたと言った方が、病院の対応が早いことは分かっていた。また、ファリードではまずいので、カルロス・バラハと言う名前で入院させてある。退院する際に、その名前で偽のIDを用意する必要はあるだろう。

通用口の目の前に夏樹の車が停めてあり、その隣りに白のハイエースが停車している。ハイエースの後部ドアが開き、中から梁羽が顔を出し、手招きをした。

夏樹は無言で梁羽の隣りに座った。車には二人だけである。部下を下がらせたらしい。

「どうだ？」

梁羽は、表情もなく尋ねてきた。

「我々を囮《おとり》に使ったくせに、気になりますか？」

夏樹は横目で梁羽を見た。背中から撃たれたファリードは弾丸が右肺を貫き、肺に血液が溜《た》まっている状態だったらしい。緊急手術で弾丸を摘出し、患部の縫合などの処置もしたが、出血が思いの外多く、助かる確率は低いらしい。だが、医師の話では夜明けまで持てば、希望はまだあるそうだ。

「おまえが、心配で部下を送り込んだまでだ」

梁羽は鼻息を漏らして笑った。

夏樹とファリードが到着する前に、梁羽の部下は現場近くにいたのだろう。まんまと二人は囮となり、タイパンに銃撃された。そこを梁羽は部下に襲わせたのだ。

夏樹はその意図を察知したので、あえてブロック塀の陰から反撃し、タイパンの注意をそらせた。その機会に乗じてアパートに侵入した梁羽の部下が、二階の一室を急襲したのだ。だが、その部屋にいたのは、フィリピン人のマフィアの一員で、タイパンが殺害したサンチェスとは別の組織に所属していた殺し屋だったらしい。

タイパンの方が上手だったのだ。梁羽の部下に殺された殺し屋は、無線機を持っていた。タイパン自身はアパートの一階に潜んでおり、偽警官が夏樹かどうか確認したに違いない。

フィリピン人の殺し屋の攻撃に夏樹の注意を引き付けて、殺すつもりだったのだろう。また、夏樹が仲間を連れてきた場合のリスクも計算の上だった。だからこそ、逃走用のバイクをアパートの玄関ホールに隠していたのだ。二階の殺し屋は実行犯であり、同時に囮だったのだ。

「六年前に、諜報《ちょうほう》の世界から身を引いたのは、騙《だま》し合いに疲れたからですよ。そもそも、あなたのチームが動けないから、俺が行動したんじゃないんですか？」

夏樹は溜息《ためいき》を吐《つ》いて、首を振った。

「急派したことを教えなかったのはすまないと思っているが、騙すつもりはなかった。本部からは、黄色五星の活動は黙認するようにと言われているだけで、タイパンのテロ活動を阻止するなとは言われていない。それにマラテ地区には華僑《かきょう》も多く住んでいる。彼らを守るためと言えば、なんとでも言い訳は立つのだ」

「詭弁《きべん》でしょう。タイパンは俺に復讐《ふくしゅう》しようとしていた。そこにノコノコと姿を現したんだ。狙われるのは当たり前じゃないですか」

夏樹は口調を荒げた。まともに聞いていると、梁羽の術中にはまりそうだ。

「勘違いしているようだな。タイパンは、おまえを殺すためだけに、十六人もの死傷者を出す爆弾テロを起こしたとでも思っているのか？　おまえを殺すのは二の次、おまけみたいなものだ」

梁羽はジロリと夏樹を見返してきた。

「…………？」

　夏樹は首を傾げた。

「セルジオ・サンチェスは、フィリピンマフィアの中でも実力者で、政治家にも太いパイプを持ち、警察関係者にも大勢知人がいた。だからドゥテルテ大統領もなかなか手が出せなかったのだ。しかも大統領官邸であるマラカニアン宮殿に近い場所に堂々と住んでいた。まあ、目の上のたんこぶみたいな存在だったのだ。それをタイパンがいとも簡単に殺害した。ドゥテルテの喜ぶ顔が目に浮かぶよ」

　梁羽は足元のクーラーボックスから冷えたサンミゲルを出し、栓を抜くと夏樹に渡し、自分の分も用意した。夏樹も早く帰ってビールを飲みたいと思っていたところだ。

「マニラの麻薬戦争はこれからも続くだろうが、サンチェスが死んだことで、一区切りついたらしい。ドゥテルテはこれまで、国内視察を控えていたが、そのスケジュールが急に動き出した。手始めにダバオに行くことになったようだ。ドゥテルテは地元であるダバオで大統領就任後の凱旋《がいせん》パレードでもしたいのだろう。地元で準備が出来次第、マニラを発《た》つはずだ」

　ドゥテルテ大統領の側近に中国の諜報員がいるらしい。

「最初から警備が手薄になる地方に、ドゥテルテを誘《おび》き寄せるのが目的だったのか」

　腕組みをした夏樹は、頷《うなず》いた。タイパンは冷酷で用心深いが、戦略家ではなさそうだ。今回のテロも計画を立てたのは、間違いなくベックマンだろう。

「黄色五星は、ダバオでドゥテルテの暗殺を決行する。必ずな。我々もすぐにダバオに行って暗殺阻止のために準備をしなければならない」

梁羽は拳《こぶし》を握りしめた。

「ちょっと待ってください。今さっき、本部からは、黄色五星の活動は黙認するように命じられていると言っていたじゃないですか」

夏樹は肩を竦《すく》めて笑った。

「直接妨害するようなことはしない。梁羽は諜報員にありがちな二枚舌である。いうことだ。テロで世界の秩序を変えてはならない。おまえをバックアップするために全力を尽くすとドゥテルテの暗殺に罪もない人々が巻き込まれるのは目に見えている。黙って見過ごすつもりか？」

眉間《みけん》にしわを寄せた梁羽は、語気を強めた。もっともらしいことを言っているが、梁羽は伝説とまで言われた大物スパイである紅《あか》い古狐なのだ。信じろと言われても無理がある。

「慈善事業でもするつもりですか。諜報の世界に生きる人間の言葉とも思えない。真意は何ですか？」

必ず裏があるはずだが、今の夏樹では看破することはできないようだ。

「私を信じて、行動をして欲しいと言うことだ」

梁羽は夏樹の肩を摑んで言った。

「ふーむ」

夏樹は唸《うな》るように答えた。

2

翌日の昼下がり、ダバオ国際空港。

マニラからやってきた大勢の乗客が、空港ビル前のタクシー乗り場やバス停に向かっている。

日本人観光客の団体の後ろに、サングラスをかけ、白髪交じりの中年に扮装《ふんそう》している夏樹が、黒髪をアップにした若い女を連れていた。小麦色の肌によく似合う黄色のキャミソールに花柄のショートパンツ、それにピンクのサンダルと、典型的なフィリピン人に見えるが、メイクを施したジェーンである。

夏樹はジェーンとともに、ベックマンとタイパンによるテロ活動を阻止するべく、ダバオにやってきたのだ。梁羽も三人の部下を引き連れ、小型機をチャーターしてダバオに向かっている。

彼らは諜報活動に必要な装備と武器を新たにダバオで調達しないで、そのまま持ち込むつもりなのだ。またダバオで装備を調達すると後々当局に言い訳ができないという理由があるのだろう。

夏樹とジェーンはタクシーに乗り込み、市内に向かった。

マニラを発つ前に、夏樹はフィリピン総合病院に寄っていた。集中治療室で治療を受けているファリードは、脈拍は正常に戻り、意識もあった。医師が驚異的な回復力だと舌を巻いていたが、長年ジャングルで過酷な生活していただけに生命力が強いのだろう。ただ、まだ予断は許さないらしく、容体が急変するようなことがあったらすぐに連絡してもらえるように担当のラウル医師とスマートフォンの電話番号を交換しておいた。

三十分後、市の中心部にある五叉路《さろ》のラウンドアバウトを抜け、ロックサス・アベニュー沿いのマルコポーロダバオホテルに到着する。建物は古いがガラス張りの十八階建てで、市のランドマーク的な存在となっている五つ星の落ち着いたホテルだ。

チェックイン後、夏樹は徒歩でマグサイサイ・ストリートの中華街に向かった。ジェーンは昨日から十分休息をとったせいか、元気を取り戻している。部屋に荷物を置くなり、スパでマッサージを受けると言って出かけた。二人はマカティから観光で来ているフィリピン人夫婦という設定である。自《おの》ずと彼女が観光担当ということになったのだ。

ダバオに前回来たのは一週間前、マカティで殺害された張と一緒だったが、今度は彼を殺害した一味の女と行動を共にしている。これほどおかしなこともないが、諜報の世界ではありえないことが普通と考えた方が混乱しない。

夏樹はホテルがある交差点からクラベリア・ストリートを北に向かって進み、尾行の有無を確認するため、ぶらぶらと商店街を抜けて次の交差点で右に曲がりマグサイサイ・ストリートに入った。ホテルからおよそ四百メートル、徒歩で数分の距離だ。朱色の中華門の下を通り、車の中古部品を扱っている陳の店に入ると、サングラスを外した。

「ああ、あんたか。念のために聞いておこう」

相変わらずランニングシャツ姿の陳は、変装した夏樹の顔をじっと見つめた後、笑って見せた。前回は無愛想だったが、夏樹が梁羽の指揮下に入っていると思ったのか、態度を変えたらしい。

「ＥＱ２０５０のワイパーをもらおうか」

ＥＱ２０５０は、〝猛子〟という米国の軍用四駆であるハンヴィーを無断でコピーした中国人民解放軍の軍用車のことで、今週の合言葉になっている。合言葉は簡単だが、週替わりなのだ。

「分かった」

頷いた陳は、奥の部屋へと夏樹を案内した。

「それで、何が必要かな？」

「グロック１９とグロック２６、それと予備の弾丸。弾丸はすべてホローポイントにしてくれ」

タイパンを仕留めるのなら、殺傷能力が高い弾丸にするべきである。無線機や位置発信機など、最低限必要な小道具は、持参してきた。

「他に必要なものは？」

今日は中国製じゃないと、陳は文句を言わない。ダメもとでジェーン用にグロック26を頼んでみたが、在庫はあるようだ。意外とグロックの品揃えはいいらしい。

「車を借りたい。しばらくダバオに滞在するつもりだ」

黄色五星の暗殺計画はドゥテルテ大統領次第で、ダバオに来てからということになるはずだ。三日後になるのか、一週間先になるか分からない。それまで、テロに備えるために街の情報を集めると同時にベックマンとタイパンの捜査を行う。それには、足が必要になるのだ。

「二十分待っていてくれ。車の担当は、私じゃないんだ」

「分かった」

そのまま待ってもいいのだが、夏樹は店を出て近くのシャンハイレストランに入り、サンミゲルとピータンを注文した。ピータンは時間も掛からないし、ビールのつまみとして相性がいいのだ。

二十分後に戻ると、店先に年式が古いトヨタのヴィオスが停めてあった。フィリピンで一番の人気車と言っても過言ではないだろう。タクシーによく使われている。

「銃弾の穴など開けないで返却してほしい。店のシャッターは午後七時で閉める。朝は十時からだ。それ以外の時間は、電話してくれ。このカードの電話番号の末尾の二桁《ふたけた》を62に変えてくれれば、通じる」

陳は冗談を言うと、ミニスカートの女の写真が印刷された怪しげなカラオケバーのカードを渡してきた。実在する店かは分からないが、印字されている店の電話番号の末尾二桁を62に変えると、陳と連絡がつくらしい。

礼を言った夏樹は、銃を入れた小さな段ボール箱を小脇に抱えてヴィオスに乗った。外見は綺麗《きれい》だが、年式は二〇〇六年型、左ハンドル、マニュアル五速、走行距離は二十万キロとかなり年季が入っている。タクシーに使われていた中古車かもしれない。シートが煙草臭く、エアコンも効かないが、走りに問題はない。夏樹は、車に慣れるために少し遠回りしてからホテルに戻った。

部屋は十階にある三十二平米のラージダブルベッドが一つというデラックスルームで、窓からダバオ湾が見える。

十二時五十五分になっているが、ジェーンはまだスパから帰っていない。

冷蔵庫からサンミゲルを出して飲んだ。この国で安心できる炭酸飲料といえば、やはりビールだろう。外気温は三十六度を超していた。窓を開けて車を運転していたが、道路が埃《ほこり》っぽいので昼間の運転は苦労させられる。

ポケットの衛星携帯が反応した。画面を見ると、梁羽である。

——私だ。先ほどホテルに着いた。おもちゃは手に入れたか？

梁羽と彼の部下はサンタ・アナ・アベニューに近い、ザ・ピナクル・ホテル&スイーツにチェックインする予定になっていた。それにおもちゃとは、武器のことである。

「予定通りです。そちらは？」

――宮殿からはまだ連絡は入っていない。

ドゥテルテ大統領の側近になっている中国の諜報員《ちょうほう》からの情報のことで、新たな動きはないということだ。

梁羽らはダバオ市内の宿泊施設を片っ端から調べて、ベックマンとタイパンを探し出すつもりらしいが、ドゥテルテ大統領がダバオに来るまでの暇つぶしに過ぎないのではないかと夏樹は思っている。

用心深いベックマンが、一般人に交じってホテルに宿泊するとは思えないからだ。マニラの住宅街にあったような隠れ家を、ダバオにも用意している可能性が高い。マニラ以外の都市にも隠れ家となる幾つかの候補をベックマンはジェーンに要求しており、彼女はダバオの物件を探し出してベックマンに報告したそうだ。

部屋のドアが開き、ジェーンが帰ってきた。

「なっ！」

夏樹は両眼を見開いた。

「どう？」

ジェーンがバレリーナのように一回転して見せた。長い髪がバッサリと切られてベリーショートになっていたのだ。マッサージには行かずに美容院に行っていたらしい。

「よく似合うよ」

理由はあえて聞かなかった。追われる身としては、大胆な変身が必要だからだ。

「ベックマンを探しに行きましょう」

ジェーンは快活に言った。

3

一日一便運航されているシンガポール・チャンギ国際空港九時発、ダバオ国際空港十二時四十五分着のシルクエアー航空に乗ってきた大勢のシンガポール人が入国審査のために列をなしている。

新婚らしいカップルが入国審査を終え、後ろに並んでいたカジュアルなジャケットを着た大柄な男が、書類ケースを手に窓口に立った。書類ケースを開けたものの、慌ててジャケットのポケットを探った男は、パスポートを審査官に渡し、苦笑して見せる。

「ミスター・リー、どういうお仕事ですか？」

女性審査官が、男の商用ビザを見て尋ねた。どこの国でもそうだが、審査官というのは笑顔で質問しない。

「旅行代理店ですよ。ダバオにシンガポール人観光客を、たくさん送り込みたいと思っているんです。だけど、現地の代理店がのんびりしているので、直接乗り込んできたというわけです」

黒髪をきちんと分けた男は、銀縁のメガネを人差し指で上げながら答え、人の好《よ》さそうな笑顔を見せた。だが、その笑顔が偽りであることを誰も気が付かないだろう。なぜなら男はタイパンだからだ。

彼はマラテにあるマフィアの屋敷前からバイクで逃走し、その足でニノイ・アキノ国際空港に向かった。空港のトイレで変装し、偽造パスポートを使って二十一時三十五分発のシンガポール・チャンギ国際空港行きのタイガーエアー航空の最終便に乗っている。空港近くのホテルで仮眠し、翌日になってダバオにやって来たのだ。

「フィリピン人はラテン系で、ゆったりとしているんです。お仕事頑張ってください」

審査官も笑みを浮かべ、パスポートに入国スタンプを押した。

「ありがとう。あなたみたいに誰もがテキパキと仕事をこなしてくれたら、苦労しないんですがね」

パスポートを受け取ったタイパンは、笑顔を残して入国審査を通過し、荷物引取り所でスーツケースを受け取ると、タクシーで空港を後にした。


ダバオからパン・フィリピン・ハイウェイ（AH26）で三十キロ北にパナボという街がある。街と言っても五階建てのビルより高い建造物はないが、中心部を通るAH26とタデコ・ロードの交差点には信号機もあるので、田舎というほど寂れてはいない。

街はジャングルから切り出されたように緑が溢《あふ》れ、のんびりとしている。マニラの下町のようなガサツな感じはない。いい意味で、フィリピンらしい街なのだろう。

ＡＨ２６の交差点から、数ブロック先のアーゲルズ・ストリートに曲がると、二百メートルほど先に金網のフェンスに囲まれた家がある。

三百坪はありそうな敷地にあるトタンで出来ている家が、ヤシの木と熱帯植物に埋もれている。門には、鉄工所と記された錆《さ》び付いた看板が掲げてあるが、営業しているようには見えない。

鉄工所の敷地内から肉を焼く香ばしい匂いがする。

正門から十メートルほど奥に二つの建物があり、その裏側にある百平米ほどの広場に三台のバンが停められていた。

広場の中央に二台のバーベキューグリルが置かれ、その周りで男たちがビール瓶を片手に肉を焼いている。

「しかし、よくこんな物件を見つけましたね」

中国系の男が、トングで分厚い牛肉を炭で熱せられたバーベキューグリルに載せた。ベックマンの部下、ネッドである。

「パナボ市役所の登記簿を見ただけだ。この鉄工所は二年前に潰《つぶ》れている。買い手がつかないんだ。堂々と使えば、怪しまれない。ここなら金も使わずに何日でも過ごせる」

近くでディレクターチェアに座り、サングラスをかけてハーフパンツにＴシャツとくつろいだ格好で葉巻を吸っているベックマンは答えた。

「我々は大丈夫ですけど、こいつらは我慢できますかね。酒は買い込んできましたが、女っ気がない場所ですから」

ネッドは、隣りで騒いでいる八人の中国系のフィリピン人たちを見て首を振ってみせた。

「パナボは、女遊びができる場所はないが、もし、この敷地から勝手に出ようとしたら、見せしめに殺せばいい」

中国系フィリピン人らが英語は分からないためにベックマンは、声を落とすこともなく言い放った。フィリピン人たちは、ベックマンの話を聞いても笑っている。

彼らの監視役と通訳を兼ねているマッドは、二人の会話を聞いて苦笑を浮かべた。

「なるほど、気を遣う必要はありませんね。元々彼らは、副産物みたいなものですから。ところで、タイパンは作戦Aを見事に成功させたそうですが、問題はありませんでしたか？」

ネッドは意味ありげに尋ねた。肉を焼く間もどこか怯《おび》えているようだ。

「何を心配している？」

ベックマンが訝《いぶか》しげな目でネッドを見た。

「我々の作戦を常に妨害しようとするホセと名乗る男は、どうしているのかと」

ネッドは焼けた肉をひっくり返しながら、聞いた。夏樹のことを警戒しているらしい。

「これを見ろ」

ベックマンは、ポケットからスマートフォンを出してネッドに渡した。画面にはモノトーンの動画が再生されており、夏樹とジェーンが映り込んでいる。

「こっ、これは……？」

動画を見たネッドが両眼を見開いた。

「タギッグ市の隠れ家に取り付けた盗撮カメラの映像だ。ホセと名乗っていた男は、室内のカメラに気が付いた。油断のならない男だ。だが、暗殺部隊は、都合よく私とあの男を勘違いしたらしい。おかげで我々は何の警戒もされずにここまで来られたと言うわけだ」

ベックマンは笑うと、傍のテーブルに置いてあるレッドホースの瓶に手を伸ばした。

盗撮カメラは室内だけでなく、建物の外にも仕掛けてあったようだ。

「それはいいのですが、ジェーンがどうしてホセと一緒に行動をしているのですか？私はマカティから別々に脱出したので、てっきり暗殺部隊に殺されたと思っていたのですが」

ネッドは険しい表情になった。

「あの女は狡猾《こうかつ》で、諜報員《ちょうほういん》としては一流だ。ホセを殺して当局に差し出すつもりだったのだろう。だが、哀れなことにかえって暗殺部隊に追われる結果になったようだ」

ベックマンは咳《せき》をするような乾いた笑いをした。

「なるほど、彼女ならありえます。だが、その狡猾さが仇《あだ》となったわけですか。それにしてもホセは、屋根裏の脱出口にも気がついたようですね。只者《ただもの》ではありませんよ。フィリピンの情報組織の者ではなさそうですが、一体何者ですか？」

ネッドは眉間《みけん》に皺《しわ》を寄せて首を左右に振った。

「確証はないが、冷たい狂犬と呼ばれた日本の元諜報員だ。我々と直接仕事上関わることがなかったから気が付かなかったが、中国や北朝鮮ではかなりの悪名を轟《とどろ》かせた凄腕《すごうで》だったらしい」

「冷たい狂犬？　コードネームですか？」

ネッドは生唾《なまつば》を飲み込んだ。

「そのものズバリ、冷静沈着で恐ろしく残虐だと、本部の資料には記されていた。六年前退職して行方不明になっていたらしいが、中国かフィリピンに雇われたようだ」

「厄介な男が関わっていますね」

ネッドは舌打ちをした。

「敵に不足はないと思えばいい。ポジティブに考えろ」

レッドホースを口にしたベックマンは、ニヤリとした。

4

午後八時、夏樹とジェーンはホテルに重い足取りで戻った。

ベックマンの隠れ家を、彼女の記憶を頼りにダバオ市内であちこち探したのだが、成果をあげることはできなかったのだ。

ジェーンは、一ヶ月ほど前にベックマンにダバオ市内の一戸建ての物件を探すように依頼されている。だが、インドネシアの任務の途中だったために資料を慌てて作成し、彼にメールで送ったそうだ。

物件はインターネットの不動産情報サイトで見つけたので、それを再度検索して資料をダウンロードした。その資料をもとに一軒一軒二人で調べたのだが、該当する物件はなかったのだ。

「まだ、時間的にダバオに入っていないということかしら」

部屋に入るなり、ベッドに横になったジェーンは大きな溜息《ためいき》をついた。

「陸路でここまでくるのに、途中のフェリーを入れて約三十三時間。これは休みなく移動し続けた場合だ。だが、ベックマンがマニラの大使館で、三人の局員を殺害して逃亡したのは、一昨日《おととい》。四十時間以上前のことになる。時間的には問題ない。だが、ダバオに潜伏する必要はあるのか」

夏樹は市内のコンビニで買ってきたサンミゲルの缶を冷蔵庫に仕舞い、一本のプルトップを開けて喉《のど》を潤した。フィリピンに来てから半ばサンミゲルを飲むことが習慣的になっている。

「でも、彼は私にダバオ市内で隠れ家となる物件を探すように指示を出したのよ」

半身を起こしたジェーンは、膨れっ面をしている。疲れた上にまだ夕食を食べていない。怒りたくなるのも頷《うなず》けるが、一流の諜報員は顔には出さないものだ。もっともそれだけ、夏樹に気を許している証拠とも言える。

「日本には、敵を欺くにはまず味方からという諺《ことわざ》がある。君から情報が漏れた場合のことを考えて、隠れ家は自分で見つけた可能性もあるだろう」

「そっ、そんな」

　ジェーンは首を振っている。ベックマンは彼女に対して、情報漏洩《ろうえい》を前提に仕事を出したに違いない。それが諜報の世界なのだ。

「ベックマンは、葉巻愛好家なんだろう。だとしたら、ダバオはちょっと息苦しいんじゃないのか？」

　ダバオは徹底した禁煙対策をしている。市長を長く務めたドゥテルテが、麻薬の次に煙草を嫌い、禁煙対策をしたからだ。市の条例では公共施設、宿泊施設、娯楽施設での禁煙、また学校から百メートル以内の煙草の販売を禁止している。

「確かにそうね。ベックマンはマカティでは仕方なくホテルを使っていたけど、地方都市に行ったら喫煙できる隠れ家にしたいと思っても不思議じゃないわね」

「そんなところだろう。どうでもいいが、食事に行かないか」

「賛成！」

　ジェーンは弾《はじ》かれたようにベッドから立ち上がった。

「それじゃ、目をつけておいた店に行くか」

　車の運転をしながら目ぼしい店はいくつか見つけていた。中でもホテルから一・三キロほど、市の中心部を通るリサル・ストリートとC・バンゴイ・ストリートの交差点にある南国の樹木が鬱蒼《うっそう》と茂る庭に白い二階建てのテラスがある洋館が、気になっていた。クラウディズ・カフェ・デ・ビラと言うフランス料理の店だ。調べてみると、オーナーはフランス人らしく、本格的なフランス料理とこだわりのワインも出すという。

酒も飲みたいので、ホテルからタクシーに乗った。

タクシーはC・バンゴイ・ストリートを南に向かって進んだ。三車線はある道路だが、一方通行である。この街もジープニーが多いが、マニラと違うのは日本の軽トラックを改造した車をよく見かけることだ。

ポケットの衛星携帯が反応した。画面の電話番号は、梁羽からである。

「はい」

例によって、夏樹は素っ気なく返事をした。インドネシアで再会して以来、すでに十日も経つ、一年前は敵と味方にはっきりと分かれた上での再会だったが、今回はそんな緊張感もなく会っている。だが、行動を共にし、諜報員としては熟練の域に達してきた夏樹でさえ、理解できないところがある。それだけ、梁羽が諜報員として一流ということなのだが、人として馴染《なじ》めないというのが正直なところなのだ。

――ドゥテルテのスケジュールが急に決まった。明日、職務を終えてからダバオに到着し、建設中のダバオタワーの現場視察をする。その後食事会に参加するそうだ。急に決定したこともあり、内密に来るらしい。おそらくテロを警戒してのことだろう。

「そんな……」

ベックマンとタイパンの所在も分かっていない状況では、彼らに先手を打つことができない。

――仕方がないのだ。現状で全力を尽くすしかないだろう。ただし、我々は、立場上おまえの後方支援しかできない。方法は任せる。明日の視察に参加し、大統領を守ってくれ。

「勝手なことを」

鋭い舌打ちをした夏樹は、電話を切った。

「ひょっとして、ターゲットのこと？」

ジェーンは緊張した面持ちで尋ねてきた。ターゲットとは、テロの対象、つまりドゥテルテ大統領のことである。

「そうだ。急に明日、建設中のダバオタワーの視察に来ることになったらしい」

夏樹は大きな溜息をついた。

「敵の思う壺《つぼ》よ」

ジェーンも険しい表情になった。

「うん！」

夏樹は突然、車から飛び出した。タクシーは、リサル・ストリートの交差点で右折するために停止していたのだ。

交差点の反対側に渡ろうとするが、信号機がないため直進してくる車に遮られてなかなか渡れない。

「くそっ!」

車の隙を縫って渡った夏樹は周囲を見渡したが、大勢の観光客が素知らぬ顔で通り過ぎていく。

「どうしたの?」

タクシー代を支払って追いかけてきたジェーンが尋ねた。

「やつだ。やつを見たんだ」

夏樹は、黒髪に銀縁のメガネをかけた男が、交差点を徒歩で通り過ぎたのを見た。その姿に異常なまでの違和感を覚えたのだ。男はタクシーを降りた夏樹に気が付き、笑っていた。相手も夏樹を認識したということだ。だが、交差点を渡ったところで見失った。

「何? どういうこと?」

ジェーンは気が付かなかったらしい。

「タイパンだ。たった今、タイパンがここを通ったのだ」

眉間《みけん》に皺《しわ》を寄せた夏樹は、拳《こぶし》を握りしめた。

5

市内の中心部にある十八階建てのマルコポーロダバオホテルは、周辺のエリアには低層の建物が多いためランドマークになっているが、市のやや北西に位置するアヤラモールという巨大な商業施設を中心に高層ビルの建設が相次いでいる。

中でも二〇一一年に着工されたダバオタワーは三十階建てで、五階までの低層階を商業施設、屋上にはプールやジョギングができるコースも設置するなど高級マンションとして、ダバオの発展の象徴となるはずだった。

当初は二〇一六年を竣工《しゅんこう》予定としていたが、二度の事故により工事は遅延し、施工会社であるマニラ・インダストリアルの安全管理が問題となり、十一階まで鉄骨が組み上がった二〇一五年六月から工事はストップされている。

その工事現場をドゥテルテが視察するというのだ。もともとダバオタワーは、彼の肝いりの事業だったので、視察を契機に工事を再開するつもりなのだろう。

午前一時五十分、三台のバンがパナボのタデコ・ロードから次々とＡＨ２６に右折した。

「それにしても、こんなにも早くドゥテルテが行動を起こすとは思いませんでしたね」

先頭車のハンドルを握るネッドは、顔を強《こわ》ばらせている。二台の後続車には薬の売人であるマッドと中国系フィリピン人が分乗していた。

「マフィアを片付けたことが、功を奏したわけだ。それにドゥテルテは意外と有能なのだろう」

ベックマンは欠伸《あくび》をしながら答えた。

「せめて、後一日でも時間の余裕が欲しかったですね」

「時間があれば完璧《かんぺき》な計画ができるというわけではない。だが、今から備えれば一日ある。もっとも時間がないのは、地元の警察も同じはずだ。しかもドゥテルテは隠密《おんみつ》でくるから、警備は手薄になる。これ以上のチャンスはない」

ベックマンだけでなく、ネッドもブルーグレーのシャツに紺色のズボンを穿《は》き、左胸にはポリスバッジを付けた警察官の格好をしている。マニラから飛行機も使わずに陸路をやってきたのは、武器や弾薬だけでなく、本物と同じ警察官の制服や装備を移送する必要があったからだろう。

四十分後、三台のバンはＡＨ２６からブヘンジン・カバティアン・インダンガン・ロードに入り、ドライブスルーも完備された二十四時間営業のジョリビーの前で停まった。店の前が駐車場になっている新しい店舗である。

店の中から、コーヒーの紙コップを片手にカツラを被《かぶ》ったタイパンが現れ、先頭車両の後部座席に乗り込んだ。

「久しぶりだな。なんて呼んだらいい？」

振り返ることなくベックマンは平然と尋ねた。運転席のネッドは、バックミラーを見て顔を引きつらせている。

「タイパンでいい。昔の名前は忘れた」

不機嫌そうにタイパンは答えた。

「マニラの仕事は、さすがだったな」

ベックマンは抑揚もなく言った。マフィアのボス、セルジオ・サンチェスを爆殺した件である。タイパンなら当たり前と思っているのだろう。

「当然だ。そもそも何で、最初から俺を指名しなかったんだ」

ファリードのことをタイパンは言っているのだろう。

「計画を事前にクライアントに伝える必要上、おまえではまずかったのだ。陸軍のファイルではおまえは脱走兵となっているからな」

「俺はイラクでISに入り、そしてアブサヤフに迎えられる形でフィリピンに渡ったのだ。極秘任務だった。本来は軍籍を抹消すればよかったのだ。それを脱走兵として扱われたために帰還することができなくなった。俺が悪いとでもいうのか？」

タイパンは鼻先で笑った。

「軍籍を抹消すれば、ISに入った段階で疑われて殺されていたはずだ。おまえを奴らから守るためにあえて脱走兵としたのだ。むしろ帰還できなくなった理由は、おまえの活動が度を超していたからだ」

ベックマンはふんと鼻息を漏らした。タイパンはアブサヤフ内部でも問題になるほど、残酷で金目当ての殺人を繰り返していたのだ。

「何を言う。米軍を追い出したフィリピン政府が、泣きを入れて再び米軍の駐留を許したのは、俺がアブサヤフに戦い方を教え、派手に活躍したおかげだろう。違うか？」

タイパンは語気を荒らげた。

フィリピンのピナツボ火山の大爆発で米軍のクラーク空軍基地が使用不能となったのをきっかけに米軍は一九九二年に撤退している。だが、本当の理由は、植民地化していたフィリピン国民の反米感情の悪化と軍事的な価値を米軍が見出《みいだ》せなくなったからだ。

米軍撤退を心待ちにしていた中国は、一九九五年にフィリピンの領土であったミスチーフ礁という島を略奪した。これを手始めに今日中国は南沙諸島を次々と埋め立てて領有権を主張しているのだ。

中国に領土を奪われたフィリピンは、米軍撤退を後悔し、さらにミンダナオ島でのイスラム武装勢力が活発化するに及んで、一九九九年に訪問米軍地位協定が批准され、再び米軍がフィリピンに駐留するようになった。だが、地位協定を後押しする形となったイスラム武装勢力の陰にCIAの存在があるという噂が絶えない。タイパンの言葉から察するにCIAの極秘任務を受けて、テロリストになったということなのだろう。

ドゥテルテ大統領が米軍に出て行けと口汚く言う理由は、そこにあるのだ。

「何事もやり過ぎは、禁物なのだ。おまえも元諜報員ならよく分かっているはずだろう。だが、今回の作戦は、度が過ぎようがかまわない。ドゥテルテを暗殺すれば、私だけでなく、おまえも浮かばれる。とにかく作戦を成功させて、ヒラリーを大統領にすれば、米国は正常に機能するようになるのだ。昔のようにな」

「だといいがな」

タイパンは、座席に置いてあった警察官の制服に着替えながら返事をした。

数分後、ブヘンジン・カバティアン・インダンガン・ロードからJ・P・ローレル・アベニューに進入した三台のバンは、ダバオタワーの工事車両専用のゲートの前で停車した。

ゲートには二人の警備員が立っている。

「ダバオ署の者だ。早朝に、とある重要人物が工事現場に視察に訪れる予定だ。警護に不備がないように現場をこれから調べる。ゲートを開けろ」

運転席のタイパンは、ダバオで使われるセブアノ語で言った。直前に運転をネッドから替わっていたのだ。

「聞いていないが……」

警備員の一人が首を傾げた。

「命令書を見せる。ところで、警備員は夜間と昼間は、何人ずついるんだ？」

車を降りたタイパンは、胸ポケットから折り畳まれた紙を出しながら尋ねた。

「工事はしていないので、ゲートの管理だけだ。俺たちは、朝の八時で交代になる」

警備員は答えると、肩を竦《すく》めてみせた。

「なんだと、たったの二人だけか。相変わらずここの施工会社は、管理が甘いらしいな」

舌打ちをしたタイパンは、胸ポケットから出した紙を足元に捨てると、銃をおもむろに出して二人の警備員の頭を撃った。

6

翌日、午後五時、夏樹とジェーンは、ダバオの南、クエゾン・ブルバード沿いにある警察署に車で乗りつけた。

「我々は国家警察所属の警護官だ。署長に取り次いでくれ」

夏樹は受付の警察官にポリスバッジを見せた。

フィリピンの警察機構で一番上の組織である国家警察の中でも、大統領の警護官ともなればエリート中のエリートである。また、彼らは国家公務員だが、市の警察官は署長といえども地方公務員に過ぎない。二人は午前中に陳の店に行き、国家警察の偽造IDやポリスバッジなど必要な小道具は揃えていたのだ。

「こちらです」

血相を変えた警察官に、二人は署長室へと案内された。

「私は国家警察所属、大統領警護官のルイス・サルガド、こちらは、マニュエラ・クルーズです。時間がないので、手短に話します。今日、大統領がお忍びでダバオタワーの視察に来られるための警護の準備は済んでいますか？」

署長室に入った夏樹は、挨拶《あいさつ》も抜きにいきなり話し始めた。署長はアンドニ・バレロンという腹の出た男だが、目を白黒させている。もっとも彼が目を見張っているのは、ジェーンのせいだろう。

今日はグレーのスラックスに胸元が開いたTシャツ、それに銃を隠すために綿の紺のジャケットを着ているが、フィリピン人に見えるように彼女はあえてはっきりとしたメイクをして美しさを隠そうとしていない。

だが、ドゥテルテ大統領が男女平等という理由で、ミスアースフィリピン代表のソフィア・ローレン・デリューという美人警護官を採用するなど、女性だけの警護チームを作っているので不思議ではない。ジェーンはもともとラテン系の顔をしているので、アイメイクを変えるだけでスペイン系フィリピン人に見えるのだ。

「命令を受けたのは、数時間前ですが、準備はしました」

バレロンは戸惑いの表情を見せた。むろん夏樹たちのことは、聞かされていないからだろう。

「多くの制服警護官を大統領の身辺に配置すると目立つので、我々は私服で警護することを命じられました。そのため、現地でもあえて仲間の警護官とはコミュニケーションをとらずに、こちらのチームと行動を共にします。いいですね」

夏樹は問答無用と、高圧的に話を進めた。夏樹とジェーンが地元警察側から疑われずに大統領に接近する作戦なのだ。

「……了解しました」

バレロンは返事をすると、何度も頭を上下させた。

三十分後、ダバオ警察署から出発した三台のパトカーと夏樹の運転する車が、ダバオ国際空港に到着した。

車列は空港職員専用のゲートから直接空港エプロンに入る。お忍びとはいえ、大統領が乗ったチャーター機は、一般乗客が使うボーディングブリッジや到着ゲートを使用しないのだ。

四台の車が空港の西側にあるカーゴターミナルの手前に停車すると、白のベンツと二台のレクサスが、パトカーの近くに停まった。ベンツには市長が乗っており、レクサスはダバオタワーの施工会社であるマニラ・インダストリアルが、大統領のために用意した車だ。

二十分ほど待っていると、明らかに通常の旅客機よりもサイズの小さいジェット機が、夕日に染まる滑走路に降り立った。ボンバルディア社のグローバル・エクスプレスというビジネスジェットで、定員は仕様によって異なるが、八名から十九名という小型機である。

タラップが用意されると、サングラスを掛け、フィリピンの正装である白のバロン・タガログを着たドゥテルテ大統領が、二人の制服警護官と黄色のバロン・タガログを着た秘書官らしき三人の男を伴って階段を降りてきた。お忍びというだけあって同行人数は少ない。

市長とダバオの警察署長であるバレロン、それにマニラ・インダストリアルの社長が大統領を出迎えた。

握手を交わした大統領は、市長と一緒に白のベンツに乗り込んだ。遠目だが、大統領はテレビで見るよりもがっしりとした体格をしている。

大統領が移動する間、背の高い二人の制服警護官とバロン・タガログを着た三人の男たちが、大統領を囲み外部から完全に見えないようにしていた。狙撃《そげき》を恐れての行動であるが、黄色いバロン・タガログを着た三人の男たちの動きから見て、秘書官ではなく彼らも警護官に違いない。

二台のパトカーの後ろにベンツ、その背後を警護官と三人のバロン・タガログの男たちが乗ったレクサスとパトカーが続き、最後尾は夏樹が運転するヴィオスの順である。お忍びといえども七台の車列が走るだけに、沿道の市民は何事かと振り返る。

車列はAH26からブヘンジン・カバティアン・インダンガン・ロードに入り、二十分ほどでJ・P・ローレル・アベニューのダバオタワーの工事現場に到着した。

工事現場の車両出入口であるゲート横には、一台のパトカーが停まっており、二人の警備員がゲートに立っている。

警察官が警備員に指示してゲートを開けさせた。先頭のパトカーから順番にゲートを通過して行く。

「今までのところ、何事もなかったわね」

ジェーンは緊張した面持ちで呟《つぶや》いた。

タイパンがダバオに潜入していることは分かっている。しかも、ベックマンがどこにいるのか未《いま》だに不明なだけに油断はできない。

「うん？」

車列の最後尾につけている夏樹は、ゲートを通る際に警備員が気になり、思わずブレーキを踏んで停まった。

二人とも中国系フィリピン人らしく、目付きが鋭い。彼らには大統領を迎えるとは言ってないはずだが、パトカーの警護を見て緊張しているのかもしれない。

「ゲートを閉めます。止まらないでください」

一人がタガログ語でまくし立てた。

「分かった」

タガログ語で返事をした夏樹は、アクセルを踏んだ。

警備員の襟元に血が付いていた。鼻血でも出したのかもしれないが、気になったのだ。

「どうしたの？」

ジェーンが怪訝《けげん》な表情で尋ねてきた。

「いや……」

夏樹はわずかに首を傾げた。

狂犬の死闘

1

視察のスケジュールは、ドゥテルテ大統領が、ダバオタワーの工事用エレベーターで現在までに基礎工事ができている十階まで昇り、マニラ・インダストリアルの社長から工事の状況と安全対策を聞くことになっていた。

視察後はホテルで地元の財界人と会食をし、予定では午後十時に帰るという強行スケジュールである。

お忍びとはいえ、プライベートなものではない。大統領が安全対策を褒めちぎれば、傍に立って一緒に説明を聞いていた市長が、工事の再開を許可するというわけだ。その様子を地元のメディアが撮影して、ニュースとして流す予定である。一年も工事がストップしていただけに、起爆剤となるイベントが必要だったのだろう。

車列は地下二階の駐車場に入り、工事用エレベーターの前で停められた。夏樹はジェーンとともに車から降りると、大統領よりも早くエレベーターの前に立った。大統領と一緒にエレベーターに乗らなくては、意味がないからだ。

大統領は制服の警護官とバロン・タガログの男たちに囲まれて車から降りた。彼らだけでも六人いる。市長と警察署長、それにパトカーに乗ってきた十二人の警察官全員は一緒に乗ることはできない。

「私は後にしようかしら」

警察官らを見たジェーンは言った。

「いや、一緒に来てくれ。どうにでもなる」

首を振った夏樹は、

「部下は、第二弾で来させてください。エレベーターが窮屈では、大統領に失礼ですから」

警察署長のバレロンに近づき、彼の耳元で囁《ささや》いた。

「なっ、なるほど。分かりました」

頷《うなず》いたバレロンは、部下にエレベーター前で待機するように命じた。

夏樹とジェーン、大統領とそのお供、市長にバレロンの合計十名が、工事用エレベーターに乗った。地元のメディアは、二人のカメラマンが十階で待っているはずだ。工事用と言っても簡易なものではなく、ちゃんと扉も壁もあった。運行速度は遅いが、行き先のボタンは完成時の30と屋上のRまである。

夏樹は十階のボタンを押すと、パネルの前に立った。ジェーンは、夏樹の反対側の隅にいる。これは、ドアが開いた瞬間に不用意に体をさらけ出さないという諜報員《ちょうほう》ならば誰でも身に付けている習慣なのだ。

大統領はサングラスを外そうともせずに、無言で前を向いている。エレベーターが動き出すと、大きな溜息《ためいき》を吐いた大統領は、夏樹のすぐ横の壁に背をつけた。公務を終えてからのイベントなので、疲れているのだろう。

十階に到着し、ドアが開いた。

銃撃音。

目の前の男たちが血飛沫《ちしぶき》を上げて倒れる。

フロアーから銃撃されているのだ。

「くそっ！」

夏樹は銃を抜いて反撃しながら、閉まるボタンを押し、続けて地下のボタンを押した。

フロアーに三人の男が立っており、エレベーター内をM4カービン銃で銃撃してきたのだ。

ドアが閉まり、エレベーターが下がり始めた。

「なんてことだ」

エレベーター内で立っているのは、無傷の夏樹とジェーンだけで、他の者は全員銃弾を受けて血を流し、折り重なって倒れている。

「うーん」

大統領が胸を押さえて、起き上がった。よく見ると服に付いた血は、大統領のものではない。

夏樹は慌てて抱き起こした。

がっしりとしていると思ったのは、ボディアーマーをバロン・タガログの下に着用していたからだ。M4の5・56ミリ弾も貫通しなかったのは、アラミド繊維でできたボディアーマーの下に、徹甲弾にも対応しているセラミック製のトラウマプレートを入れてあるからだろう。だが、三発も喰《く》らっている。銃弾の衝撃は凄《すさ》まじいので、肋骨《ろっこつ》にヒビが入っていてもおかしくはない。

「肩を貸せ」

大統領が夏樹の肩に捕まって立ち上がった。

「なっ！」

声を聞いた夏樹は、眉《まゆ》を吊《つ》り上げた。

「反撃するぞ」

聞き覚えのある声は、梁羽である。ドゥテルテのフルフェイスのマスクを被《かぶ》っているのだ。サングラスをかけているのは、目元がどうしても違って見えるからだろう。あまり喋《しゃべ》らなかったのも、顔の筋肉がうまく動かせないからに違いない。

梁羽は意識のないバレロンのホルスターから銃を抜いた。ジェーンは大統領が偽者と気付いてないらしく、半ば口を開けて見ている。

頷いた夏樹は地下一階のボタンを押した。

「何をしているの。車は地下二階よ！」

我に返ったジェーンが、ヒステリックに叫んだ。

「生き残った者がどうするか、連中も分かっているはずだ」

夏樹は平然と答えた。敵は必ず二手に分かれ、最初に十階で攻撃し、もし生存者がいたとしても地下二階の駐車場で待ち構えていれば、皆殺しにできると思っているに違いない。

「そういうことだ。地下一階から出れば、相手の裏をかいて少なくとも地下二階の敵を殲《せん》滅《めっ》できる可能性も出てくる。外で待機している私の部下も、異変に気が付いているはずだ」

梁羽はあくまでも脱出ではなく、この機会にベックマンとタイパンの二人を倒すことにこだわっているようだ。

「死にたくなかったら、付いてくるんだ」

夏樹は冷たく言った。ジェーンは、素人の女ではない。非常時に闘う意思がなければ、足手まといになるだけだ。

「分かったわ」

頷いたジェーンは、ショルダーホルスターからグロック26を抜いた。

ダバオタワーから五十メートル西側のJ・P・ローレル・アベニューの路上にバンが停車している。

運転席には梁羽の部下である黒征、後部座席には潘楠と周江が乗り込んでいる。彼らは小型チャーター機で、昨日のうちにマニラからダバオにやって来た。梁羽が夏樹にホテルに到着したと言ったのは、彼らのことで、自分はまだマニラにいたのだ。彼らは、梁羽の命令で工事現場を朝から見張っていた。

「銃声が聞こえなかったか？」

黒が首を傾げた。異変を見逃すまいと、彼らは窓を全開にしていたのだ。気温はまだ三十度近くある。エンジンを切ってエアコンもつけずに待機していたのだ。

「ダバオタワーから聞こえたような気がする」

眉間《みけん》にしわを寄せた潘が答えた。

「周、潘、老師に連絡してくれ」

黒は車のライトを点《つ》け、車を出した。

「ダメだ。衛星携帯は通じない。地下にいるのかもしれない」

衛星携帯を耳に当てた周が、悲鳴に近い声で言った。

無線機を手にした潘も首を横に振っている。

「何！」

黒がダバオタワーの工事車両用ゲートの直前で、ブレーキを踏んだ。ゲートの内側に大型トラックが停められており、車両の通行ができない状態になっている。

「変だぞ」

訝《いぶか》しげな顔をした黒が、運転席のドアノブに手をかけた。

トラックのバックドアを開き、M４を持った警備員姿の二人の男が荷台に立っている。

「まずい！」

黒の叫び声は、Ｍ４の銃撃音でかき消された。

2

夏樹と梁羽とジェーンの三人は、地下一階の駐車場に降り立った。

非常階段はすぐ横にある。下で待ち構えていた連中は、すでに夏樹らが降りたことを知っているはずだ。だが、階段を上がってくる気配はなく、静まり返っている。

「おかしい」

梁羽が首を捻《ひね》った。

「タイパンは、直接闘いたいのかもしれませんね」

夏樹は苦笑した。マニラで夏樹を殺し損ねたタイパンは、闘いを望んでいるような気がする。

「何か、罠《わな》でも仕掛けているのだろう」

梁羽は鼻で笑った。

「援護をお願いします」

グロック19を構えた夏樹は、非常階段をゆっくりと下りはじめた。間隔をあけて、梁羽とジェーンも階段を一歩ずつ下りる。

地下二階まで下りた夏樹は非常階段のドアを開けると駐車場に飛び込んで転がり、膝《ひざ》立ちで銃を構えた。

「…………！」

右眉を吊り上げた夏樹は、油断なく立ち上がった。エレベーターの前に停めてあるパトカーの向こう側に、バレロンの部下である六人の警察官が輪になって立っている。その足元には残りの六人の警察官が血を流して倒れていた。半数が殺されたらしい。

夏樹は右端の警察官に銃を向けた。彼らの陰にスキンヘッドが見えたのだ。

「やはり、おまえか」

タイパンはグロック17Cの銃口を警察官の頭に突きつけている。

「タイパン、銃を下ろせ！」

非常階段のドアから飛び出した梁羽が、銃を構えながら声をあげた。ジェーンは怖気《おじけ》づいたのか、姿を見せない。

「なんて勇ましい大統領、と言いたいところだが、声が違う。影武者か。急なスケジュールで、俺たちに本人かどうか確認する暇を与えなかったというわけだ。まんまと俺たちを呼び寄せることに成功したな。だが、銃を下ろすのはおまえたちの方だ。警官を殺してもいいのか？」

タイパンは、大袈裟《おおげさ》に驚いてみせた。

「構わん。警官一人の命で、おまえを殺せるのなら、大した代償ではない」

梁羽は笑いながら答えた。本当にそう思っているのだろう。

「誰が、一人だと言った。俺が死ねば、全員道連れだ。警官の足元を見てみろ」

タイパンが今度は、大きな声で笑って見せた。

「…………！」

夏樹は立っている警察官の足元を見た。

彼らは互いに手錠で繋《つな》がれて輪になっており、その中心に八十センチ四方の黒いボックスが置かれている。しかも、ボックスから六本のケーブルが伸びて、六人の警察官の手錠と繋がっていた。

「手錠には電流が流れている。手錠を外せば、爆発する仕組みだ。それに俺に衝撃が加えられると起爆装置が作動し、この地下駐車場ごと爆発する。銃を下ろせ。大統領、それに冷たい狂犬」

なぜかタイパンは夏樹の正体を知っている。

「信じろというのか！」

夏樹はタイパンに銃を向けたまま尋ねた。

「仕様がない。爆弾を仕掛けたボックスの上に液晶タイマーがある。見てみろ」

わざとらしく溜息《ためいき》をついたタイパンは、左手にスマートフォンを持った。

夏樹は警察官の足の隙間からボックスを見た。ボックスの上には液晶の表示があり、赤い0という数字が四つ並んでいる。

「スマートフォンが衝撃を感知しても爆発するが、時間の設定もできる。試しに十五分後に設定してやる」

タイパンがスマートフォンを操作すると、液晶の数字が15：00に変わった。

「何！」

両眼を見開いた夏樹は、タイパンを睨《にら》んだ。数字がカウントダウンを始めたのだ。

「おっと、間違って、スタートボタンを押してしまった。十五分後に爆発する。止めて欲しかったら、二人とも銃を指先で摘《つま》んで俺の方に投げろ」

「分かった」

夏樹と梁羽は素直に従って、銃をタイパンの近くに投げた。

「とりあえず、おまえは死ね」

タイパンは梁羽に銃弾を浴びせた。彼は梁羽がボディアーマーを着用していることを知らないのだ。

梁羽は弾《はじ》かれたように後方に転がった。顔には当たっていない。衝撃はあるだろうが、うまい演技だ。

「おまえはすぐには殺さない。痛みを教えないとな」

タイパンはスマートフォンをズボンのポケットに仕舞って近付いてくると、夏樹の鳩《みぞ》尾《おち》にいきなり左パンチを入れてきた。腹筋でブロックしたが、パンチは重く、胃袋にまで衝撃を与える。

「ぐっ」

胃液が上がり、一歩下がった。

「意外と体を鍛えているじゃないか」

冷酷な顔になったタイパンは銃を突きつけながら、左パンチを夏樹の顎《あご》に決めた。

鈍い音がし、目の前に星が飛んだ。

「まだ、倒れるなよ」

タイパンはまた鳩尾にアッパーでパンチを入れ、夏樹が体勢を崩すと、肘《ひじ》打ちを肩口に落とした。夏樹はわざと体を前に倒して肘打ちの鎖骨直撃を避ける。まともに受ければ、鎖骨は簡単に折れるからだ。

「しぶとい奴だ。まだ倒れないのか」

タイパンは銃を左手に持ち替え、右パンチを繰り出した。

夏樹はわずかに体を右に入れてパンチを避《よ》けてタイパンの左手を摑《つか》んで捻《ねじ》り、同時に銃を奪った。古武道の小手返しを応用した技である。

右手に握った銃でタイパンの右太腿《ふともも》に二発の銃弾を撃ち込んで跪《ひざまず》かせると、夏樹はズボンのポケットからスマートフォンを抜き取った。

「解除の仕方を教えろ!」

夏樹はタイパンの頭に銃口を突きつけた。

3

タイパンの不気味な笑い声が駐車場に響いた。

「よほど死にたいらしいな」

右頬をピクリと痙攣《けいれん》させた夏樹は、タイパンの左太腿を撃ち抜く。銃弾はホローポイントである。足はもう使い物にはならない。

「タイマーが作動する前なら解除できた」

前のめりに倒れたタイパンは、薄ら笑いを浮かべながらゆっくりと起き上がり、腰を下ろした。三発もホローポイント弾を受けても、呻《うめ》き声すらあげない。痛みに対して耐えるような訓練を受けたのだろう。

「無駄だ。その男は口を割らない」

いつの間にか梁羽は、胡座《あぐら》をかいて座っていた。夏樹の闘いぶりを眺めていたらしい。

「そうよ。タイパンは口を割らない。早く逃げましょう」

銃を構えたジェーンが非常口から出てきた。

「まだ十二分ある。口を割らせる」

拷問のテクニックを夏樹は持っている。白状させられるかもしれない。

「巻きぞえはごめんよ」

ジェーンがタイパンの頭を撃ち抜いた。

脳漿《のうしょう》をぶちまけたタイパンは、崩れるように倒れる。

「なっ」

夏樹は険しい表情で彼女を睨んだ。

「あなたに死なれては困るの。残るはベックマンだけよ。行きましょう」

ジェーンが手招きをした。

「ベックマンは、この女がいる限り捕まらんよ」

梁羽がマスクのせいでほとんど口を動かさずに笑った。

「偽大統領に何が分かるの？」

ジェーンが鋭い視線で梁羽を見た。

「タイパンらが工事現場に潜入したのは、夜明け前のはずだ。夜が明けてからは、私の部下が見張っていた。私は大統領の信頼のおける側近に打診し、今回の視察を提案したのだ。だから、ベックマンやタイパンらも夜明け前に計画を知るはずがないのだ。しかも、地元市長や警察に大統領視察を打診したのは六時間前の昼過ぎ。にもかかわらず極秘の視察を知っていたのは、彼から聞いた情報をおまえが流したからだ」

側近というのは、中国側の諜報《ちょうほう》員なのだろう。だから、大統領にすり替わった梁羽を警護官が護衛し、チャーター機でやってきたのに違いない。本物の大統領は、偽視察のことも知らない可能性がある。

「やはり、そうか。君は暗殺部隊を惹《ひ》きつけてベックマンを逃がし、情報を流すために俺に近付いたのだろう。確信がなかったが、今回あえて君に計画を詳しく話したことではっきりした。そもそも、タイパンが俺の正体に気付くはずはないのだ」

夏樹は彼女が裏切っているのか見極めるために、わざと情報を流していたのだ。

「あなたも私を騙《だま》したんでしょう。お互い様よ。私は、ここで失礼するわ」

ジェーンは梁羽に銃を向けながら笑った。彼女もベックマンと同じく、新政権に見返りを求めるつもりなのだろう。

「ベックマンの所在を聞くまで付き合ってもらう。動くな」

夏樹はジェーンに銃口を向けた。

「いやよ。私は早く血の付いた服を着替えて、シャワーを浴びたいの。そもそもあなたは、私を撃てないわ」

ジェーンが笑みを浮かべた瞬間、夏樹に銃を向けた。

銃声。

夏樹は身をかがめてジェーンの銃弾をかわし、トリガーを引いていた。

「…………」

ジェーンは左胸を押さえながら、倒れた。心臓を撃ち抜いたのだ。

「おまえは、冷たい狂犬じゃなかったのか。引き揚げるぞ」

梁羽はジェーンの死体を見て首を振った。頭を狙わなかったことを言っているのだろう。確かに憐《あわ》れみをかけた。美しい顔に穴を開けたくなかったのだ。

「まだ十分、ある」

爆弾のタイマーを確認した。本物の爆弾のタイマーを解除したことはないが、CIAで訓練を受けている。

「非情ではあるが、ここにいる警官を殺せば目撃者はいなくなり、丸く収まるんだぞ」

舌打ちをした梁羽は立ち上がると、中国語で言った。六人の警察官が固唾《かたず》を呑《の》んで見守っているからだろう。

「お互い、変装しているんですよ。恐れる必要はないでしょう」

逃げるのは簡単だが、六人を殺す必要はない。

「勝手にしろ。私はベックマンの捜索を行う。おまえも、爆発前には脱出しろよ」

梁羽は肩を竦《すく》めると、非常口から出て行った。

「おまえたち、死にたくなかったら、言うとおりにしろ」

夏樹は銃をショルダーホルスターに仕舞い、警察官らに英語で言った。

「言うことを聞くから、見殺しにしないでくれ」

警察官らは口々に訴えた。

「爆弾を全員で持ち上げてエレベーターに乗るんだ」

エレベーター内の死体を外に出しながら夏樹は、指示した。

六人の警察官らは恐る恐る爆弾を持ち上げて、エレベーターに乗り込んだ。

十階のボタンを押した夏樹は、ポケットから小型ナイフを出して爆弾上部のパネルを外した。タイパンが言ったように手錠とつながっているケーブルは、起爆装置に直結している。外せば、爆発するだろう。タイマーにつながっている起爆装置の構造もわかる。

だが、案の定、トラップであるフェイク配線もあった。

「やはり、そうか」

夏樹はスマートフォンを出し、フィリピン総合病院のファリードを担当しているラウル医師に電話をかけた。

「ホセです。緊急事態です。カルロス・バラハをすぐ電話に出してもらえますか？」

ファリードの偽名である。

――容態が安定したばかりですよ。無茶な。

ラウル医師は即答した。

「目の前に時限爆弾があります。タイマーは八分を切りました。爆弾は六人の警察官につながっています。カルロスは爆弾処理班の中で最も優秀な男です。お願いです」

夏樹は説明すると、六人の警察官に懇願するように電話をスピーカーモードにした。

彼らはタガログ語と英語で必死に助けを求めた。

――分かりました。病室から電話をします。

ラウル医師は電話を切った。

エレベーターが十階に到着する。

グロックを抜いた夏樹は、警察官らになるべく低い姿勢になるようにさせ、ドアが開くと油断なく外に出た。

「むっ」

エレベーターの前には、十人の男が血を流して倒れている。その内の二人はカメラマンだが、残りの八人は、ベックマンに雇われたテロリストに違いない。全員中国系である。ベックマンが逃走する前に殺したようだ。口封じもあるが、今回の事件を黄色五星のせいにするために、中国人の死体を用意する必要があったのだろう。

「こっちに運び出すんだ」

夏樹はエレベーターから警察官らに爆弾を運ばせた。地下ではスマートフォンの電波が届かないので、あえて高い場所まで来たのだ。

パネルのカバーを外し、写真を撮影するとファリードのスマートフォン宛《あて》に送った。

「まだか」

夏樹はタイマーのカウンターを見て渋い表情になる。残り時間は四分を切っていた。

警察官らは、項垂《うなだ》れている者もいれば、両手を合わせて神に祈っている者もいる。いざとなれば、彼らを置いて脱出しなければならない。

手に持っているスマートフォンが反応した。

医師からの電話だ。

――ラウルです。患者が興奮しますので、手短にお願いします。それでは、電話をかわります。

——スマートフォンの写真を見ました。これを作ったのは、タイパンですね。フェイクが三本あります。そのうちの一本は無視しても大丈夫ですが、タイマーから出ている赤と緑の配線は、どちらが本物か私にも分かりません。ただ、起爆装置を解除するには、どちらかを切断しないとダメです。

ファリードは、唸《うな》るように言った。

「タイパンの気持ちになってみろ。あいつなら、どっちをフェイクにする?」

タイマーが三分を切った。夏樹が逃げる時間も限界に達している。

——私なら赤をフェイクにします。自分でも危険な線は目印として、赤をよく使いますから。

「分かった。緑を切ればいいんだな」

夏樹はナイフを緑のリード線に当てた。ファリードの言う通り、赤は爆発しそうな気がする。だが、誰でもそれは同じことである。

額に浮かんでいた汗が、頰を伝って滴り落ちた。

「いかん」

カウンターが一分を切った。すでに脱出する機会を失っている。

夏樹はナイフを握り直した。

「待てよ」

爆弾を処理しようとするのは、素人ではない。プロが処理するはずだ。だとしたら、あえて緑をフェイクにするかもしれない。

カウンターが三十秒を切った。

夏樹はナイフを引っ込めて、赤と緑の線を睨《にら》んだ。

タイマーが十秒のカウントダウンに入る。

「くそっ！」

夏樹は赤のリード線を切った。

カウントは止まらない。だが、0の表示になっても爆発しなかった。

「ふう」

大きな息を吐き出した夏樹は、その場に尻餅《しりもち》をついた。

4

八月二十七日、東京中村橋。

夏樹は自分の店であるカフェ・グレーのカウンター席に座っていた。

時刻は午後七時を過ぎようとしている。

フィリピンのダバオでの活動を終えた夏樹は、二日後の七月二十四日に日本に帰って来た。さすがに二週間近く店を空けていたので、常連客からも呆《あき》れられている。そのため、営業を翌日から再開し、五日間、コーヒーを一人一杯ただというサービスをして納得してもらった。

それから一ヶ月が過ぎている。客足も戻り、以前と変わらぬ営業となった。ただ一つだけ変わったことがある。

「そろそろ、店を閉めるか？」

夏樹は独り言のように呟《つぶや》いた。

「ボク、ヤル」

片言の日本語がカウンターから返ってきた。エプロン姿のファリードである。

二週間でフィリピン総合病院を退院したファリードを、日本に呼び寄せた。退院する際にカルロス・バラハの名前の偽のＩＤが必要だったので、ついでにパスポートも梁羽に頼んで作ってもらったのだ。

夏樹は入院中のファリードを訪ね、退院後の身の振り方を聞いたところ、やはり勉強がしたいと熱心だったので、それなら日本で働きながら学校に行くことを勧めると喜んでいた。

八月六日に来日してまだ三週間だが、ファリードはかなり日本語が上達している。夏樹が睨んだ通り、彼は言語能力に長《た》けているらしい。いい人材を手に入れたと思っている。

もともと海外に出ても店を閉めないように人を雇うつもりだったが、今回の仕事で改めてちゃんとした態勢を作ることにしたのだ。かなり資金も貯まってきたので、おしゃれな骨董《こっとう》品店を別に作るという構想もあった。

ファリードが店のドアを開けると、雨音が聞こえてきた。今日は朝から降ったり止《や》んだりの天気である。

「モウ、ヘイテンネ」

クローズの看板を出そうとしたファリードが、店先に立っている傘を差した老人に頭を下げていた。

眼鏡をかけ、白い口髭《くちひげ》を生やし、人の好《よ》さそうな顔をしている。夏用の綿のジャケットに紺のカジュアルなスラックスを穿《は》いていた。足元はサンダル履きなので、近くの住人のようだ。

「むっ」

ピクリと右眉《まゆ》を上げた夏樹は、席を立った。

「カルロス、悪いが二階に上がっていてくれ。この人と話があるんだ」

夏樹は首を捻《ひね》るファリードを二階に上げた。

「すまんな。閉店時間に。まだ美味《うま》いコーヒーは飲めるのかね」

折り畳んだ傘を傘立てに入れた老人は、カウンターの中央の席に座った。

夏樹はさりげなく外の様子を窺《うかが》うと、ドアを閉めて鍵《かぎ》をかけた。

「日本で、仕事ですか？」

表情を消した夏樹はカウンターに入り、デカンタからガラスのグラスにニカラグア・

ラコパを注いだ。

「仕事といえば仕事だ。前回の任務の後で、色々あってな」

グラスを右手で持ち、香りを嗅《か》いでいるのは、梁羽《りゅうちょう》である。外は暗いせいもあるが、変装しているためすぐには分からなかった。それに流暢な日本語を話している。

「いつだって、色々あるじゃないですか」

「そう言うな。実は前回の任務の途中で、上層部の意見が割れてな。それで、知っての通り、私の独断で大統領の替え玉として、ダバオに乗り込んだ。暗殺計画を防げたので、大統領にえらく感謝されたよ。そこで、中国はフィリピンに貸しをつくることができたというわけだ」

ドゥテルテ大統領が中国になびき、米国批判も激しくなってきた理由は、そこにあったらしい。

「上層部の連中は、いい加減ですね」

「勝手なもので、上層部は大喜びして、亡くなった部下も含めて報奨金を出してくれた。おまえの分もな」

梁羽はポケットから百万円の束を三つ出して、カウンターの上に置いた。

「前回は海外で金をもらったから、問題ないと思っていたんですよ。日本で金を受け取れば、俺はダブルエージェントになってしまう」

夏樹は首を振った。ここで受け取れば、中国情報部としがらみができる。

「別にうちのスパイになれとは言うつもりもない。ただ、フリーランスのエージェントに仕事を出したまでだ。それに前回の仕事で、日本に不利益をもたらしたか？　おまえは何人もの命を救った。それでいいじゃないか。正当な報酬は受け取るべきだ。変に勘ぐる方がおかしい」

梁羽の言うことは正論である。仕事に関しては、未《いま》だに後ろめたさはない。あえて言うなら、ジェーンを殺した後味の悪さが残っているだけだ。

「美味いコーヒーだ。まあ、表の看板は今までどおり精を出せばいい。その内おまえの腕を見込んで、色々な国が仕事を持ち込むかもしれないぞ」

グラスのコーヒーを半分ほど飲んだ梁羽は、ゆっくりと鼻から息を吐いた。コーヒーの香りを楽しんでいるようだ。

「勘弁してください。それより、ベックマンの消息は分かりましたか？」

結局、ベックマンを取り逃がしている。

「あの男は、狡猾《こうかつ》だ。まったく分からない。だが、必ず見つけてやる。その時は、おまえに一番先に教えてやるよ」

梁羽はコーヒーを飲み干すと席を立った。

「…………」

夏樹はカウンターの三百万円を、どうしたものかと腕組みをした。

「いくらあっても困らんだろう。遠慮するな」

梁羽は笑いながら出て行った。

しばらく夏樹は腕組みをしたまま札束を見つめた。爆弾を直接処理したのは夏樹だが、ファリードの助言があったからこそだ。彼にはしばらくは金が掛かるだろう。三百万円は彼の報奨金と思えば、問題はなさそうだ。

「いっか」

軽く頷《うなず》いた夏樹は、札束をカウンターの引き出しに仕舞った。

紅《くれない》の五《ご》星《せい》
冷《つめ》たい狂犬《きようけん》
渡《わた》辺《なべ》裕《ひろ》之《ゆき》

平成29年 3月25日 初版発行

発行者●郡司 聡

発行●株式会社KADOKAWA
〒102-8177 東京都千代田区富士見2-13-3
電話 0570-002-301（カスタマーサポート・ナビダイヤル）
受付時間 9:00～17:00（土日 祝日 年末年始を除く）
http://www.kadokawa.co.jp/

角川文庫 20251

印刷所●株式会社暁印刷 製本所●株式会社ビルディング・ブックセンター

表紙画●和田三造

ISBN978-4-04-105386-7 C0193

角川文庫発刊に際して

角川源義

第二次世界大戦の敗北は、軍事力の敗北であった以上に、私たちの若い文化力の敗退であった。私たちの文化が戦争に対して如何に無力であり、単なるあだ花に過ぎなかったかを、私たちは身を以て体験し痛感した。西洋近代文化の摂取にとって、明治以後八十年の歳月は決して短かすぎたとは言えない。にもかかわらず、近代文化の伝統を確立し、自由な批判と柔軟な良識に富む文化層として自らを形成することに私たちは失敗して来た。そしてこれは、各層への文化の普及滲透を任務とする出版人の責任でもあった。

一九四五年以来、私たちは再び振出しに戻り、第一歩から踏み出すことを余儀なくされた。これは大きな不幸ではあるが、反面、これまでの混沌・未熟・歪曲の中にあった我が国の文化に秩序と確たる基礎を齎らすためには絶好の機会でもある。角川書店は、このような祖国の文化的危機にあたり、微力をも顧みず再建の礎石たるべき抱負と決意とをもって出発したが、ここに創立以来の念願を果すべく角川文庫を発刊する。これまで刊行されたあらゆる全集叢書文庫類の長所と短所とを検討し、古今東西の不朽の典籍を、良心的編集のもとに、廉価に、そして書架にふさわしい美本として、多くのひとびとに提供しようとする。しかし私たちは徒らに百科全書的な知識のジレッタントを作ることを目的とせず、あくまで祖国の文化に秩序と再建への道を示し、この文庫を角川書店の栄ある事業として、今後永久に継続発展せしめ、学芸と教養との殿堂として大成せんことを期したい。多くの読書子の愛情ある忠言と支持とによって、この希望と抱負とを完遂せしめられんことを願う。

一九四九年五月三日